कम खर्चे की मुरघास निर्मिति तकनिक

डा. एस. पी. गायकवाड

सकाळ प्रकाशन

सकाळ प्रकाशन

Kam Kharche Ki Moorghas Nirmiti Taknik

कम खर्चे की मुरघास निर्मिति तकनिक

लेखक : **डा. एस. पी. गायकवाड**
रो हाऊस नं. १०, स्वामी विवेकानंद रो हाऊसेस,
स्वामी विवेकानंद नगर, फलटण, जि. सातारा - ४१५५२३
ई-मेल : drspg2007@gmail.com

प्रथम संस्करण : जून २०१८

अनुवाद : डा. सुनेत्रा तावडे

मुखपृष्ठ : शिवदास मोरे, पुणे

अक्षरलेखन : सकाळ पुस्तक प्रकाशन विभाग, पुणे

प्रकाशक : सकाळ मीडिया प्रा. लि.
५९५, बुधवार पेठ, पुणे ४११ ००२

ISBN : 978-93-87408-22-7

अधिक जानकारी के लिए : ०२०-२४४० ५६७८ / ८८८८८ ४९०५०
sakalprakashan@esakal.com

नये नये परिक्षणों से
दुग्ध व्यवसाय को
लाभदायक बनाने वाले
असंख्य
किसान बंधुओं को...

गोबर के व्यवसाय से सफल उद्यीम संस्था

भारत एक कृषीप्रधान देश होने के कारन खेती तथा पूरक व्यवसाय करनेवालों की मात्रा यहाँ पर अधिक है। ज्यादातर खेती का व्यवसाय पानी पर ही अवलंबित है। उस से आमदनी की यकीनन प्रत्याभूति नहीं मिलती। इसलिए बहुत से किसानों के लडके आगे चलकर खेती इस पारंपरिक व्यवसाय को न चुनकर 'कम आमदनी की ही सही लेकिन नौकरी चाहिए' ऐसा कहने लगते हैं। ऐसेही विचारों से मैंने भी पैतृक खेती करने के बजाए नोकरी करने का निर्णय लिया। लेकिन नौकरी में मेरा दिल नहीं लग रहा था। इसलिए फिर से दो बरसों के बाद मैंने खेती करने का निर्णय लिया। खेती के साथ साथ दुध का व्यवसाय भी शुरू किया। लेकिन कुछ समयके पश्चात इस व्यवसाय के लिए लगने वाले कडे परिश्रमों को देखते हुए मुझे यह व्यवसाय करना कुछ ठीक नहीं लगने लगा। यहाँ पर काम अधिक लेकिन प्राप्ती कम थी। जानवरों का दूध उत्पाद और दूध की गुणवत्ता इनकी मात्रा हमेशा ही कम अधिक होती थी। जानवरों की बिमारीयाँ, उसके लिए व्यर्थ जाने वाला समय, होने वाला खर्चा और इन सब का उत्पादन पर होने वाला असर तुलनात्मक रूपसे बहुत ही अधिक था। संक्षेप में कहा जाए तो, इस व्यवसाय में एक के बाद एक ऐसी अनेकों कठिनाइयाँ मेरे सामने आकर खडी हुओी। इसलिए मेरे मनमें विचार आया, कि यह व्यवसाय करनेवाले बडे बडे व्यावसायिकों को उनका यह व्यवसाय आसान लगता है क्या? जवाब आया 'नहीं' फिर वो क्यों करते होंगे? इसका पता लगाया तो ऐसा समझ में आया की, इस व्यवसाय का हर एक कामयाब व्यावसायिक बदलते वक्त के अनुरूप अपने व्यवसाय में बदलाव करता है। इसलिए बाजार में होने वाली तीव्र प्रतियोगिता में भी वह अपना अस्तित्व रख पाते हैं और अपने व्यवसाय में वृद्धि करते हैं। लेकिन मैं तो वैसा ही दूध व्यवसाय कर रहा था जैसे मेरे पिताजी किया करते थे। उस में अधिक नयापन नहीं था। आसपास की सामाजिक परिस्थिती, वातावरण, बाजार की जरुरतें इन सब चीजों में होने वाली शीघ्र बदलाव के सामने पारंपरिक पद्धती से किए जाने वाले दूध व्यवसाय में मुझे अधिक मुनाफा नहीं दिखायी देता था। पहले मेरे पिताजी गोबर साफ किया करते थे, हर रोज चारा लाते थे, उसी प्रकार आज मैं भी काम कर रहा था। भविष्य में मेरे बच्चे भी इसी पद्धती से काम करेंगे। इसीलिए शायद आज किसान का लडका कहता है की, चाहे छोटी

ही क्यों न हों नौकरी चलेगी, लेकिन पिताजी का यह गोबर व्यवसाय नहीं चाहिए। हमारी मानसिक स्थिती ऐसी ही बनकर रह गयी हैं।

इस्रायल जैसे देशों कों अगर देंखे तो उन्होंने खेती तथा पूरक व्यवसाय में पूरी तरह से व्यावसायिकता अपनायी हैं। वैसा कर सकते हैं। लेकिन हमें अधिक खर्चा न कर के या हायफाय चीजों का विचार न करते हुए अपने पास होने वाले साधनों का और उपकरणों का उपयोग कर के कम खर्च में यह पुरी तकनिक अपने यहाँ उपयोग में लानी चाहिए। अगर ऐसा हो गया तो हमारे यहाँ के साधारण किसान भी व्यावसायिकता से परिपूर्ण ऐसी खेती तथा पूरक उद्योग कर सकेगा। अगर हम अपनी प्राकृतिक परिस्थितीयों का अध्ययन करेंगे तो इस्राएल के बराबर ही नहीं तो उन्हें काफी पिछे छोडकर भी हम अपनी प्रगती कर सकतें हैं। लेकिन इसके लिए हमें अपनी मानसिकता में बदलाव लाना पडेंगा और हमेशा कुछ ना कुछ परिक्षण कर के आगे बढने की हिम्मत हमें रखनी होगी।

कुछ दिन पहले मैं डॉ.गायकवाडजी के साथ विकास कार्यों के बारे में बातचीत कर रहा था, तब वहाँ पर एक उच्चशिक्षा प्राप्त शख्श आ गया। उनसें प्राप्त हुई जानकारी से मैं भौंचक्का रह गया। साथ ही मेरे शरीर में एक नयी उर्जा प्राप्त होने का एहसास मुझे हुआ। क्योंकि उस शख्श ने मुझ से कहा की, वह एक संगणक अभियंता है और अगले हप्ते में वह अपनी सत्तर हजार मासिक प्राप्ती देने वाली नौकरी छोड रहें हैं। और अब उन्हें दूधका व्यवसाय करना हैं। कम खर्चे के अनेकों व्यवसायिक परिक्षणों की जानकारी प्राप्त करने के लिए वह यहाँ आए हैं। उन्होंने आगे बताया की, पैतृकी दूध व्यवसाय को गोबर के व्यवसाय का नाम देकर आजकल का युवावर्ग इस में काम करने को तैयार नहीं। लेकिन अगर इसें बारिकी से देखा जाए तो इस व्यवसाय में हमें बहुत ही अच्छा भविष्य हैं। दूध व्यवसाय के साथही भूसंवर्धक सेंद्रिय खाद अच्छे बछडों की पैदावार, तथा मुर्गी पालन जैसे पूरक व्यवसायों को हम जोड सकते हैं।

आजकल का युवावर्ग इस व्यवसाय में नहीं आ रहा हैं, इसका मुख्य कारण यह है की दूध व्यवसाय को वह प्रतिष्ठित व्यवसाय न मानकर गोबर का व्यवसाय मानते हैं। लेकिन अब हमें इस व्यवसाय की तरह गोबर का व्यवसाय इस नजरिए से न देखकर इसको कम खर्च में स्थानिक साधनों तथा उपकरणों का उपयोग कर के विकसित कियी गयी आधुनिक तकनिक ऐसा मान लेना चाहिए और यह व्यवसाय एक प्रतिष्ठित कंपनी की हैसियत से चलाना चाहिए। उस उच्चशिक्षा प्राप्त युवक के विचारोंको जानने के बाद मै भी इस व्यवसाय में कुछ ना कुछ कर सकता हूँ, ऐसे नये विचारों का संचार मेरे मन में हुआ। इस तरहसे कम खर्चे की आधुनिक तकनिक का उपयोग करके वर्ग-१ के अधिकारी को जो मासिक आमदनी प्राप्त होती है, उससे भी अधिक आमदनी मुझे अपनी व्यवसाय से प्राप्त होनी चाहिए, ऐसी ईर्ष्या मन में रख कर मैंने काम शुरू किया। लगभग ४ ते ५ वर्षोंकि सफर का अगर अध्ययन किया तो, उस वक्त जो विचार किया था उसे मूर्त स्वरूप प्राप्त हुआ है ऐसाही चित्र मुझे दिखाई दे रहा है।

जिन नयी-नयी तकनिकों के कारण मुझे यह सारी चीजें संभव हो गयी, उस में 'मुक्त संचार गौशाला' का नाम सबसे उपर आना चाहिए। इसके कारन मेरे गोबर के व्यवसाय का एक कंपनी में, प्रतिष्ठाप्राप्त व्यवसाय में रूपांतर हो गया। क्योंकि यहाँ पर ना रोज मुझे गोबर निकालना पडता है, ना ही जानवरों को रोज धोना पडता है। गौशाला की

सफाई का काम भी हररोज नहीं करना पडता। पहले वाले गोबर के खाद को बाजार में दो या चार रुपये से अधिक किमत नहीं मिलती थी। लेकिन अब गौशाला में उत्पाद किये गए भू-संवर्धक सेंद्रीय जीवाणू खाद को १० रुपयों से ३० रुपये तककी अच्छी किमत मिल रही हैं। हायड्रोपोनिक चारा उत्पादन, हरी घास की कमी पर इस अच्छे उपाय के कारन कम खर्चे में, कम पानी में, कम मेहनत में कम समय तथा कम जगह में मुझे अच्छी हरी घास प्राप्त हुई। अझोला उत्पादन, बढे हुए पशुआहार के खर्च में कटौती कर के अच्छे दर्जे के दूध की गुणवत्ता प्राप्त करने के लिए अच्छे कम खर्च के अझोला उत्पादन से भी बहुत अधिक लाभ हुआ। घरही में संतुलित आहार निर्माण करने के लिए मैं अपने खेत में तैयार होनेवाले मकई का उपयोग करता हूँ। साथ ही बाहर से कुछ कच्चा माल भी लाता हूँ। इससे मुझे कम खर्च में अधिक गुणवत्ता नियंत्रित करना संभव हो जाता है। सेंद्रीय दूध उत्पादन का विचार तथा उपरोक्त सभी चीजों का उपयोग करने के कारन अपने आपही जानवरों की बिमारीयाँ कम होती हैं। मैं सभी सेंद्रीय नियमों का पालन करता हूँ इस वजहसे मुझे अधिक लाभ हुआ हैं। बायोगॅस निर्मिती, स्वयंचलित गौशाला का तापमान नियंत्रक, अधिक दूध देने वाले जानवरों को गर्मी के दिनों के अति तापमान में भी पूरी क्षमता से दूध उत्पादन देना संभव हो, इसलिए यह कम खर्चे की तकनिक का मैंने उपयोग किया हैं। चारे की समस्या से हमेशा के लिए छुटकारा पाने के लिए मैंने अलग अलग तरह के मुरघास पद्धतियों को अपनाया और उसका अधिक लाभ हुआ। इस तरह अनको प्रकार की आधुनिक कम खर्च की तकनिकों का अवलंब करके मैंने अपना लक्ष्य पुरा किया।

इस पुरे काल में व्यावहारिक तथा पारिवारिक जीवन में मुझे बहुत सी कठिनाईयों का सामना करना पडा हो तो भी नई उम्मीद के साथ उन कठिनाइयों से जुझते हुए मैं इस व्यवसाय में पुरी तरहसे स्थिर हो गया हूँ। इसी काल में मैंने २५ लाख रुपया खर्च करके मेरी पुरानी खेती के बाजू वाली बिक्री योग्य १.५ एकड जमीन खरीदली। मेरी नौकरी में मुझे यह करना बिलकुल ही संभव नहीं था। मैंने अपने व्यवसाय में वृद्धी की, उसके लिए निकाला हुआ बँक का कर्जा चुकता किया। नया घर बनव-ाया, परिवार के लोगों का चार पहिये वाली गाडीं का सपना भी इसीसे पूरा हो गया। मैंने अपने व्यवसाय को आधुनिकता से जोड दिया इसी कारन यह सारी चीजे संभव हो सकी। यह तो सोलह आने सच है।

मुझे नवयुवकों से यही कहना है कि अगर अच्छी नौकरी मिल जाए तो जरूर करें लेकिन पढाई पूरी होने के बाद भी अगर नौकरी नहीं मिली तो दुखी ना होकर नवनिर्माण की लगन लेकर आप यह व्यवसाय जरूर करें। कम से कम खर्चे में नयी-नयी तकनिकोंको अपनाकर, नित्य प्रयोगशील रहकर अपने व्यवसायको हमेशा लाभदायक बनाए। अपने खुदके द्वारा उत्पादित किया गया माल, औरोंसे और अधिक बेहतर कैसे बनांए, उसका महत्त्व औरोंको बताकर उससे अधिक उत्पन्न पाकर गोबर के व्यवसाय को एक कंपनी में कैसे रूपांतरित करें, इसके बारे में सोचें और मेरी तरह सफल बनें।

हिरालाल सस्ते
हरफनमौला दूध व्यावसायिक
और प्रयोगशील युवा किसान

अनुक्रमणिका

मन की बात

भारत एक कृषिप्रधान देश है। यहाँ के ७५ प्रतिशत लोग खेती पर अवलंबित है। इसी कारनवश खेती के साथ-साथ खेतीपूरक व्यवसायको भी यहाँ महत्त्व प्राप्त होता है। रासायनिक खादों का उपयोग करके भारत ने कृषिक्रांति की। बढती हुई जनसंख्या को धानकी रसद करने के लिए उपलब्ध होने वाली जमिन पर अधिक से अधिक उत्पादन लेने के भी अनेकों रिकार्ड कायम किए गए। लेकिन ऐसे परिक्षण करते हुए रसायनों का अपरिमित उपयोग किया गया और उसके परिणाम धीरेधीरे अलगअलग प्रकार के बिमारीयाँ के माध्यम से दिखाई देने लगे। बाहर के देशों में इसके बारे में होने वाले कानून बहुत ही सख्त हो गये हैं। और इस दर्जेपर खरा उतरने की जरुरत है। आज भारत दूध उत्पादन में सबसे अव्वल होनेपर भी गुणवत्तायुक्त दूध उत्पादन में बहुत पिछे हैं। जानवर से मिलने वाला दूध मूलतः अच्छे दर्जे का होता है। लेकिन दूध को इस्तेमाल करने की पद्धती तथा उसको ठंडा करने के लिए जरुरी होने वाली सुविधाओं के अभाव के कारन हम वह दर्जा कायम नहीं रख पाते। साफ दूध उत्पादन कार्यक्रम में अधिक से अधिक ध्यान दूध के इस्तमाल में देना आवश्यक हैं।

एकही तरह की फसल पद्धती के कारन मिट्टी का दर्जा भी कम हो रहा है उसे प्राकृतिक रूप से सुधरने के लिए आवश्यक होने वाली जीवाणूओं की संख्या दिन ब दिन कम हो रही हैं। पहले गाय के गोबरसे प्राप्त होने वाले तथा जमिन में होने वाले अनेको उपयोगी जीवाणू हवा में होने वाले नायट्रोजन का और उपलब्ध जैविक भार का रूपांतर सेंद्रिय कर्ब तथा जरुरी अन्नघटकों को बढाने का काम करते थे। वे वनस्पतीयों के सेहदमंद वृद्धी के लिए आवश्यक होते हैं। लेकिन अब सेंद्रीय खादों का उपयोग कम होकर रासायनिक खाद तथा रासायनिक कीटकनाशकों का अतिरिक्त मात्रा में उपयोग किया जाने के कारण जमिन में होने वाले जीवाणूओं की संख्या बहुत तीव्रता से कम हो रही हैं। ऐसी जमिनें अधिक से अधिक चिपचिपी और क्षारयुक्त हो रही हैं तथा उनकी पानी ग्रहण करने की क्षमता कम हो रही हैं। साथ ही भूगर्भ के पानी का स्तर भी कम हो रहा हैं। ऐसे जमिनों की पानी का तनाव सहनेकी क्षमता कम हो रही हैं। दुसरी ओर बारिश की मात्रा अनियमित तथा कम हो रही है। इन सब कारणों से उत्पादकता तथा गुणवत्ता पर बुरा असर हो रहा है और वह घटती जा रही है। साथ ही बढते हुए शहरों के

कारन खेती के लिए कम जमीन उपलब्ध हो रही है, और जो जमिन उपलब्ध है उस में रासायनिक खादों का उचित उपयोग न होने के कारन उत्पादन बढने के बजाय दिन ब दिन कम होता जा रहा हैं। साथही उत्पन्न होने वाले चारे की पोषकता भी कम होती जा रही है। इसीलिए दूध बढाने के लिए, या नियंत्रित रखने के लिए अन्नघटकों की कमी को भरने के लिए पशुखाद्यों का आधार लिया जा रहा है। लेकिन प्रतिदिन पशुखाद्य का खर्चा भी बढ रहा है और दूध की किमत भी कम ज्यादा हो रही है। इसीलिए साधारण किसानों तथा दूध उत्पादकों को यह व्यवसाय बन नही पड रहा, अगर ऐसा कहें तो कुछ गलत नहीं होगा। जानवरों के पेट की रचना चारे के लिए ही बनायी गयी है यह ध्यान में लेते हुए जानवरों के लिए हमें अच्छी गुणवत्ता का चारा उपलब्ध करा देना चाहिए। याने हमे जानवरों के आहारमें पूरक पदार्थ तथा पशुखाद्य का उपयोग कम मात्रा में करना होगा। दिन ब दिन ज़मीन का दर्जा भी घटता जा रहा है। इसलिए 'हौज भरें तो फव्वारा छुँटे' ऐसा कहने की नौबत आज आ गयी है। इसके विपरीत हायड्रोपोनिक चारे में बहुत से आवश्यक अन्नघटक होते हैं। साथही ऐसे कुछ घटक हैं कि जिससे जानवर के द्वारा खाए गए अन्य अन्न घटकों का पाचन अच्छी तरह से होता है। हायड्रोनिक पद्धती से हम कम जगह में कम परिश्रम में चारा तैयार कर सकते हैं। साथही इससे आहार पर होने वाला खर्चा और साथही साथ दूध उत्पादन पर होने वाला खर्चा कम करना संभव हो सकेगा।

गौशाला के लिए कुल मिला कर होने वाले खर्चे में से ६० ते ७० प्रतिशत होने वाला खर्चा सिर्फ और सिर्फ आहार पर होता है। दूध उत्पादन का व्यवसाय अगर हमें किफायत से करना हो तो हमें सस्ते और पोषक आहारपर ध्यान देना महत्त्वपूर्ण होगा। सस्ते आहार के बारे में अगर सोचना हो चारे पर ध्यान केंद्रीत करना होगा सुखे चारे की अपेक्षा हरे चारे में अधिक पोषक तत्व होते हैं। इसलिए अधिक से अधिक अन्नघटक अगर हरे चारे से दिए गए तो अपने पशुखाद्यका खर्चा तो कम होगा ही साथ ही दूध उत्पादन भी बढेगा। याने दोनो ही तरफ से अपना फायदा होगा। हम यह भूल ही गए हैं की जानवरों का पेट हरे चारे के लिए बना है। इसलिए आसान उपाय समझ कर पशुखाद्य का उपयोग करके जानवरों से अधिक से अधिक दूध उत्पादन लेने में हम सफल तो हो गए है लेकिन जब तक यह पशुखाद्य सस्ते में मिल रहा है तब तक कोई कठिनाई नहीं आएगी। बहुत बार पशुखाद्य की किमतें इतनी बढ जाती है कि जानवरों का दूध उत्पादन, दूधकी कीमत, और पशुआहार पर होने वाला खर्चा इनका मेल लगाना बहुत कठीन हो जाता है। ऐसेमें चारा उत्पादन का नियोजन अच्छे से करना जरुरी हो जाता है। इसलिए साल भर मिल सकें इस तरह से अगर हमने हरे चारे का नियोजन किया, तो कमसे कम खर्चमें अच्छी गुणवत्ता का दूध उत्पादन हम ले सकेंगे लेकिन साल भर हरे, पोषक चारे की रसद कायम रखना यह बहुत ही कठिन काम है। इसमें बहुत सी कठिनाइयाँ आने की संभावना होती है। इसलिए इस तरह का किया हुआ आयोजन धरा रह जाता है। इसके लिए हमें मुरघास पद्धती से काफी लाभ हो सकता है।

– डा. एस. पी. गायकवाड

■ ■ ■

हरे घास की वर्तमानकालीन स्थिती

पूरे दूध उत्पादन पर होने वाले खर्चे में से ७० प्रतिशत खर्चा आहार पर होता है। बढते दूध उत्पादन के लिए जानवरों को उचित आहार देना बहुतही महत्त्वपूर्ण होता है। आहार में ताजा चारा, सुखा चारा और पशुखाद्य में संतुलन पाना आवश्यक होता है। जमीन का दर्जा घटने के कारण जो कुछ ताजा चारा जानवरों के लिए आप हम उपलब्ध कर रहे हैं उसमे होने वाले महत्त्वपूर्ण अन्नघटकों की मात्रा भी कम हो रही है। इसलिए दूध उत्पादन को बढाने का लक्ष्य हासील करने के लिए पशुखाद्य का सहारा लेना पड रहा है। आने वाले स्पर्धात्मक दिनो में ऐसा व्यवसाय बन पडना कठीन हो सकता है। जानवरों के पेट की रचना चारा पाचन के लिए अधिक सक्षम होती है। इसलिए जानवरों को पोषक ताजा चारा देना चाहिए।

अगर हम ताजे चारे की उपलब्धता के बारे में सोचे, तो हमें १०९७ दशलाख टन इतने चारे कीं जरुरत है लेकिन प्रत्यक्ष रूप में सिर्फ ४००६ दशलाख टन इतना ही हरा चारा जनावरों को उपलब्ध हो रहा है। ६९६ दशलाख टन याने ६३ प्रतिशत हरे चारे की माँग अभी भी पुरी नहीं की जा रही है। ऐसे में प्रति जानवर उत्पादन बढाने का हमारा लक्ष्य कैसे साध्य हो सकेगा? यह एक यक्ष प्रश्न है। साथही आजकल बढती हुई आबादी के कारन मौजुदा खेत जमीन पर पहलेसेही अनाज उत्पादन का तनाव है। इसलिए जानवरों को ताजा चारा उपलब्ध करा देने पर और भी मर्यादाएँ आ रही है।

सन २०२० तक यही ताजे चारे की माँग ११३४ दशलाख टनों तक पहुँचेगी ऐसा लगता है। कम जगह में हरे चारे का विकल्प ढूँढना अधिक महत्त्व रखता है। आज की परिस्थितीमें हायड्रोपोनिक पद्धती से चारा उत्पादन करना यह एक अच्छा विकल्प हो सकता है। एक हेक्टर जगह में जितने चारे का उत्पादन होता है, उतनाही उत्पादन हम हायड्रोपोनिक पद्धती का उपयोग करके मात्र ५० स्क्वे. मीटर में ले सकते है। याने इस पद्धतिमें २०० गुना कम जमीन लगती है। दिन ब दिन बारिश की भी मात्रा कम होने के कारन चारे के उत्पादन पर मर्यादाएँ आ रही है। हायड्रोपोनिक चारा उत्पादन के लिए पारंपरिक चारा उत्पादन की अपेक्षा ४० गुना कम पानी लगता है, परिश्रम भी कम लगते है, और अच्छी गुणवत्ता का चारा भी तैयार होता है।

हरे तथा सुखे चारे की रसद तथा माँग

वर्ष	रसद		रसद		कमी	
	हरा	सुखा	हरा	सुखा	हरा	सुखा
१९९५	३७९.३	४२१	९४७	५२६	५९.९५ (५६८)	१९.९५ (१०५)
२०००	३८४.५	४२८	९८८	५४९	६१.१० (६०४)	२१.९३ (१२१)
२००५	३८९.९	४४३	१०२५	५६९	६१.९६ (६३५)	२२.०८ (१२६)
२०१०	३९५.२	४५१	१०६१	५८९	६२.७६ (६६६)	२३.४६ (१३८)
२०१५	४००.६	४६६	१०९७	६०९	६३.५० (६९६)	२३.५४ (१४३)
२०२०	४०५.९	४७३	११३४	६३०	६४.२१ (७२८)	२४.८१ (१५७)
२०२५	४११.३	४८८	११७०	६५०	६४.८७ (७५९)	२४.९२ (१६२)
२०३०	४१६.७	५०३	१२०७.१	६७०	६५.४५ (७९०)	२४.९० (१६७)

सारिनी में दिखाए गए अंक प्रत्यक्ष कमी दर्शा रहे हैं।

जानवरों के आहार में ताजे चारे का बहुत अधिक महत्त्व है। आप को पता होगा की पशु का पेट चारा खाने को बना होता है। और वह चारा बहुत ही अच्छी तरहसे पचाता है। शुरू में याने ३० से ४० साल पहले जो चारा अपने खेतों में उत्पादीत किया जाता था उस में जिस बीज का उपयोग होता था और उस मिट्टीमें जो ताकद होती थी वह अब नही नही। उस वक्त जो चारा हम पशुओं को खिलाते थे वह इतना पोषक होता था कि बहुत ही कम पशुखाद्य में भी जानवर अच्छा दूध दिया करते थे और उन का स्वास्थ्य भी अच्छा रहता था। इसके विपरीत अगर हम वर्तमान काल के बारे में सोचे तो अब जमीन में पानी तथा रासायनिक खादों का इतना उपयोग हुआ है कि उस वजह से जमीन अब उतनी उपजाऊ नहीं रही। जमीन की पानी को पकडकर रखने की क्षमता भी बहुत कम हो गयी है। चारा उत्पादन करते हुए बीजों का उपयोग करते हुए अगर हमने अधिक से अधिक जोर उस फसल की उत्पादकता पर दिया और गुणवत्ता पर नहीं दिया तो उसका परिणाम बाद में जानवरों के उत्पादकता पर होने लगता है। इसलिए जानवरों की उत्पादकता कायम रहने के लिए हमने पशुखाद्य की मदद ले ली, लेकिन पशुखाद्य का खर्चा बन पडनेवाला नहीं है। इसलिए अगर लाभदायक दूध व्यवसाय करना हों तो अच्छे पोषक हरे चारेके उत्पादन को कोई विकल्प नहीं है। ऐसा हरा चारा सालभर कैसे चलेगा इसका नियोजन हमें अवश्य करना चाहिए तभी अपना यह व्यवसाय पनपेगा।

हरा चारा जानवर बडे च्याव से खाते हैं, उसमें अधिकसे अधिक अन्नघटक होते हैं, इसलिए जानवरों से अधिक से अधिक दूध उत्पादन मिलता है। साथ ही दूध की गुणवत्ता जानवरों का स्वास्थ्य, जानवरों की प्रजनन क्षमता इन सब चीजों का फायदा जानवरों को होता है। इसमें होने वाला 'अ' जीवनसत्व अन्य एन्झाइम्स तथा अन्य महत्त्वपूर्ण अन्न घटक, अन्नका पाचन होनेमें भी मदद करने वाले होते हैं, ऐसे घटक जानवरों को इस तरह के हरे चारेसे प्राप्त होते हैं।

जानवरों को हरा चारा देना बडाही लाभदायक होता है। लेकिन अपने व्यवसाय में होने वाली कुछ कमीयों की जानकारी लेकर उस पर उपाय कर सकते हैं। हमारे यहाँ गो चरण भूमी की कमी होने के बावजूद हम अपने खेतो मे अधिक उत्पादन देने वाली चारे की फसल का उत्पादन ले सकते हैं। हरे

चारे तथा सुखे चारेकी अच्छी मात्रा अगर जानवरों के खाने में रखी जाय तो हमें अच्छा लाभ होता है।

हरे चारे से लाभ

- हरा चारा खानेमें बहुत ही स्वादु, बहुत ही नरम और रसभरा होने के कारन जानवर बडे च्याव से खाते हैं। और उनका पेट भर जाता हैं।
- ताजे चारे से जानवर के शरीर को जरुरी होने वाले ग्लुकोज, फ्रुक्टोज, सुक्रोज मिलते है। आसानी से घुलने वाले शक्कर की रसद इनसे होती है। इससे जानवर को जरुरी होने वाली उर्जा जल्द से जल्द मिलती है और जानवर हमेशा तरोताजा रहता है।
- दलहन चारे की फसल से जैसे की लुसन, बरसीम, इनमे से जानवरों को अच्छे दर्जेके खनिज, साथ ही अधिक मात्रा में प्रथिनोंकी रसद मिल जाती है। इससे दूध उत्पादन बढता है और महंगा वाला पशुखाद्य कम मात्रा में उपयोग में ला सकते हैं। कुल मिला कर अपना आहार पर होने वाला खर्चा कम हो जाता है। हरा चारा जानवर के पाचन के लिए सुलभ साथ ही स्वादु होने के कारन जानवरों के शरीर के लिए हितकारक होता है।
- इसमें से जानवरों को ताजा पोषक तत्व उनके प्राकृतिक रूप में मिल जाती है।
- जिन जानवरों की दूध देने की क्षमता सामान्यतः १० से १२ लिटर तक की होती है ऐसे जानवरों को सिर्फ पशुखाद्य ना देकर अच्छी तरह से एकदल ७० प्रतिशत और दलहन ३० प्रतिशत चारा अगर दिया तो हमें उतनाही दूध मिल सकता है। लेकिन उसके बाद हमें पशुखाद्य देना पडेगा। अगर हम अच्छी गुणवत्ता का हरा चारा उत्पादीत कर सकें तो हमारा पशुखाद्य का खर्चा हम आधे से कम कर सकते है। इसलिए जानवरों के आहार में ताजे चारे का बहुत अधिक महत्त्व है।

- हरे चारे में उपलब्ध होने वाले अन्नघटक जानवरों का स्वास्थ्य और उनकी प्रजनन क्षमता अच्छी रखने में मदद करते हैं। हरे चारे की उपलब्धता के कारन जानवरों के गाभिन रहने की क्षमता में भी वृद्धी होती है।
- जानवरों के आहार में उनके वजनके १०% इस मात्रा में हरे चारे की आवश्यकता होती है। इसमें ७०% याने सामान्यतः ४०० किलो वजन के जानवर के लिए २१ किलो एकदल चारा और ३० प्रतिशत याने ९ किलो दलहन चारा ऐसा नियोजन करने से जानवरों को पोषक आहार देते हुए भी पशुखाद्य का खर्चा हम कम कर सकते है।

चारे के लिए उपयोग में आने वाली एकदल चारा फसलें-

- मकई
- जवार
- बाजरा
- नेपियर घास

चारे के लिए उपयोग में आने वाली द्विदल चारा फसलें-

- लुसर्न
- बरसीम
- चौली
- गवार

■ ■ ■

मुरघास संकल्पना

मुरघास की संकल्पना वैसे पुरानी ही है। पुराने काल से इस तरह से हवा बंद स्थिती में पदार्थ अधिक काल तक जतन कर के रखे जाते थे। उदा. आम का अचार। आम का उत्पादन सामान्यतः सिर्फ दो महिनों तक ही मिलता है, लेकिन हम कच्चे आम, नमक, तेल और मसाले को सम्मिलित करके, ऑक्सिजन से दूर रखते हैं। इस कारन उस पर सडने की प्रक्रिया नहीं होती। परिणामस्वरूप, अल्प समय में खराब होने वाला आम सालभर टिकता है। यही संकल्पना चारे के लिए भी करना याने मुरघास संकल्पना, ऐसा संक्षेप में हम कह सकतें हैं।

मुरघास एक प्राकृतिक प्रक्रिया है जो प्राचीन काल से की जा रही है। मुरघास बनाने का इतिहास का पहला सबूत मिलता है इजिप्तके पुरातत्व विज्ञान में 'संदेष्टायशया' इस ग्रंथके ३० वे अध्याय में। (इसवीसन पूर्व १००० से १५०० के काल में) इजिप्त के नाप्लेस संग्रहालय में होने वाले दिवार पर स्थित चित्र में कुछ किसान जवार जैसी फसल को सायलो में मुरघास को जमा करते हुए दिखाई देते हैं। एक रोमन इतिहासकार तथा कृषिलेखक केटो ने इसवी सन १०० के काल में ऐसा वर्णन किया है की उस काल में सायलो में ताजा चारा जमा किया जाता था और बाद में उसे गोबर से हवाबंद किया जाता था। १८६० में हंगेरी में और उस के बाद तुरंत जर्मनी में मकई का मुरघास तैयार किया गया। १८७७ में गोफार्ट द्वारा, फ्रेंच भाषा में मुरघास पर लिखी गयी पुस्तक भी अमरिका में प्रदर्शित हो गयी। इसके बाद मकई के मुरघास प्रणाली में बहुत प्रगति हो गई। बादमें मुरघास में अलग अलग घटक डालकर मुरघास बनाने का काम शुरू हो गया। इस तरहसे मुरघास तकनिक बहुत पुराने काल से उपयोग में लायी जा रही है यह दिखाई देता है।

दूध उत्पादन का व्यवसाय किफायत में होने के लिए ऐसे व्यवसाय के लिए लगने वाले सारे खर्चे कम करके अधिक से अधिक दूध उत्पादन पाना, साथही उस का दर्जा भी अच्छा होना आवश्यक है। ताजा चारा जानवरों का प्राकृतिक आहार है। इससे ना सिर्फ जानवरों का दूध उत्पादन बढता है, बल्की उसकी गुणवत्ता भी अच्छी रहती है। दूध की स्निग्धता, ओमेगा-३, जीवनतत्व, आर तथा अन्य महत्वपूर्ण घटक इस में वृद्धी होती है। इसलिए जानवरों के आहार में हरे चारे का बहुत अधिक महत्त्व है। ऐसा हरा चारा साल भर उपलब्ध होना आवश्यक है और इसके लिए मुरघास संकल्पना से मदद मिलती है।

मुरघास से मतलब ?

प्राकृतिक रूपसे तैयार हुए या बाहर से डाले हुए आम्लकी सहायता से हवाबंद स्थितीमें संभालकर रखे हुए हरे चारे को मुरघास कहते हैं। इस पद्धति में लॅक्टिक आम्ल की सहायता से हवाबंद स्थितीके चारे पर खमिर चढाने की प्रक्रिया होती है। खमिर चढाने की प्रक्रिया में से लॅक्टिक आम्ल तैयार करने वाले जीवाणू चारे में होने वाले कर्बोदकों से लॅक्टिक आम्ल तथा थोडीसी मात्रा में ॲसेटिक आम्ल तैयार करते हैं। इस आम्ल निर्मिती की प्रक्रिया में चारे का

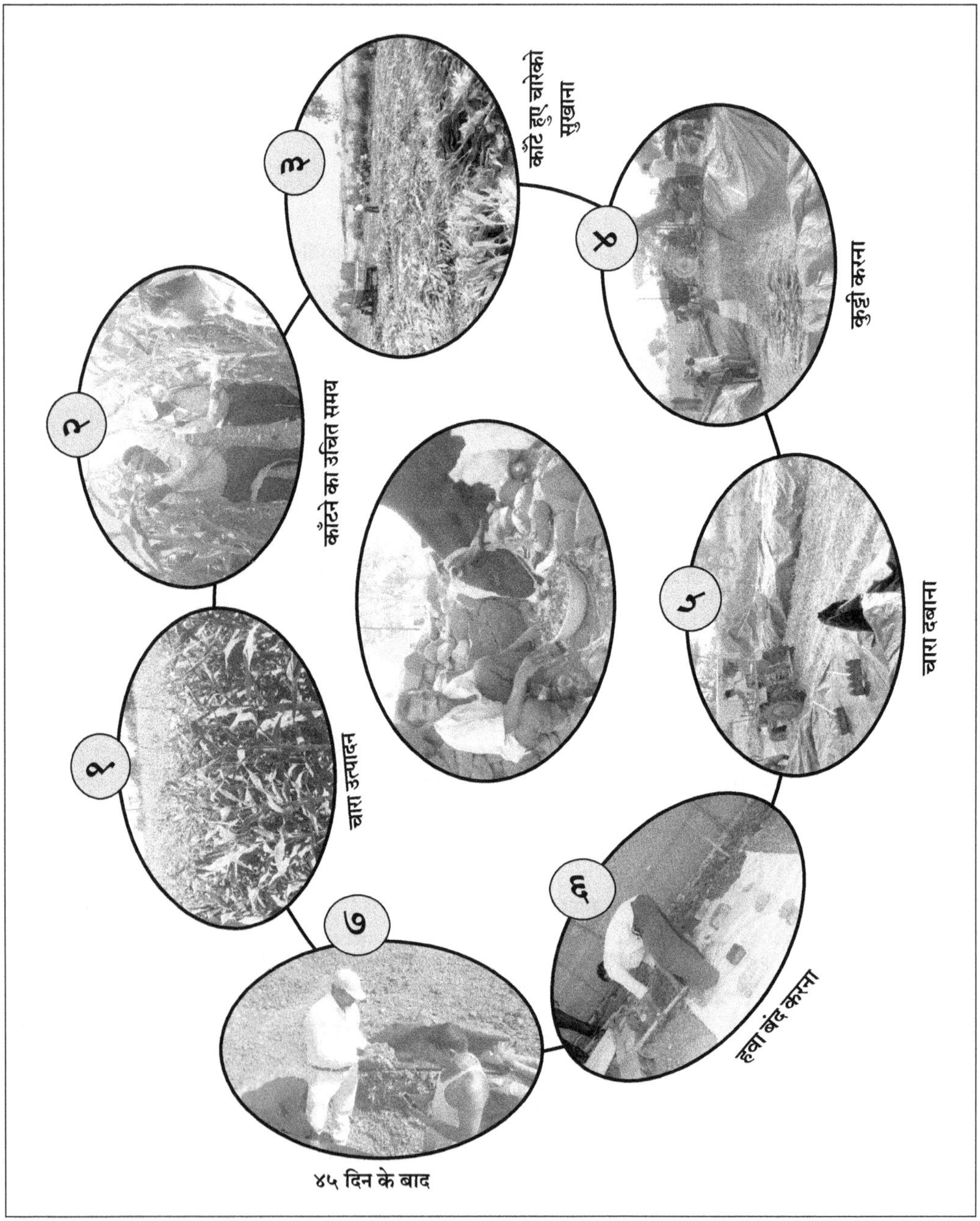

सामू (पीएच) कम हो जाता है, ऐसे कम सामू होने वाले वातावरण में चारे को खराब करने वाले जीवाणू पनप नही पाते। इसलिए चारा अधिक समय तक टिकता है।

अगर चारे की हवाबंद स्थिती को हम अच्छी तरहसे नहीं रख पाये तो खमिर चढाने की प्रक्रिया से अलग तरह के आम्ल भी तैयार होने की संभावना होती है। (उदा. ब्युटेरिक आम्ल) और इसीकारणवश मुरघास का दर्जा अबाधित नहीं रखा जाता। मुरघास की प्रक्रिया में अधिकसे अधिक हवा को बाहर निकालना बहुत महत्त्वपूर्ण होता है। 'हवा' मुरघास का सबसे बडा दुश्मन है।

मुरघास के प्रकार (प्रक्रियाके अनुसार)

मुरघास बनाते हुए जिस तरह का और जिस स्थिती में होने वाला चारा मुरघास के लिए उपयोग में लाया जाता है, उसके अनुसार अलग अलग तरह की खमिर चढाने की प्रक्रियाएँ होती हैं। इन प्रक्रियाओं के अनुसार मुरघास के पाँच प्रकार बनते है, वह है-

लॅक्टेट (Lactate) मुरघास

- इस तरह की मुरघास में जो गड्ढा करने की प्रक्रिया होती है, उसमें लॅक्टिक आम्ल कीटाणूओं की संख्या अधिक होती है।
- इस प्रक्रिया में पानी में घुल जाने वाली कर्बोदकों का (Water Soluble Carbohydrates - WSCs) पहले लॅक्टिक आम्ल में परिवर्तन होता है।
- इस तरह की मुरघास को अच्छे दर्जेके आम्ल की अधिक मात्रा में खुशबू आती है। कभी कभी यह खुशबू मीठी स्वरूप की भी हो सकती है।
- इस तरह की मुरघास में सामू की मात्रा सामान्यतः ३.८ से ४.० इतनी कम हो गयी। यह मुरघास अच्छे दर्जे का माना जाता है। कभी कभी सुखे घटकों की मात्रा मर्यादा से अधिक हो तो ऐसी पद्धति में खट्टा करने की प्रक्रिया अच्छी ना होने के कारन सामू इतना कम नहीं आता।
- इस प्रकार की मुरघास में लॅक्टिक आम्ल की मात्रा अन्य आम्लों की मात्रासे अधिक होती है। अगर सूखे घटकों के बारे में सोचें तो मुरघास में होने वाले आम्ल की मात्रा उसे ६% होती है और इस तरहकी मुरघास में ७० प्रतिशत हिस्सा लॅक्टिक आम्ल का होता है।

ॲसिटेट (Acetate) मुरघास

- इस तरहके मुरघास में जो खमिर चढाने की प्रक्रिया हो रही होती है, उसमें मुख्य रूपसे इंटरबॅक्टेरिया (Interbacteria) इन किटाणुओंका समावेश होता है।
- जब मुरघास बनानेके लिए उपयोग में लाया जाने वाला चारा उचित मात्रा में सुखाया हुआ नहीं होता या फिर चारेमें पानी की मात्रा ६५ से ७० प्रतिशत से अधिक होती है तब इस तरहका मुरघास दिखाई देता है।
- इसमें मुख्यतः खट्टा करने की प्रक्रियां के माध्यमसे पानी में घुल जाने वाली कर्बोदकों का (WCSs) सामान्यतः ॲसिटेट आम्ल में परिवर्तन हो जाता है। इस में तैयार होने वाले मुरघासको व्हिनेगर की तरह खट्टी बू आती है।
- अगर दोनो में होने वाले सुखे पदार्थो की मात्रा एकसरीकी हो, तो भी इस मुरघास का सामू उपर दिए गए मुरघास के प्रकार में होने वाले सामू से अधिक होता है। इस तरह की मुरघास में सुखे पदार्थों का साथही अन्नघटकोंका नुकसान होता है और इसकी गुणवत्ता उपर दिए गए मुरघास के दर्जे इतनी नहीं होती।

क्लोस्ट्रीडीयल (Clostridial) मुरघास

- इस मुरघास में खमीर चढाने की जो क्रिया होती है, उस में मुख्यतः क्लोस्ट्रीडीयल इस कीटाणू का अधिक समावेश होता है। जिस वक्त मुरघास के लिए सुखाया गया चारा कम मात्रा

में सुखाया जाता है, या उस चारे में सुखे घटकों की मात्रा कम होती है, उस वक्त इस तरह का मुरघास बन जाता है।

- इस मुरघास पद्धति में चारे के पानी में घुलने वाले कर्बोदक (WSCs) और लॅक्टिक आम्ल का परिवर्तन ब्युटेरिक (Butyric) आम्ल और ॲसिटिक (Acetic) आम्ल इन में हो जाता है।
- इस तरह की मुरघास में कम से कम लॅक्टिक आम्ल तथा (५.० से ५.५) ज्यादा सामू पाया जाता है।
- इस प्रक्रिया में चारे में होने वाले प्रथिनों का और महत्त्वपूर्ण अमिनो आम्ल का अधिक मात्रा में विघटन होता है और मुरघास का दर्जा कम हो जाता है। इस मुरघास मे नायट्रोजन की अपेक्षा अमोनियाकी मात्रा अधिक होती है।
- इस तरह के मुरघासमें अन्नघटकों का विघटन होता है। इसलिए जानवरों को ये अन्नघटक मिल नहीं पाते। साथही यह मुरघास खाने में भी इतना स्वादिष्ट नहीं होता, इसलिए जानवर इसे च्याव से नहीं खाते।

सुखा मुरघास

- इस मुरघास में खमीर चढाने की प्रक्रिया में अधिक मात्रा में लॅक्टिक आम्ल तैयार करने वाले किटाणूओं का समावेश होता है।
- इसमें सुखे घटकों की मात्रा नियमित रूप में होने वाली मात्राकी अपेक्षा (३० से ३५% अधिक होता है। इसलिए खट्टा करनेकी प्रक्रिया कम मात्रा में हो जाती है। पानी में घुलने वाले कर्बोदकोका (WSCs) लॅक्टिक आम्ल में कम मात्रा में परिवर्तन होता है। इसलिए इस तरहके मुरघास में सामु की मात्रा सामान्य या अन्य मुरघास की अपेक्षा अधिक होती है।
- इसमें खट्टा करने की प्रक्रिया के दौरान पानी में घुलने वाले कर्बोदक (WSCs) लॅक्टिक, आम्ल में परिवर्तित न होकर कुछ मात्रा में उसी अवस्था में रहते हैं। यह मात्रा उनके शुष्कता की मात्रा पर अवलंबित होती है।
- इस तरह के चारे को मुरघास तैयार करते समय अच्छी तरह से दबाया ना जाने के कारन अन्य मुरघास की तरह उसमें से ऑक्सिजन बाहर नहीं निकाल पाते। इसलिए ऐसे मुरघास में काई तैयार होनेकी संभावना अधिक होती है। उपरोक्त सभी कारनोंकी वजहसे इस तरहका मुरघास अच्छी गुणवत्ताका नहीं बन पाता।

बाह्य घटकों के साथ मुरघास (Additives)

इस तरहके मुरघास में चारेके साथ अन्य उपयोगी घटकोंका उपयोग किया जाता है। इस में मुख्यतः प्रोबायोटिक, गुड, चोटा (मलफेन), युरीया आदि घटकोंका समावेश होता है।

मुरघास प्रक्रिया के चरण

मृदू चरण (Soft Stage)

इस चरण में चारे में बाकी रहे ऑक्सिजन की तरफ से ऑक्सिडेशनकी प्रक्रिया होती है। उस में से तापमान और कार्बनडायऑक्साइड का उत्सर्जन होता है। चारे में होनेवाला ऑक्सिजन खतम होने के बाद यह प्रक्रिया ठहर जाती है। यह प्रक्रिया सामान्यतः कुछ घंटोतक चलती है। इस चरण में चारे में होने वाले एन्झाईम हमेशा की तरह कार्यरत होते हैं और ऐसे चारे का सामू सामान्यही याने ६.० से ६.५ होता है। यह चरण अच्छी तरहसे होने के लिए चारा अच्छी तरहसे हवाबंद किया जाना चाहिए और चारा काँटनेके बाद उसे खुली हवा में रखना चाहिए। एक के उपर एक रखनेसे चारे का ऑक्सिडेशन बाहर ही होता है। इस चारे में अगर हम हाथ डालें तो हमे वह गर्म लगता है। इससे मुरघासकी प्रक्रिया ठीक नही होती। मुरघास का यह चरण ठीक तरहसे पार करनेके लिए नीचे दिए गए मद्दोंपर गौर करना जरुरी है।

- मुरघास बनानेकी प्रक्रिया १ से २ दिनमें करना जरुरी।
- मुरघास करते हुए जो कुट्टी की जाती है उसकी लंबाई सामान्यतः १ से ३ सें.मी. हो जिससे चारे को दबाते हुए वह एक दुजेमें अटक जाएगा और कम से कम हवा अंदर रहेगी।
- मुरघास बनाते हुए हवा को बाहर निकालनेके लिए अधिक से अधिक दबाव देना जरुरी होता है। इसलिए हम जिस मात्रा में अधिक दबाव डालेंगे, उस मात्रा में कम से कम हवा अंदर रहेगी। १ घनफीट की आकारमानमें सामान्यतः १६ से २० किलो तक का चारा बैठना चाहिए। ऐसे दबे हुए चारे में उँगलियाँ अंदर नहीं जानी चाहिए।
- इस अच्छी तरहसे दबे हुए चारे पर अच्छी तरहसे ढक्कन डालकर उसे हवाबंद कर लें। उसपर वजन डालें, जिससे उस में फिरसे हवा अंदर नहीं जा पाएगी। उसपर वजन डालनेके लिए हम पुराने टायर, मिट्टी, समतल पत्थर, बालू के बारदान या लकडियाँ इनको उपयोगमें ला सकते हैं।

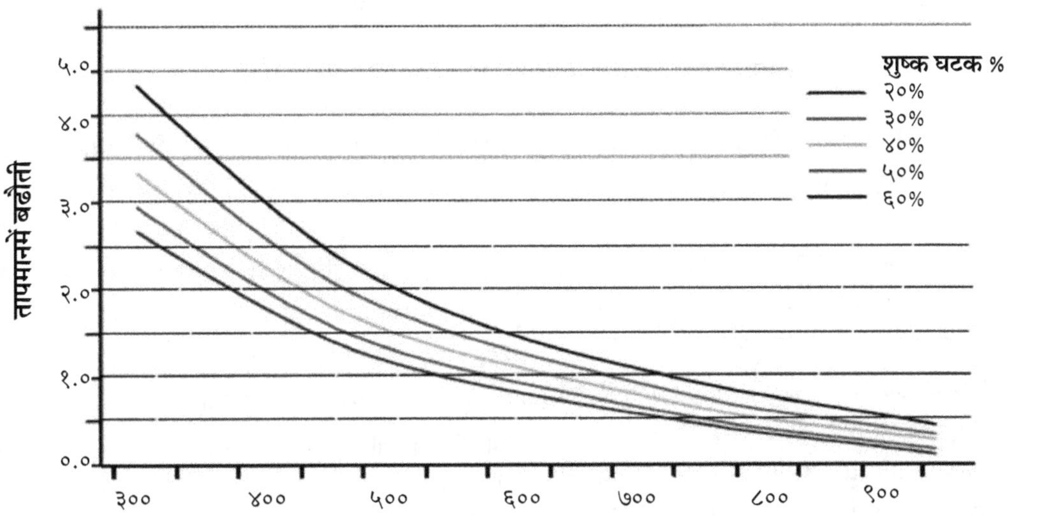

चारे को ठीक तरह से सुखाया नहीं गया तो उसके तापमान के अनुसार सुखे अन्नघटकोंपर होनेवाला परिणाम

- मुरघास पुरा हो जानेके बाद उपरसे पडने वाला बारीशका पानी और बाजूसे आने वाला पानी इसकी तकलिफ ना हों इसकी सावधानी बरतना जरुरी होता है।

खमिर चढानेका चरण

(Fermentation Stage)

इस चरणकी अवस्था चालू होती है, उस वक्त चारे में होने वाला ऑक्सिजन पुरी तरहसे खतम हुआ होता है। इसलिए ऑक्सिडेशन की प्रक्रिया रुक जाती है। यह खट्टा करनेकी प्रक्रिया कुछ दिनोंसे कुछ सप्ताहों तक भी चल सकती है। यह कालावधी चारेका दर्जा तथा मुरघास करनेकी पद्धती इसपर अवलंबित होता है। मुरघास बनानेकी जिस पद्धतीमें हमने पुरी तरहसे सावधानी ली हुई होती है, ऐसे मुरघासके खट्टा करनेकी चरणमें लॅक्टिक आम्ल तैयार करने वाले कीटाणूओंकी संख्या अधिक होती है, और इस तरहकी मुरघासमें सामू कमसे कम कालावधी में ३.५ से ४.५ तक आ जाता है। याने खमिर चढाने की जिस प्रक्रिया में लॅक्टिक आम्ल बनाने वाले कीटाणू अधिक होते है, उसमें मुरघास

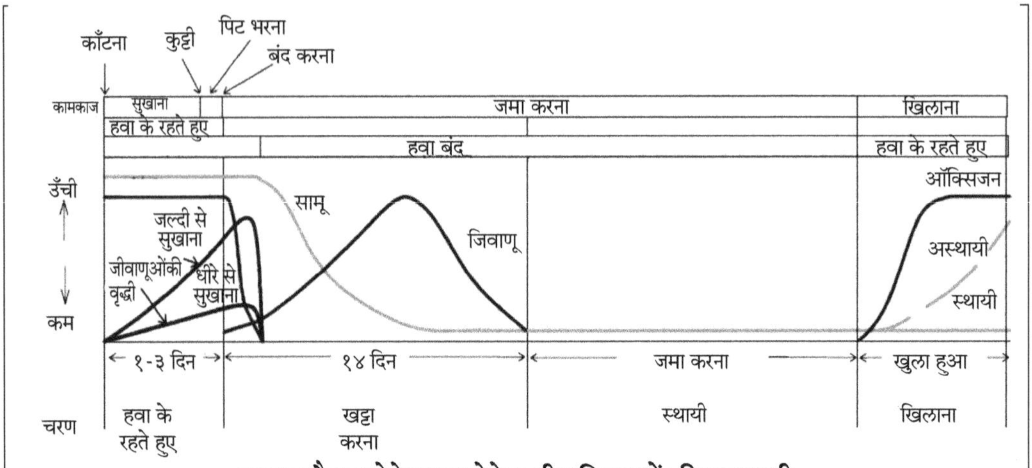

मुरघास तैयार होते समय होनेवाली प्रक्रियाओं की जानकारी

का दर्जा एकदमसे अच्छा होता है। मुरघास का यह चरण अच्छी तरहसे पार करने के लिए आगेवाली चीजों पर ध्यान केंद्रीत करना महत्त्वपूर्ण है-

- मुरघास करते हुए चारे में होने वाली पानी की मात्रा कितनी है इसपर मुरघास की गुणवत्ता अवलंबित होती है। अगर चारे में सुखे घटकों की मात्रा ३० ते ३५% हो तो खट्टा करने की प्रक्रिया अच्छी होती है।
- मुरघास बनाते हुए उपयोग में लाए गए चारे में अब कर्बोदकों की मात्रा अच्छी हो तो लॅक्टिक आम्ल तैयार करने वाले कीटाणूओं की संख्या अधिक होती है। परिणाम स्वरूप मुरघास अच्छी गुणवत्ता का बन जाता है। लेकिन बहुत बार हम यह मात्रा उचित रूपसे नियंत्रित नहीं कर सकते। ऐसे समय गुड वाला पानी या मोलॅसिस का उपयोग करनेसे हम जैसा चाहिए वैसा अच्छी गुणवत्ता का मुरघास बना सकते है।
- मुरघास अच्छा बने इसके लिए उसमें लॅक्टिक आम्ल तैयार करने वाले किटाणूओं का अधिक मात्रामें होना आवश्यक है और बहुत बार यह साध्य नही हो पाता। ऐसे समय अगर बाहरसे ऐसे किटाणूओं की मात्रा दी जाए, तो खमिर चढाने की प्रक्रिया अच्छी होकर मुरघास का दर्जा बढता है।

सुप्तावस्था वाला चरण (Static Stage)

यह पद्धति सामान्यतः किण्वन प्रक्रिया के बाद शुरू हो जाती है। मुरघास बनाना शुरू करने के बाद दो हफ्तोंके बाद यह प्रक्रिया शुरू हो जाती है। इसमें शुरू में जो तापमान बढा है वह कम हो जाता है, उसके साथ ही सामू भी कम हो जाता है। सामान्यतः एकदल चारेमें इस तरह का सामू ३.८ से ४.० ऐसा होता है तो द्विदल चारे में इसकी मात्रा थोडी अधिक याने ४.३ से ४.५ इतनी होती है। एकदल चारे में कर्बोदकों की मात्रा अधिक होने के कारण उसमें लॅक्टिक आम्ल किण्वन (Lactic Acid Fermentation) प्रक्रिया अच्छी होती है और सामू भी झट से कम होता है। यही मात्रा द्विदल चारे में इतनी कम नहीं हो पाती क्योंकि द्विदल चारे में कर्बोदकों की मात्रा कम होकर प्रथिनों की मात्रा अधिक होती है। इसलिए एकदल चारे की मात्रा में, द्विदल चारे का मुरघास अधिक सफल या गुणवत्तापूर्ण नहीं होता। इस में लॅक्टिक आम्ल की मात्रा अन्य सभी आम्लों की तुलना में ७०% से भी अधिक होती है। याने अगर हम सुखे घटकों के बारेमें सोचें तो यह मात्रा ३ से ६% इतनी होती है। अगर लॅक्टिक आम्लकी मात्रा ७०% इतनी कम हो तो ऐसा चरण अस्थिर होता है। चारेमें उपलब्ध होने वाली शक्कर

किण्वन प्रक्रिया के कारन लॅक्टिक आम्ल में परिवर्तित हो जाती है। यह स्थिर प्रक्रिया शुरू होने से पहले किण्वन प्रक्रिया पूरी हुई होती है। मुरघास बनाते हुए जब चारे में सुखे घटकों की मात्रा ३०% से कम होती है तब किण्वन प्रक्रिया इतनी अधिक अच्छी नहीं होती। क्योंकि ऐसी प्रक्रिया अधिक अच्छी तरहसे होने के लिए ज्यादा शक्कर की जरुरत होती है। पानी की मात्रा अधिक होनेसे वह पुरी नहीं होती और मुरघास का सामू जल्दीसे कम नहीं होता। इसका स्थिर चरण पर परिणाम होता है। ऐसे अधिक पानी या कम सुखे घटक (३०% से कम) होने वाले मुरघास में क्लोस्ट्रीडीयल (Clostridial) जैसे कीटाणूओं की वृद्धी ऑक्सीजन के बगैर होकर मुरघास का सामू ५.० से ५.५ तक बढता है। ऐसे कीटाणू प्रथिनों का विघटन करते है इससे मुरघास की गुणवत्ता और कम हो जाती है। कभी कभी तो पुरा का पुरा मुरघास खराब हो जाने की संभावना होती है। इसिलिए मुरघास बनाते हुए चारे में पानी की मात्रा ६५-७०% से अधिक नहीं होनी चाहिए। इसीलिए इस प्रक्रिया में मुरघास का सामू ४.० के नीचे आना अच्छी मुरघास के लिए जरुरी है। इस पद्धती में चारेका सामू कम हुआ होने के कारन बहुत प्रकार के कीटाणू इसमें जिंदा नहीं रह सकते। इस तरह से तबतक मुरघास प्रक्रिया में हवा तथा पानी नहीं घुस जाता तबतक इस चरणको किसी भी तरह का धोखा नहीं होता। अगर हवा अंदर चली गयी तो ऑक्सिडेशन प्रक्रिया के कारन चारा खराब हो जाने की संभावना होती है।

	सुखे घटक %
लॅक्टिक आम्ल	३.६%
ॲसेटिक आम्ल	८२%
ब्युटेरिक आम्ल	८०.१०%
प्रोपेओनिक आम्ल	-०.१%

खाना देने का चरण – (Feedout Stage)

इस चरणमें जानवर को खाने में देने के लिए मुरघास को खोलते हैं। इसलिए मुरघास की गुणवत्ता कायम रखने के लिए यह चरण अतिमहत्त्व का है। इस चरण में अनेकों दिनों तक स्थिर पद्धति में सुरक्षित होने वाला मुरघास हवा के संपर्क में आता है। इसलिए हवा में होने वाले ऑक्सिजन की संपर्क के कारन जो जीवाणू कम सामू होने वाली अवस्था में सुप्तावस्था में होते है, वे पुनः सक्रिय हो जाते हैं। उचित वातावरण प्राप्त होनेके कारन उनकी जल्दी से वृद्धि होनी शुरू हो जाती है। जिस मात्रा में इन जीवाणूओं की संख्या बढेगी, उस मात्रा में मुरघासका तापमान भी बढता है। कभी कभी वह ५०% से भी अधिक होता है। इस प्रक्रियामें लॅक्टिक आम्ल की मात्रा कम होकर उस में अन्य घातक जीवाणूओं की (यीस्ट और योल्ड) वृद्धि होकर, मुरघास में होने वाले शुष्क पदार्थों की मात्रा कम होने लगती है। इसलिए जानवर को मुरघास खानेमें देते हुए मुरघास का पृष्ठभाग कमसे कम हवा की संपर्क मे आना चाहिए। साथही जानवर को खाने में देने के लिए खुला किया गया हिस्सा तुरंत से बंद करना चाहिए, इससे मुरघास की गुणवत्ता कायम रहेगी ।

तैयार मुरघास जानवरों के खाने के लिए जब पहली बार खोल दिया जाता है वह चरण!

■ ■ ■

मुरघास के लिए चारा उत्पादन

हरे चारे को जब हवाबंद अवस्था में रखा जाता है तब खमिर चढाने की प्रक्रिया के माध्यम से किटाणु, चारे में होने वाली शक्कर, तथा पानी में घुलने वाले कर्बोदक (WSCs) इन का आम्ल तथा अन्य पदार्थ में विघटन करते है। इस पद्धती में अधिकसे अधिक मात्रा में आम्ल तैयार करके सामू कम करनेका प्रयत्न किया जाता है। जब सामू कम हो जाता है उस वक्त सभी किटाणूओं की वृद्धि थम जाती है और वे सुप्तावस्था में रहते है इसलिए आगे वाली प्रक्रिया भी थम जाती है और चारा भी खराब नहीं होता। जब तक परिस्थिती में बदलाव नही आता तब तक यही अवस्था कायम रहती है। इसलिए यह चारा अच्छी तरहसे जम कर रहनेके लिए मुरघास में होने वाला सामू कम से कम समय में कम होना आवश्यक होता है। सामू को अगर जल्द से जल्द कम करना हो तो खट्टा करने की प्रक्रिया का अच्छी तरहसे होना और पानीमें घुलने वाले कर्बोदक (WSCs) और सुखे पदार्थ इनकी मात्रा, मुरघास बनाते समय कितनी है यह मालूम होना बहुत महत्त्वपूर्ण होता है। मुरघास में होने वाला सामू ३.८ से ४.० ऐसा होना आवश्यक है। चारा अगर ज्यादा सुखा हो या दलहन चारे का मुरघास भी बनाया तो भी सामू की मात्रा ५.० से कम ही रहनी चाहिए। मुरघास की अवस्था में होने वाले चारे का सामू अगर नियंत्रण में रखा जाए तो नुकसान नहीं होता तथा अन्नघटकों की मात्रा भी ठीक रहती है।

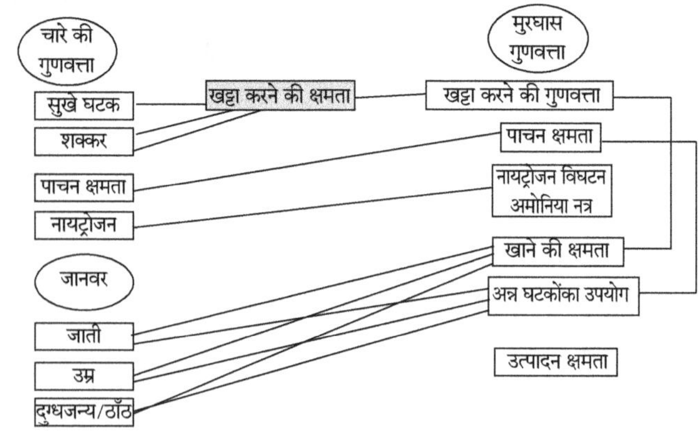

मुरघास से अच्छा लाभ पाने के लिए अत्यावश्यक घटक : चारा, मुरघास प्रक्रिया तथा जानवर

मुरघास की गुणवत्ता अगर अच्छी चाहिए तो उस के लिए बहुत सारे घटक आधारभूत होते हैं। इन में सबसे महत्त्वपूर्ण घटक होता है, मुरघास बनाते हुए हमारे द्वारा उपयोग में लाए गए चारे में कितनी गुणवत्ता के घटक थे और खट्टा करने की प्रक्रिया करते हुए किस तरह के किटाणू उपलब्ध थे। मुरघास की गुणवत्ता चारे में होने वाले अन्नघटक याने पाचनक्षमता, प्रथिनों, उर्जा तथा क्षार इनपर भी अवलंबित होती है। कम गुणवत्ता वाला मुरघास जानवरों को खाने में भी पसंद नही आता। प्रथिनोंका कम मात्रा में पाचन होकर नुकसान हो जाता है। इसलिए अच्छा मुरघास बननेके लिए कौनसे घटक महत्त्वपुर्ण है यह हम देखेंगे।

- खेतमें होनेवाले चारेको काँटते समय और मुरघास बनाते समय उसके रासायनिक तथा भौतिक गुणधर्मोंको जाँचना और उसके अनुरूप चारा काँटनेका समय तय करना आवश्यक होता है।
- चारे को काँटने के बाद उस में होने वाले पानी की मात्रा को कम करनेके लिए चारेको एक दिन सुखाना पडता है। चारा सुखाने की पद्धति तथा कितनी मात्रा में चारा सुखाया जाता है इसपर भी मुरघास की गुणवत्ता अवलंबित होती है।
- चारा काँटते हुए वह कितना पक गया है, इसपर भी मुरघास की गुणवत्ता अवलंबित होती है। अगर चारेको बहुत जल्दी काँटा जाए तो उस में अधिक अन्नघटक होनेके बावजूद खमिर चढाने की प्रक्रिया ठीकसे नहीं होती। इसके विपरित चारा अगर अधिक पक गया हो तो उस में जंतूओं की मात्रा बढकर, खमिर चढने की प्रक्रिया अच्छी हो जाती हैं। लेकिन अच्छे अन्नघटक न होनेके कारन मुरघास आवश्यक उतनी गुणवत्ताका नहीं हो पाता। इसलिए मुरघास के लिए चारा/मका काँटते हुए हमेशा लासा/रस बहनेवाला मका/चारा काँटना जरुरी है। उस में अधिक से अधिक अन्नघटक होते हैं।
- मुरघास बनाते हुए अगर हमने उचित समयपर उचित अवस्था में होने वाला चारा काँट लिया और उसे उचित मात्रा में सुखाया भी फिर भी अगर हम मुरघास प्रक्रिया के लिए जरुरी सावधानी नहीं बरतते, तो मुरघास ठीक नहीं बन पाता।
- हवाबंद स्थिती को कायम रखते हुए जानवरोंको मुरघास खिलाते समय अच्छी सावधानी बरतने परही उसकी गुणवत्ता अंततक कायम रहती है।

मुरघास की गुणवत्ता को तय करनेवाले घटक

मुरघास बनाते हुए हम जिस चारे का उपयोग कर रहें है उस में होने वाले घटकों पर मुरघास की गुणवत्ता अवलंबित होती है। इसमें मुख्यतः चारे में होने वाले सुखे घटको की मात्रा (Dry matter (DM)2), पानी में घुलने वाले कर्बोदक (WSCs) तथा स्थिरता की क्षमता (Buffering Capacity (BC)) यह चीजें मुरघास की गुणवत्ता तय करने में बहुत अहम भूमिका निभाती है।

- **सुखे घटकों की (DM2) मात्रा**

मुरघास बनाते हुए सुखे हुए घटकों की मात्रा अगर नियंत्रित ना हो तो मुरघास की गुणवत्ता पर निश्चयही परिणाम हो जाता है। इस में मुख्यतः पानी की मात्रा अधिक होने पर उस में होने वाला ज्यादा का पानी मुरघास की तह में जमा हो जाता है। यह पानी सिर्फ पानी न होकर उसमें कुछ मात्रा में अन्नघटकों का भी समावेश होता है। बहुत बार मुरघासकी तहसे पानी बाहर निकलता हुआ दिखाई देता है, यह वही पानी होता है।

बहुत बार मुरघास में बाहरसे पानी डाला जाता है, चारेके साथ मुरघास में पानी चला जाता है, चारे को ठिकसे सुखाया नहीं जाता, या फिर अधिक मात्रा में पानी होनेवाले चारे का मुरघास के लिए उपयोग किया जाता है। इन सब कारनोंसे मुरघास के

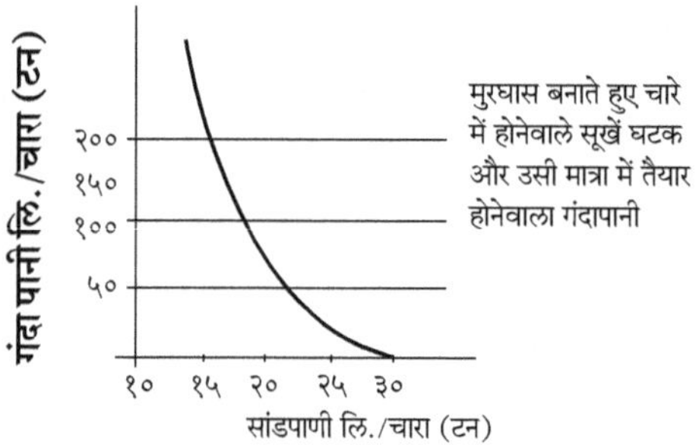

मुरघास बनाते हुए चारे में होनेवाले पानी की मात्रा अगर बढ गयी तो मुरघास में गंदा पानी तैयार हो जाता है।

लिए आवश्यक होनेवाले ३० से ३५ % सुखे घटक उपलब्ध नहीं हो पाते। इसका परिणाम मुरघास की गुणवत्ता पर होता है। यह ज्यादा का पानी तहमें जमा हो जाता है। पानीमें घुलने वाले बहुतसे कर्बोदक (WSCs) तह के पानी में घुल जाने के कारन खट्टा करने की प्रक्रिया के लिए कर्बोदक कम पड जाते है। इसीकारन मुरघासका सामू कम नही होता। परिणाम स्वरूप मुरघासकी गुणवत्ता कम हो जाती है। यह ज्यादा का पानी पर्यावरण की दृष्टीसे भी अहितकारी होता है। उसमें होनेवाले BOD की मात्रा २०० गुना (१२००० से ८३००० मि.ग्रा. प्रति लिटर) अधिक होता है। ऐसे मुरघास में, मुरघास के लिए उपयोगी होने वाले घटक बाहर से डालने से ऐसा पानी कम जमा हो जाता है तथा सामू जल्दीसे कम होकर मुरघासकी गुणवत्ता अच्छी हो जाती है। इस पानी की मात्रा चारे के कुट्टी के आकार पर भी अवलंबित होती है। कुट्टी का आकार अगर अधिक छोटा हो तो पानी की मात्रा अधिक होती है, आकार अगर बडा हो तो पानी की मात्रा कम होती है।

मुरघास में होने वाले सुखे घटकों के कारन उस में होने वाले किटाणू बढ जाते हैं। जैसे जैसे सुखे घटकों की मात्रा बढेगी और सामू कम हो जाएगा वैसे वैसे किटाणूओं की बढौती कम हो जाती है। साथ ही सुखे घटकों की मात्रा बढ गयी और सामू भी बढ गया तो भी किटाणूओं की बढौती कम हो जाती है। सामू

मुरघास बनाते वक्त होनेवाला वजन (ग्रॅम)
सुखे घटक (%) = ... X १००
चारा कॉंटते वक्त होनेवाला वजन (ग्रॅम)

६५ ग्रॅम
सुखे घटक (%)= .... X १००
१०० ग्रॅम

कभी कभी तो सूखे घटकोंकी मात्रा ग्रॅम/ किलो ऐसा करते है। वह कैसे तय करना यह देखते हैं।

सूखने के बाद का वजन (ग्रॅम)
सूखे घटक (ग्रॅम/किलो) .... X १००
कॉंटते हुए होनेवाला वजन वजन (ग्रॅम)
१% = १० ग्रॅम

मुरघास बनाते हुए सूखे घटकोंकी मात्रा बहुतही अधिक महत्वपूर्ण होती है वह कैसे तय करता इसके बारे में जानकारी

अधिक हो तो भी सुखे घटक अधिक होने के कारन किटाणूओं की वृद्धी कम हो जाती है। इसलिए ज्यादा सुखा चारा होने वाले मुरघास का सामू अधिकही होता है। इस अवस्था में पानी में घुलने वाले सभी कर्बोदक खमिर चढाने की प्रक्रिया से गुजरते ही है ऐसा नही। उसमें से कुछ हिस्सा वैसेही रह जाता है। जब हम मुरघास को खानेके लिए खोल देते है तब यह बचा हुआ हिस्सा और अधिक जाया हो जाता है। सुखे घटक कम होनेवाले मुरघासमें क्लोस्ट्रीडीया प्रकारके कीटाणू अधिक गतीसे बढते हैं। इस तरहके कीटाणू मुरघासको खराब करनेका कारन होते है। बजाए इसके सुखे घटकों की मात्रा ३०% सेभी अधिक होने पर ऐसे मुरघास में लॅक्टिक आम्ल किटाणूओं की वृद्धि अधिक अच्छी मात्रा में होती है इस से मुरघास अच्छा हो जाता है। इसी के साथ अगर हम चारे में सुखे घटकों की मात्रा उचित रूप से रखें तो ऐसे चारे में पानी में घुलने वाले कर्बोदकों की मात्रा तौलनिक रूप से अधिक होती है। ऐसे वातावरण में लॅक्टिक आम्ल किटाणूओं की वृद्धी अच्छी तरहसे होती है।

मुरघास बनाते हुए चारे की दब जाने की क्षमता

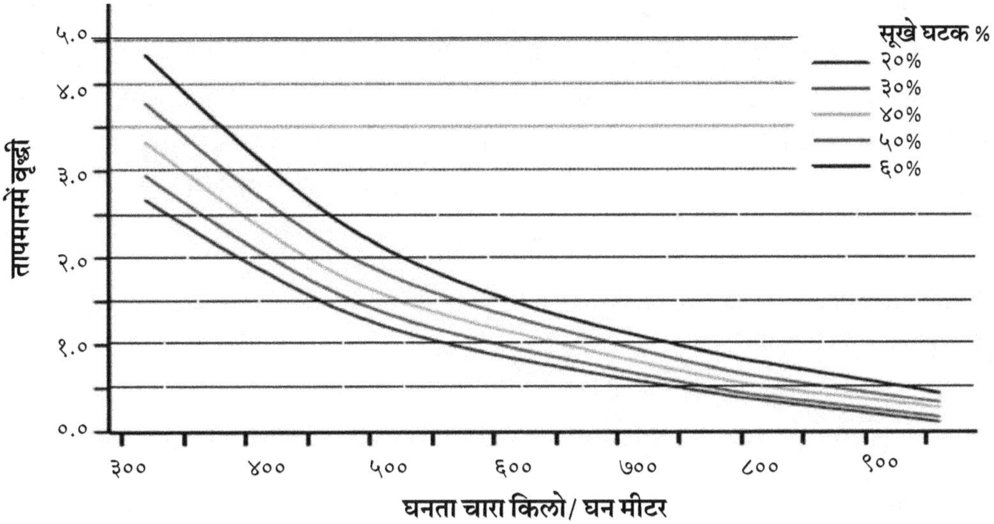

चारा दबाने की क्षमता (घनता) तथा सूखे घटक इनका मुरघास में होने वाले तापमान की वृद्धी पर होने वाला परिणाम

उस में होने वाले सूखे घटकों पर अवलंबित होती है। अगर मुरघास में होने वाले सूखे घटकों की मात्रा बहुतही अधिक हों तो ऐसा चारा अच्छी तरहसे दब नहीं पाता। इस कारन उसमें बाकी रहे ऑक्सिजनके कारन पानी में घुलने वाले कर्बोदकों की मात्रा कम होकर खमिर चढने की प्रक्रिया ठीकसे नहीं होती। और हमें उचित मात्रा में मुरघास की गुणवत्ता नहीं मिल पाती।

मुरघास का दर्जा तय करते हुए बहुत सारे चीजों के बारे में हम सोचते है। मुरघास बनाते हुए कौन सी फसल हम उपयोग में लाते है, यह भी उस के दर्जा इतनाही महत्त्वपूर्ण है। चारा फसलों में सबसे अच्छा मुरघास मके का बनता है। मके में पानी में घुलने वाले शक्कर की मात्रा अधिक होने के कारन उसका खमिर चढाने की प्रक्रिया में महत्त्वपूर्ण स्थान है। साथही नेपियर घास में तंतूमय पदार्थों की मात्रा अधिक होने के कारन मकई की तुलना में खट्टा करने की प्रक्रिया कम क्षमता की होती है। दलहन चारा फसलों का मुरघास अच्छा बननेके लिए अधिक ध्यान देना पडता है।

• बायन

एकही फसल का भी एक जैसा मुरघास नही हो पाता। ऐसी फसल के बायन के प्रकार पर मुरघास की गुणवत्ता अवलंबित होती है। आपको तो पताही है की एक ही फसल के अने को बायन होते है। और बायन के अनुसार उस में होने वाले अन्न घटकों की मात्रा बदलती रहती हैं। इसलिए जिस बायन में मुरघास के लिए जरुरी अन्नघटक अधिक है, ऐसे बायन का मुरघास अच्छी तरहसे होता है। इसीलिए मुरघासके लिए फसल का बायन भी महत्त्वपूर्ण है। मकई के फसलमें भी मुरघास के लिए कुछ अलग बायन है, उनका मुरघास अच्छा बन जाता है।

• मिट्टी

जमीन अगर अधिक उत्पादनक्षम हो तो हमें अच्छी कोटी का चारा मिलता है, और हम अच्छा मुरघास बना सकते है।

• कर्बोदके

चारा फसलों में उसका अच्छा मुरघास बनने के लिए पानी में घुलने वाली शक्कर की मात्रा आवश्यक होती

है, इससे खट्टा करनेकी प्रक्रिया अच्छी होती है। इसलिए कौनसे समय चारेमें अधिक मात्रा में कर्बोदक होंगे, ऐसे समयही अगर हम ने चारे को काँट लिया तो उसका अच्छा मुरघासबना हुआ दिखाई देता है।

होने वाला कृषिकर्म, खाद तथा बीज बोने के लिए उपयोग में लायी जाने वाली अद्यतन तकनिक इसपर अवलंबित है। अधिक से अधिक मुरघास बनाने के लिए तैयार की गयी मकई की जाती सामान्यतः ९० से १५० दिनोंमें निकालने के लिए तैयार हो जाती है।

चारा फसलें

मकई

जवार

बाजरा

सुदान घास

हायब्रीड नेपियर

लेमन घास

मुरघास बनाने के लिए कुछ जरुरी चारा फसलें

• परिपक्वता

फसल का उचित पकना भी मुरघास की गुणात्मकताका एक कारन हो सकता है। चारे की फसल ज्यादा न पकने दे कर उचित समय पर उस को काँटकर हम अच्छा मुरघास बना सकते है अगर चारा ज्यादा पक गया तो उसमें तंतुमय पदार्थों की मात्रा अधिक हुई दिखाई देती है। जहाँ पर कर्बोदक पदार्थों की अपेक्षा तंतुमय पदार्थ अधिक होते है वहाँपर मुरघास का दर्जा जरुरी मात्रा में नहीं मिलता।

• मकई

मुरघास बनाने के लिए मकई सबसे अच्छी फसल है, उससे सबसे अच्छा गुणात्मकता पूर्ण मूरघास तैयार कर सकते है। इसके लिए पर हैक्टर मके का अधिक उत्पादन ले पाना आवश्यक है। यह उत्पादन खेत में

बीजों का चयन : मुरघास के लिए मकई के बीज की जाती को चुनते हुए मुख्यतः उससे प्राप्त उत्पादन के, दर्जेके तथा रोगप्रतिरोधक शक्ती के बारे में सोचना आवश्यक है।

- पत्ते में तथा तने में होने वाला चारे का दर्जा जाती के अनुसार बदलता है। अधिक दानों की मात्रा देने वाली जातीयाँ भी अधिक उत्पादन दे सकती है। इसलिए ऐसे चयन करते हुए अधिक उत्पादन देने वाले जाती का चयन करना चाहिए। सब से अच्छे पशुव्यवस्थापन को ऐसा चारा जरुरी होता है।
- मध्यम कालावधी होनेवाले जाती का चयन करना चाहिए क्योकि जल्दी कालावधी होने वाली जाती का चयन करने से उस में उत्पादन

कम लेकिन दर्जा अधिक होता है। वहींपर देर की कालावधी होने वाली जाती का चयन करने से उत्पादन अधिक लेकिन दर्जा कम मिलता है। मध्यम कालावधी होनेवाली जाती का चयन करने से उत्पादन भी अधिक मिलता है और उस मुकाबले में गुणवत्ता भी अधिक होती है।

- अन्य फसलों के नियोजन के कारन अगर कालावधी कम मिल रहा हो, तो हम जल्दी बढने वाला बायन लगाने के संबंध में विचार कर सकते हैं।
- कुछ बायन ऐसे होते है कि वे पक गये तो भी उनका ताजा पन वे अधिक दिनोंतक कायम रखते हैं। ऐसे समय हमें मुरघास बनाते हुए व्यवस्थापन करने के लिए पर्याप्त समय मिल सकता है।

• फसल का नियोजन

अच्छे मुरघास करने के लिए अच्छी पद्धति का दर्जेका उत्पादन प्राप्त हो इसलिए उस फसल का उचित नियोजन होना जरुरी है।

पौधों की संख्या : जितने सामान्यतः मुरघास बनाते हुए हम पौधों को उपयोग में लाते हैं, उनकी गिनती नियमित रूपसे मकई का उत्पादन लेने वाले पौधों की गिनती से १० से २० प्रतिशत अधिक होती है। बहुतसे बायनो में हम इसकी मात्रा प्रति हेक्टर ६५००० पौधे ऐसा रख सकते हैं। जल्दीसे तथा मध्यम गती से बढने वाले बायनों मे पानी तथा अन्य चीजों का अच्छेसे नियोजन करके यह मात्रा प्रति हेक्टर ८०००० से ९०००० तक ले जा सकते हैं। लेकिन इस में भी कम फसल कें दानोंकी मात्रा कम मिलकर सामान्य उत्पादन कम मिलनेकी संभावना होती है।

• काँटने का समय

मकई के बूटे में होने वाली दूध की रेखा, मकई का दाना कितना पका यह दर्शाती है। मकई के चारे में होने वाले सुखे घटकों की मात्रा और मुरघास के लिए चारे को काँटने का उचित समय, बहुत बार इस दूधकी रेखा की मदद से निश्चित किया जा सकता है। सिर्फ अकाल या पानी की कमी की अवस्था में इस में कम अधिक फर्क आ सकता है। दूध की रेखा का गुणांकन ० से ५ ऐसा सामान्यतः किया जाता है। बुटे के अंदर जो छेद होता है, उस में सबसे बाहर की दिशा में दूध की रेखा स्पष्ट रूप से दिखाई नहीं

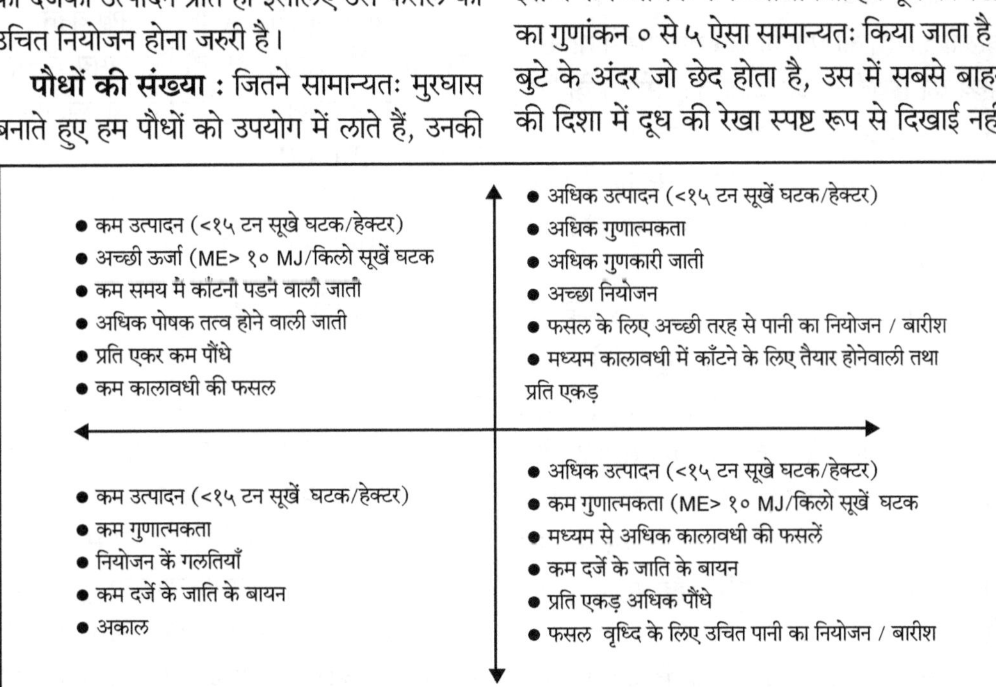

नियोजन पद्धति का चारे की गुणात्मकता पर होने वाले परिणाम

देती। उसे ० गुणांकन ऐसा कहते है। धीरे धीरे यह रेखा बाहर की दिशासे दिखाई देते हुए अंत में अंदर की दिशा में आकर समाप्त होती है इसे ५ गुणांकन ऐसा कहते हैं।

यह प्रक्रिया सामान्यतः ७ से १० दिन तक चलती है। दूध की रेखा के २.५ गुणांकन में यह रेखा मध्य की स्थिती में आ जाती है। मुरघास के लिए मकई को काँटने की यह सबसे उचित समय है, ऐसा कहा जा सकता है। इस समय सुखे घटकों की मात्रा, चारेका उत्पन्न मुरघास के लिए आवश्यक होने वाले गुण सबसे अधिक होते है।

यहाँ पर चारे में होने वाले सुखे घटकों की मात्रा ३३ से ३८ प्रतिशत होती है। दूध की रेखा का गुणांकन जब २.५ होता है उस वक्त बुटा हरे रंगसे सफेद रंग मे परिवर्तित होता जाता है। साथ ही नीचे की तरफ होने वाले पत्ते सुखने लगते है। यह स्थिती उस फसल का बायन, और फसल बढने के लिए आवश्यक होने वाली अन्य परिस्थिती पर अवलंबित होता है।

सारिणी में दर्शाया है की बूटे में होने वाले दूध की रेखा के गुणांकन की आधार पर अलग अलग बायनों में उत्पादन सुखे घटक, दानों की मात्रा, क्रूड प्रथिनो तथा उर्जा इन की मात्रा कैसी होती है। इससे हम यह ठीक अंदाजा प्राप्त होता है की मुरघास के लिए चारे की फसल को कब काँटना चाहिए। बहुत बार माहौल के डरसे कुछ किसान समय से पहले चारे की फसल को काँट लेते है। ऐसे समय में फसल में सूखे घटकों की मात्रा कम होती है। इस तरह के मुरघास में उत्पादन तथा खट्टा करने की प्रक्रिया पर परिणाम होकर मुरघास में होने वाली पानी की मात्रा के कारन बहुतसे घटक पानी के साथ बह तो जाते ही है साथही मुरघास की गुणात्मकता भी कम हो जाती है। जब दूध की रेखा का गुणांकन १ या सुखे घटकों की मात्रा २६% से कम होती है तब ऐसी कठिनाइयाँ हो सकती है। जिन किसानों को कम समय में इस तरह का मुरघास बनाना है ऐसे किसानों को जल्दी से तैयार होने वाले बायनों को बोना चाहिए। इसके विपरीत अगर कभी चारा काँटने में देर हो गयी, याने दूध की रेखा का गुणांकन ५ हों और सुखे घटको की मात्रा ३८% से अधिक हो, तो ऐसे समय में चारा अच्छी तरहसे दबाने की प्रक्रिया में भी कठिनाइयाँ आती है। मुरघास में हवा अधिक रहने के कारन खट्टा करने की प्रक्रिया ठीकसे नहीं होती और इसका परिणाम मुरघास के दर्जेपर होता है।

चारा काँटने की लंबाई

जमिन से कितनी दुरीपर चारा काँटना है, इसपर भी मुरघास का दर्जा अवलंबित होता है। अगर हमने जमिन से सटकर फसल को काँट लिया, तो संभवतः मुरखास में होने वाली सुखें घटकों की मात्रा बढ सकती है। इसलिए जमिन से विशेष रूपसे तय किए हुए उंचाईपर अगर हम चारे को काँटे तो मुरघास का दर्जा अधिक अच्छा बनता है और उस में K^2MO की मात्रा भी अधिक होती है। अलग अलग बायन अलग अलग गुणवत्ता के होने के कारन सभी बायनों

वृद्धी	उर्जा MJ/Kg सुखे घटक	प्रथिने % सुखे घटक	आने वाला उत्पन्न MT सुखे घटक / हेक्टर
दूध की आधी रेखा (गुणांक २-३)	१० से ११	४.५ से ८.५	१२ से २५

मकई के चारे में होने वाला गुणांकन २ से ३ के बीच में होने पर होने वाले पोषकतत्व तथा मिलने वाला उत्पादन

के लिए एक ही उँचाई पर चारा काँटना कठिन है। फिर भी सामान्यतः हम उसे १५ सें.मी. तक रख सकते है। इससे मुरघास का दर्जा बढता है। लेकिन कम उत्पादन मिलने की संभावना होती है। सामान्यतः ५ से १०% कम उत्पादन होकर मुरघास की पाचनीय क्षमता २% तक बढती है। चारे की फसल को अगर अधिक उँचाई पर काँटा जाए तो नीचे रह गए फसल के हिस्से से, दुसरी फसल लगाते समय तकलीफ हो सकती है, यह ध्यान में लेना जरुरी है।

कुट्टी की लंबाई

जुगाली करने वाले जानवरों के लिए उन्हे हम जो कुट्टी खिलाते है उस कुट्टी की लंबाई बहुत अधिक महत्त्वपूर्ण है। उसपर चारे की पाचनीय क्षमता अवलंबित होती है। जानवरों द्वारा खाया गया हुआ चारा फिरसे जुगाली करने के लिए मुँह में आ जाता है। उसमें अच्छी तरह से लार मिल जाती है और फिर से वह पाचन के लिए जाता है। लार का उस में घुल जाना पाचन के लिए बहुत अधिक आवश्यक होता है और अन्नपाचन में महत्त्वपूर्ण भूमिका निभाती है। अगर हम छोटी छोटी कुट्टी करके जानवर को खानेमें दे, तो इस तरह की चारे की जुगाली करने के लिए उसके मुहँ मे वापस आने में बाधा उत्पन्न हो सकती है और फिर उस में अच्छी तरहसे लार घुल नहीं पाती और जिस तरह पाचन होना चाहिए उस मात्रा में पाचन नहीं हो पाता। बहुत से कुट्टी करने वाले यंत्रोसे ५ से १० मिमी इतनी लंबाईकीही कुट्टी निकलती है। यह आकार बहुतही छोटा है। किसान को अपने कुट्टी मशिन की क्षमता ऐसी रखनी चाहिए जिस से १० से

अ.नं.	ब्यौरा	काँटने के समय दूध की रेखा				
		० से १	१ से २	२ से ३	३ से ४	४ से ज्यादा
१.	उत्पादन टन (सुखे घटक / हेक्टर)	१५.७	१६.९	१८.०	१६	
२.	सूखे घटक	२७.३	२९.८	३३.२	३९.१	४४
३.	अनाज की मात्रा (सूखे घटक)	३३.४	३९.७	४२.८	४५.८	४८
४.	प्रथिने (सूखे घटक)	७.२	७.१	६.९	६.७	६.६
५.	उर्जा (सूखे घटक)	१०.३	१०.२	१०.१	१०	९.८

मके के बुट्टे में होने वाले दूध की रेखा के गुणांकन के अनुसार पोषक मूल्यों की मात्रा

बुट्टे में होनेवाली दूध की रेखा देखकर काँटनेका उचित समय तय किया जाता है।

१५ मिमी लंबाई की कुट्टी आ जाए।

बुट्टे में होने वाली दूधकी रेखा देखकर काँटने का उचित समय तय किया जाता है। अगर फसल की कटाई में देर हो गयी और चारे में होने वाली सूखे घटकों की मात्रा ३८% से अधिक हो, तो मुरघास बनाते हुए चारे के कुट्टी की लंबाई कम से कम रखने का प्रयत्न कर लेना चाहिए। जिससे ऐसा चारा दबानेके लिए और उसमें होने वाली हवा अधिक से अधिक बाहर निकालने में मदद मिल जाएगी। जिससे कठिनाई के समय भी मुरघास के दर्जे में सुधार आ सकेगा। मुरघास के लिए जो चारा उपयोग में लाना है उसकी कटाई अगर जल्दी करनी पडी और सुखे घटकों की मात्रा अगर २८% से कम हो तो कुट्टी की लंबाई बढानी चाहिए।

सामान्यतः ऐसी लंबाई १५ से २० मिमी रखी तो भी चलता है। लेकिन सुखे घटक कम होने पर मुरघास बनाना गुणात्मकता के लिए ठीक नही होता क्योंकि इस में कम दर्जे का मुरघास बनकर अतिरिक्त

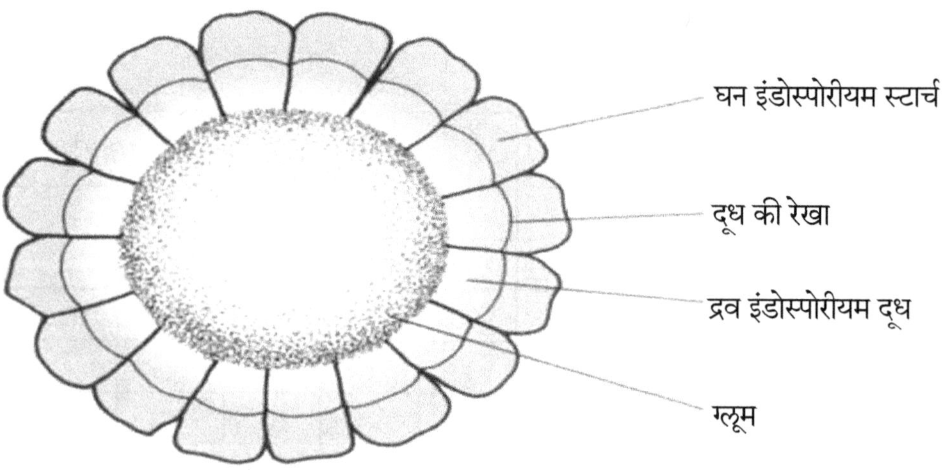

मकई के बूट्टे में होने वाली दूध की रेखा इस तरह से बढती जाती है।

पानी में से महत्त्वपूर्ण अन्नद्रव्य जाया हो जाते है।

मकई के दाने का आकार

बुट्टे की दूध की रेखा का गुणांकन जब २ होता है तब मकई के दाने लासा (रस) की अवस्था में होते हैं, ऐसे समय ऐसा धान मुरघास खाने के बाद जानवर की गोबर में न आकर शरीर में सोंखने के लिए उपलब्ध हो जाते हैं। लेकिन अगर बुट्टे के दूध की रेखा का गुणांकन २.५ से भी अधिक होने पर और सुखे घटकों की मात्रा ३८% से भी अधिक होने पर चारे की कुट्टी करते हुए मकई के दानों की कुछ मात्रा में चूर्ण होना जरुरी होता है। ऐसा न होने पर ये कठीन दाने शरीर में पाचन न होने के कारन गोबर में से बाहर निकल जाते है। और दिए हुए चारे का जिस मात्रा में शरीर के लिए उपयोग होना चाहिए उतना नहीं होता। कुट्टी करते हुए हमें इन बातों की तरफ ध्यान देना चाहिए। मके का मुरघास करते हुए सामान्यतः सुखे घटकों को अगर देखें तो उस में से ५५ प्रतिशत हिस्सा दानों का होता है याने हेक्टरी १० टन दाने अगर हों तो मुरघास हेक्टरी १८ टन हो सकता है।

अगर हमने अच्छी तरहसे मुरघास बनाया, उसकी खमिर चढाने की प्रक्रिया अगर अच्छी हो गयी और कुट्टी की लंबाई ५ से २० मिमी रखी, तो उस में से ७५% दाने कुछ अंश तक टूट जाते है और पूरे दानोंमे से ९७% दानों का पाचन होता है।

उत्पादन की जवार (कडवळ) / जवार

जिस जगह पर खेत में पानी की मात्रा कम है, तथा जमीन कम दर्जे की है ऐसी जगह पर मकई के चारा फसल को पर्याय के रूप में हम उत्पादन की जवार, दोनों गुणधर्म होनेवाली जवार या मिठी जवार इनका उत्पादन हम अच्छी तरहसे ले सकते हैं।

उत्पादन की जवार में ४० से ५० प्रतिशत सुखे घटक याने अनाज होने के कारन अच्छी गुणात्मकता का मुरघास इससे बनाया जा सकता है। अनाज के साथ होने वाला जवार का मुरघास चारे के मुरघास से भी अधिक अच्छी गुणवत्ता का हो जाता है।

हायड्रोसायनिक ॲसिड (HSN) की विषबाधा

जवार का उत्पादन लेते हुए यह एक विषय महत्त्व का है। अगर ऐसी विषैली पदार्थोंका अंश चारे में रह गया तो दूध का उत्पादन घट जाता है। साथ ही वजन वृद्धी पर इसका तत्काल परिणाम हो जाता है और बहुतही विरला स्थिती में जानवर के मर जाने की भी संभावना होती है। इसलिए ऐसे विषैले अंश चारे मे ना रहें ऐसी सावधानी हमे लेना बहुत ही जरुरी होता है। मुख्यतः जब चारा कोमल होता है, उस की उंचाई ६० सेंमी. से कम होती है, तब फसल को अधिक मात्रा में रासायनिक खाद दिया जाने पर, पानी की कमी महसूस होनेपर या फिर बहुत अधिक मात्रा मे पानी मिलने पर, २-४ डी जैसे तणनाशक फवारने पर फसल दबाव के अंदर आ जाती है, ऐसी परिस्थितीयों में विषैले पदार्थोंकी मात्रा बहुत अधिक दिखायी देती है। ऐसा बाधित चारा सुखाया भी जाए तो भी उपरोक्त पदार्थों की मात्रा बहुत अधिक कम नहीं होती। लेकिन मुरघास प्रक्रिया में यही मात्रा ५०% कम हो जाती है। इसके लिए ऐसे विषैले पदार्थों से बचने के लिए हमको ऐसी सावधानी बरतनी चाहिए-

- जिस जवार के बायन में ऐसे विषैले अंश कम मात्रा में है, उन्हीं का चयन मुख्यतः हमें कर लेना चाहिए।
- जब फसल को पानी की कमी महसूस हो रही हो, उस समय अधिक मात्रा में नत्र होनेवाले खाद इस तरह की फसल को देना उचित नहीं है। इससे फसल अधिक दबावके अंदर आ जाती है।
- हमें यह भी ध्यानसे देख लेना चाहिए की ऐसी फसल को स्फुरद (सल्फर) की कमी ना महसूस हो।
- फसल को उचित समय से पहले या फसल पुरी तरहसे दबाव में चले जानेपर ना काटें।

बायन का चयन

अधिक लंबा बढनेवाला बायन या कम अनाज तैयार करने वाला बायन (२५ से ३०%) मुरघास के लिए उचित हो सकता है। इस के लिए हमें अधिक उत्पादन देने वाले स्थानिक बायनों को अधिक अग्रिमता देनी चाहिए।

उपरोक्त सारिणी मे दाने अधिक होनेवाली जवार, दोनों गुणधर्म होने वाली जवार, तथा मिठी जवार (स्वीट सोरगम) इन की अलग अलग वातावरण में होने वाली उत्पादन क्षमता तथा गुणात्मकता की क्षमता दी गयी है। उपरोक्त सभी जानकारी से यही दिखायी देता है की चाहे गुणात्मकता के बारे में स्वीट सोरगम थोडी कम है लेकिन कुल मिलाकर उत्पादन तथा कम पानी में उगने की क्षमता को देखते हुए हमारे मुरघास के लिए यही बायन सब से अधिक उचित है। दानेवाली जवार से बने मुरघास की पाचन क्षमता कम होती है। साथही जब पानी कम पड जाता है, तब मकई के दाने पर उसका परिणाम होता है, लेकिन जवार पर बहुत अधिक परिणाम नही होता।

जवार का नियोजन तथा मुरघास उत्पादन

- चारे का अधिक से अधिक उत्पादन लेने के लिए पौधों की संख्या उचित होना आवश्यक है। पौधों की संख्या बीजों के आकार पर अवलंबित होती है। कम पानी होने वाले क्षेत्र में बीज बोनेके लिए प्रति हेक्टर सामान्यतः ५ से ७ किलो बीज लगते हैं। तो बागवानी क्षेत्र के लिए ९ से १२ किलो लगते है।
- उचित तापमान में जमिन में सामान्यतः १० सें.मी.से भी कम गहराई पर बीजों को बोना आवश्यक है।
- अच्छे उत्पादनके लिए अच्छी मिट्टी जरुरी है या अच्छी गुणात्मकता होने वाला खाद जरुरी है। हम मिट्टी का परीक्षण करके उसके अनुसार अपने खेत में फसल के अनुसार कौन सी खाद का उपयोग करना है इसका नियोजन अगर करें

मुरघास करते हुए चारे के कुट्टी की लंबाई बहुत महत्त्वूपर्ण है।

तो उत्पाद भी अच्छा प्राप्त होता है साथही जमिन का दर्जा भी कायम रहता है।

- अच्छा उत्पाद पानेके लिए हमें खरपतवार का निर्मुलन अच्छी तरहसे करना पडेगा। बहुत बार खरपतवारों को नियंत्रण करनेके लिए मजदूर ना मिलनेके कारन रासायनिक नियंत्रकों का उपयोग करना पडता है। ऐसे नाशकों का उपयोग करते हुए उनका कोई भी अंश मुरघास में ना आने पाए इसकी सावधानी बरतनी होगी।
- औषधीयों का अंश कम रहनेके लिए ऐसा बायन का उपयोग महत्त्व का है कि जो रोगों का प्रतिबंध करेगा। साथही अगर ऐसा रोग अगर हो भी गया तो जो कुछ दवाएँ हमें उपयोग में लानी पड रही हैं, तो उन को कटाई के पहले कितनें दिनों तक उपयोग में लाना चाहिए, जिससे उनका थोडासा भी अंश चारे में नहीं आपाएगा, इसकी भी सावधानी बरतना आवश्यक है।
- बहुत बार एक कटाई होने के बाद उस में दुसरी फसल लगाई जाती है या फिर खोडवे का (रटून) उत्पादन लिया जाता है। खोडवे का उत्पादन सामान्यतः ५०% इतनाही आता है।

कटाई का कालावधी

दाने वाले जवार की कटाई करते हुए बुट्टे के दाने मर्धम अवस्था में होना आवश्यक है साथ ही पत्तो का सुखना भी शुरू नहीं होना चाहिए। ऐसे समय फसलके सुखे घटकोंकी मात्रा सामान्यतः ३० से ३५% तक होती है, अगर हम इस समय से थोडे पहले कटाई करें तो हमें अपेक्षित उत्पादन नहीं मिलेगा। साथही इससे अधिक दिन हमने कटाई में लगाए और सुखे घटकोंकी मात्रा ३५% से अधिक हो गयी तो इस तरह का चारा मुरघासमें दबाकर बिठाने में कठिनाई होती है। और इसका परिणाम गुणात्मकता पर होता है। साथही दाने अगर ज्यादा पक गए तो पाचन क्षमता भी कम हो जाती है यह भी सोचना महत्त्वपूर्ण है, इसलिए अच्छा मुरघास उत्पादन का मेल लगाना महत्त्व का है।

इससे अगर देर हो गयी तो दाने ज्यादा पक जाते है और उन की चूर्ण होनेकी क्षमता कम हो जाती है। परिणामतः उनका पाचन नहीं होता। उचित समय पर मुरघास करने से उस में से ४३% दानोंका चूर्ण बन जाता है और ऐसा मुरघास जब हम जवाँ पशुओं को खाने में देते है, उस वक्त उस का ८७% तक पाचन हो जाता है। अगर यही मुरघास बडी उम्रके जानवरों को खाने में दे तो ९७% तक दानों का पाचन हो जाता है।

कटाई करते वक्त चारे को जमिन से ५ से १५ सेमी की उंचाई पर काटें। अगर हम अधिक उपर की जगह से कटाई करें तो मुरघास में होने वाला अनाज और चारा इनकी मात्रा में अनाज की मात्रा बढती है और मुरघास का दर्जा बढता है लेकिन साथ ही साथ उत्पादन भी घटता है। यह सब देखकर ही कटाई की उंचाई तय करें।

स्वीट सोरगम

यह अधिक उत्पादन देनेवाला बायन होकर उसका मुरघास उपरोक्त जवार को देखते हुए मर्धम गुणवत्ता का तैयार होता है। इस बायन के लिए होने वाला उत्पादन खर्च कम है साथही इसकी वृद्धी भी आसान तरीकेसे होती है। मके के चारेसे तुलना करने पर उस से भी अधिक उत्पादन प्राप्त हुआ दिखाई देता है, लेकिन इस में होने वाली उर्जा की मात्रा मके की उर्जा की अपेक्षा कम होती है।

चारा उत्पादन और मुरघास

- स्थानिक हवा का अध्ययन कर के उस आबोहवा में किस प्रकार का स्वीट सोरगम का बायन उचित होगा इसका नियोजन करना जरुरी है।
- जिस तरह हम नियोजन करते है वैसाही उत्पादन हमें मिलता है। पाचन क्षमता बढनेके लिए तथा मुरघास की खट्टा करने की प्रक्रिया अच्छी होने के

लिए हमे पानी में घुलने वाले कर्बोदकोंकी मात्रा अधिक होने वाला बायन चुनना पडेगा और उसी तरह नियोजन करना पडेगा।

- बीज बोते हुए बीजों का तापमान ठीक हो। सामान्य रूपसे नवंबर से जनवरी के बीच बीज बोने के लिए अच्छा मौसम रहता है। बीज बोते हुए कम से कम १६ तापमान चाहिए और अनाज की मिट्टी में होने वाली गहराई सामान्य रूपसे १० सें.मी. के आसपास हो। इससे अंकुरन क्षमता अच्छी होकर उत्पादन बढेगा।
- बारानी क्षेत्रके लिए बीजों की हेक्टरी मात्रा सामान्यतः ५ से १० किलो, और बागवानी क्षेत्र के लिए १५ से २० किलो होना चाहिए। अपने अपने क्षेत्र का अध्ययन करके बीजों की मात्रा का चयन करना चाहिए।
- अच्छा उत्पादन पाने के लिए उचित खाद नियोजन, खरपतवार नियोजन तथा उचित उत्पादन कौशल होना आवश्यक है। फसल वृद्धी के लिए जमिन में होने वाले घटक कुछ मात्रा में उपयोग में लाए जाते है। जमिन को हमेशा उपजाऊ बनाए रखने के लिए यह घटक फिरसे जमिन में डालना आवश्यक है।
- जरुरत के मुताबिक पानी का नियोजन करना आवश्यक है ही। लेकिन अब पानी बहुत अच्छी मात्रा में उपलब्ध हो तो मकई की फसल और अधिक उत्पादन देगी यह भी महत्त्वपूर्ण है।
- बहुत बार ऐसा होता है की यह चारा फसल उंची होने के बाद गिर जाती है। ऐसे समय पर सरी पद्धतीसे बीजों को बोए और पौधों की संख्या कम लें जिस से फसल के तने मजबूत हो जाएगें। फिर भी अगर कम गिरने वाले बायन को आप चुनते हैं, तो ऐसी कठिनाइयों पर आप मात कर सकेंगे।

कटाई का समय

स्वीट सोरगम में पानी में घुल जाने वाले कर्बोदकों की मात्रा अधिक दिखाई देती है (२५-३५% WSCs) इसलिए आप को अगर कटाई में

संकर जवार - मुरघास करने के लिए फूल की स्थिती पोषक मूल्यों के लिए अच्छा चरण

थोडी देर हो गई तो भी फसल अधिक समय तक हरी रहती है और उस की मिठास भी कायम रहती है जो मुरघास की गुणात्मकता के लिए जरुरी है। इस फसल को रस की स्थितीसे कठीन अनाज की परिस्थिती में जानेको भी सिर्फ छः हप्तोंका समय लगता है और यह कालावधी उस नजरसे काफी बडा है।

नीचे दिए गए सारिणी में दिखाए गए नियोजन किए गए फस में उर्जा, प्रथिन तथा उत्पादन इनका उचित नियोजन होता है और अगर फसल कटाई में देर हो गयी तो उसमें होने वाली उर्जा तथा प्रथिन घटना शुरू हो जाते है। इसके तने में पानी की मात्रा अधिक होने से वह देर से सुखते है। साथही फूलों के काल से दानों के भर जाने तक हम कभी भी कटाई कर सकते हैं। इसमें पानी में घुलने वाली शक्कर की मात्रा अधिक होने के कारन, यद्यपि इस में सुखे घटकों की मात्रा कम हो तो भीं खमिर चढाने की प्रक्रिया के लिए आवश्यक कर्बोदक प्राप्त हो जाने के कारन २५% से ३०% सुखे घटक होते हुए भी मुरघास की गुणात्मकता अच्छी हो जाती है।

अ.नं.	तपशील	ऊर्जा	प्रथिनो	उत्पादन
१	कटाई का समय दूध मिश्रीत से थोडे कठिन अनाजके दाने	MJ / Kg घटक ९.० से १०.०	% सुखे घटक / हेक्टर ४.० से ८.०	% सुखे घटक १०.२५

स्वीट सोरगम चारे की कटाई का कालावधी तथा चारे में होने वाले पोषक मूल्यों के बारे में जानकारी

स्वीट सोरगम, अधिक चारा उत्पादन के होनेवाला अच्छा बायन

हायब्रीड नेपियर घास

मुरघास करते हुए हम जिस कोटी के चारे का उपयोग करते है उसी गुणात्मकता का मुरघास बनता है। मके का चारा यदी अच्छे दर्जे का हो फिर भी कुछ मौसमों मे ऐसे चारे की फसल लेने में कुछ कठिनाइयाँ निर्माण होती है। कुछ हिस्सो में बहु वर्षों की चारा फसले ही ली जाती है। ऐसी जगहों मे मजदूर कम होते हैं, यहाँपर एक ही बार नेपियर घास लगाना पडता है, एक बार लगाने पर २-३ बरसों तक कटाई करनी होती है, ऐसा चारा काँटने पर बार बार उगता रहता है। इनकी सिर्फ निगरानी करनी पडती है, और खाद डालना पडता है। साथ ही इसे पुरक चारे की हैसियत से भी देखा जाता है क्योकिं इस का हेक्टरी उत्पादन १५० से २५० टन के आसपास होता है। इसलिए गुणात्मकता में कम होनेके बावजूद जानवरोंका पेट भरने के लिए इससे काफी मात्रा में चारा उपलब्ध हो जाता है।

हायब्रीड नेपियर घास को हाथी घास नाम से भी जाना जाता है। क्योंकि यह घास बहुत उंचाई तक बढता है। एक पौधे से बहुत से तने तैयार होते है। और उनकी वृद्धी काफी होती है। अच्छे वातावरण में और अच्छी मिट्टी में इन पौधों की संख्या ५० तक हो सकती है। इस में कुछ जातीयों में फ्लोंवर रोयें होते हैं साथही इन के तनों में अधिक मात्रा में रस नहीं होता, उस में तंतुमय पदार्थों की मात्रा अधिक होती है। लेकिन अब नये जातीयों में बाजरे के साथ संकर करने से इन के पत्ते अब ज्यादा स्वादिष्ट, रसभरे, हरे, अकाल सहने वाले और इनके साथही अधिक उत्पाद देनेवाले गुण हैं। इस में होने वाले तंतूमय पदार्थों की मात्रा भी अब कम है और पचनीय पदार्थों की मात्रा अच्छी है।

अन्नघटक : इस चारे की फसल में नीचे बताए जैसे अन्नघटक होते हैं यह अन्नघटक हायब्रीड नेपियर की जाती की तरह कम या अधिक हो सकते हैं। अब जो नयी जातीयाँ तयार हो गयी हैं उस में ओक्झालेट की मात्रा बहुत हदतक कम हो गयी हैं।

हायब्रीड नेपियर CO-3

इस बायनके चारे में होने वाले अन्नघटक

क्र.	घटक	मात्रा
१.	सूखे घटक	१६.२०%
२.	कच्चे प्रथिन	९.३८%
३.	कॅल्शियम	०.८८%
४.	फॉस्फरस	०.२४%
५.	ओक्झालेट	२.९७%
६.	पचनीयता	५८.००%

जमीन और तैयारी :

यह फसल अलग अलग तरह की जमीन में आ सकती है। पानी का निकास होने वाली जमीन इस के लिए आवश्यक होती है क्योंकि पानी जमा होने वाली जगहपर इसकी वृद्धी जितनी होनी चाहिए उतनी नही हो पाती। सामान्यतः ८०० से १००० मिमी. बारिश इस फसल के लिए अच्छी होती है। शुरुआत में एकरी १० टन इस मात्रा में गोबर खाद डालकर बादमें मिट्टी की जाँच कर खाद की मात्राएँ दें।

जाती :

हायब्रीड नेपियर की महत्त्व की जातियाँ हैं CO-3,

CO-4, DHN-6! इनमें पत्तों को रोयें कम होते हैं और चारे में ओक्झालेट की मात्रा कम होती है।

बीज :

इस चारे की फसल को बोते हुए बीज बोने के बजाए ईख की तरह छोटे तनों का उपयोग किया जाता है। सामान्यतः २ बाय ३ फीट की दूरीपर लगाने पर एक एकड में ८००० छोटे तने लग सकते है। जिस तरह ईख को सरी पद्धती से लगाते हैं उसी तरह इनको भी लगाया जाता है। या फिर सीधी ऋण इस तरहसे भी इस को लगाया जाता है। सामान्यतः उसे ४ महिने की उम्र होने वाले पौधे से ऐसे तने निकाले जाते हैं और कटाई के वक्त दो आँख वाले तनें तैयार किए जाते हैं। इस की जमीन में होनेवाली आँख से मूली तथा कली तैयार हो जाती है तो जमीन के अंदर होने वाली आँख से सिर्फ कली तैयार हो जाती हैं। इन पौधों की वृद्धी हो जाती है।

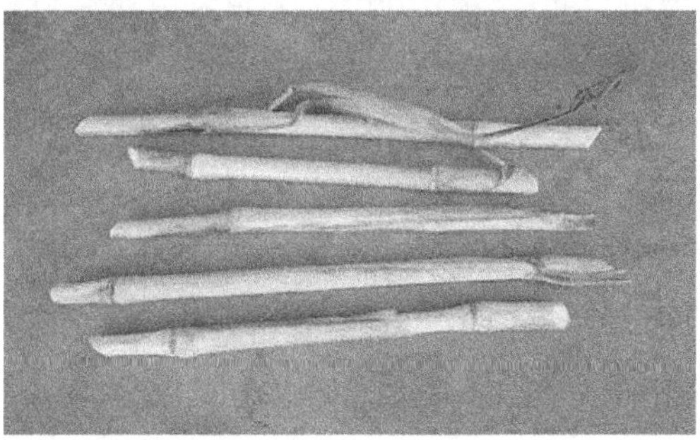

कटाई :

पहिली कटाई सामान्यतः फसल की वृद्धी को देखकर ७० से ८० दिनो में की जाती है। बाद की कटाई सामान्यतः ४५ से ५० दिनों के बाद लें। इस तरह बरस में एक एकड में १०० से १५० टन चारे का उत्पादन आ सकता है। ठंडी के मौसम में इस फसल की वृद्धी कुछ मात्रा में धीमी पड जाती हैं।

मुरघास कैसे करे ?

हायब्रीड नेपियर का मुरघास बनाते हुए चारा अधिक दिनों का ना हों वह कोमल हों क्योंकि अधिक दिनों के चारे के तने में रेषेदार पदार्थों की मात्रा अधिक होती है इस से अच्छी गुणवत्ता का मुरघास बननेमें कठिनाई होती है। चारे की कटाई करने के बाद हमें आगे वाली नियोजन के लिए रुकना नहीं पडता क्योंकि इस चारे में पानी की मात्रा मकई के फसल की अपेक्षा कम होती है इसलिए इसे हमें ज्यादा सुखाने की जरुरत नहीं पडती। इसलिए मुरघास बनाने के पहले वाली पूरी तैयारी करके ही चारे की कटाई करें। हम मका और हायब्रीड नेपियर इनको सम्मिलित कर के भी अच्छा मुरघास बना सकते हैं। इसमें कर्बोदकों की मात्रा मके की मात्रा से कम होने के कारन मुरघास प्रक्रिया करते हुए सावधानी बरतना महत्त्व का है। इस में जीवाणूंओं को उपयोग में लाए तो कच्चा मुरघास बनता है।

उपचार	घास की उंचाई	तैयारी	सूखे घटक	OM	कच्चा प्रथिन	इथर एक्स्ट्रक्ट	नायट्रोजन फ्री एक्स्ट्रक्ट	कच्चा रेषेदार पदार्थ	एडीएफ	एनडीएफ
			उपचार	उपचार						
१	१ मीटर	कुट्टी	१७	८९	११.९	३.९	४२.७	३०.७	३७.७	६४
२	१ मीटर	कुट्टी न किया हुआ	१६	८७	१०.२	३.६	३९.१	३४	४०.१	६४

बायफ बाजरा

बायफ संस्थाने बायफ बाजरा-१, नाम का एक नया बायन चारे के लिए तैयार किया है। इस चारा फसल की हम तीन बार कटाई कर सकते हैं। इस में पहली दो चारा फसले और अंतिम फसल अनाज और चारा ऐसे दोनों के लिए ले सकते हैं। एक एकड बोआई के लिए सामान्यतः ४ किलो बीजों की जरुरत हो कर एकड में २०-२५ टन हरा पोषक चारा इस से प्राप्त होता हैं। इस चारे में सामान्यतः ९.५ से ११.५% तक प्रथिन होते हैं। पहली कटाई लगभग ५५ दिनमें आ जाती है और बोआई का कालावधी जनवरी से अक्तूबर तक रहता है।

उपरोक्त बताई पद्धती से इस चारे का भी हम अच्छा मुरघास बना सकते हैं। इस मुरघास को बनाते हुए सिर्फ यही चारा लेकर या अन्य चारे के साथ मिलाकर मिश्र पद्धती से भी इस का मुरघास बनाया जा सकता है। इसमें पानी में घुलने वाले शक्कर की मात्रा अधिक होती हैं। ज्यादा दिन पके हुए चारे में अन्नघटक कम होते हैं और रेषेदार पदार्थों की मात्रा बढती है फिर मुरघास की गुणात्मकता अच्छी नही होती। इसलिए उचित समय पर इस चारा फसल की कटाई होना जरुरी हैं।

ईख के पत्ते

अगर हम बागवानी क्षेत्र के चारा फसलों की जानकारी ले तो जिस क्षेत्र में ईख का उत्पादन लिया जाता है। ऐसे हिस्से में जानवरों के आहार में ईख और ईख के पत्तों की मात्रा ज्यादा है। कुछ व्यावसायिक पशुपालक सिर्फ जानवरों के लिए मकई तथा अन्य चारा फसलों को बोते है। साथ ही ईख की कटाई के समय बहुत बडी मात्रा में ईख के पत्ते एकही कालावधीमें अधिक उपलब्ध होते हैं। इस तरह के पत्ते हम अधिक दिनोंतक नहीं रख सकते। साथही हम इनको जानवरों को खाने के लिए दे तो इस में होने वाले ऑक्झालेट का असर जानवरों के प्रजनन क्षमता पर, उत्पादनक्षमता पर साथही सेहत पर होता है। सच कहें तो ईख और ईख के पत्ते जानवरों का खाना नहीं है। लेकिन अपने पास होने वाले हरे चारे की कमी के कारण हमें ऐसे पदार्थों को जानवरों के आहार में सम्मिलीत करना पडता है। लेकिन इससे रास्ता निकालने के लिए मुरघास यह बहुत महत्त्वपूर्ण संकल्पना है जिससे दो महत्त्व के लाभ होते है।

ईख के पत्ते एकही काल में अधिक मात्रा में उपलब्ध होते हैं क्योंकि ईख की कटाई सीमित कालमें ही होती है। इसलिए इस तरह एकही वक्त उपलब्ध हुआ चारा उपयोग में ना ला पाने के कारन या तो कम पैसों में बेचना पडता है या सुखा कर जमा करके रखना पडता है। ईख के पत्तों को अगर

चारा	घटक % शुष्क	कच्चा प्रथिन	रेषेदार पदार्थ	इथर एक्स्ट्रॅक्ट	% राख	नायट्रोजन फ्री एक्स्ट्रॅक्ट	कॅल्शिअम	पालाश	सामू
ईख के पत्ते	२८.५	५.६	३३	१.४	७	५१.०५	०.३	०.१	-
ईख के पत्तों का मुरघास	३२.१	७.२	३४	१.३	७.२	४८.७	०.४	०.४	४

सुखाया जाए तो उसमें अन्नघटकों की मात्रा बहुत हदतक कम हो जाती है। अगर हम इस चारे को सुखाए तो उसमें होने वाले रेषेदार पदार्थों की मात्रा बढती है इसलिए एकही वक्तमें उपलब्ध होने वाला चारा हम मुरघास के रूपमें सालभर के लिए अच्छी तरहसे जमा करके रख सकते हैं। हमने देखा की ईख के पत्तोमें ऑक्झालेट नाम का एक रसायन अधिक मात्रा में होता है। यह ऑक्झालेट जानवरों के शरीर में उपलब्ध होने वाला कॅल्शियम कम कर देता है इससे दूध उत्पादन और जानवरों के प्रजनन क्षमता पर बुरा असर होता रहता है। अगर हम ईख के पत्तों का मुरघास बनाए तो इस ऑक्झालेट का ईख की पत्तों में होने वाली मात्रा कम हो जाती है। इसलिए जानवरों को ताजा और जैसे है वैसेही ईख के पत्ते खाने में देने की अपेक्षा उनका अगर मुरघास बनाए तो वह जानवरोंके लिए अधिक लाभदायक होता है। यह बहुत महत्त्वपूर्ण है।

अलग अलग उपपदार्थ और उनके पोषक मूल्य

नाम	सुखे घटक %	प्रथिन %	उर्जा % घटक
सेब का बचा हुआ हिस्सा	-	४.९	११
केले के बचे हुए तने	१०	२	५.५
केले के छिलके	१५	४.२	६.७
नकारे हुए केले	३०	५.४	११.५
ब्रेवर अनाज	२१	२५.४	१०.४
मूली	१२	९.९	१३.८
संत्रे का बचा हुआ हिस्सा	२३	७.५	१०.३
स्वीट कॉर्न छिलकें का मुरघास	३२	७.७	१०.६
अननस का बचा हुआ हिस्सा	-	४.६	१०.८
स्वीट आलु का पत्ते	१२	२०	५.८
आलू के तने	३०	७	१३.५

■ ■ ■

मुरघास का पहला परिक्षण तथा प्रसार

दूध के व्यवसाय में सबसे अधिक महत्त्व जानवर के आहार को है। इस व्यवसाय को अगर लाभदायक बनाना हो तो जिस चीजपर हम लगभग ६० से ७०% इतना खर्चा करते है, उसकी तरफ ध्यान देना बहुत महत्त्वपूर्ण है। जानवर का पेट हरे चारे के लिए तैयार हुआ है यह चाहे सबको पता हो, फिर भी चारे की उपलब्धता या मजदूरों की उपलब्धता आज एक बहुत बडा प्रश्न बना है। इसीलिए हम पशुखाद्य इस आसान विषय की तरफ झुके थे। क्योंकी दूध को अच्छा दर भी मिल रहा था और पशुखाद्य भी कुछ मात्रा में सस्ता मिलता था। जानवर की गरज को पूरा करने के लिए अधिक मात्रा में पशुखाद्य देकर दूध उत्पादन ले रहे थे। लेकिन दूध की किमत हमेशा कम ज्यादा होती रहती है। अगर कीमतें बढ गयी तो पशुखाद्य की कीमतें भी अपने आपही बढती है। लेकिन यही अगर दूध की कीमत कम हो गयी तो उस मात्रा में पशुखाद्य की कीमत कम नहीं होती और परिणामस्वरूप दूध उत्पादन का खर्चा बढता है। ऐसे समय या तो हम व्यवसाय बंद कर देते है या जानवर कम कर देते है। क्योंकि कम पशुखाद्य में और अच्छा चारा देकर उत्पादन लेने की हमारी आदत इस पर पद्धति के कारन बदल गयी थी।

साथ ही हमारे जमिनों पर बहुत अधिक मात्रा में रसायनों का उपयोग, खाद और अन्य कामकाजों के लिए किया गया और उस मात्रा में सेंद्रीय खादों की मात्र अपने खेती को नहीं मिली और इसीलिए अपने बहुत से खेत खलिहानों के उपयोगी जीवाणूओं की मात्रा बहुत से अंशोतक कम हो गयी और ऐसी जमिने मृत सरिखी बन गयी। उससे प्राप्त होने वाला उत्पन्नही कम हुआ ऐसे नही तो चारे की गुणात्मकता भी कम हो गयी है। इस के लिए एक कहावत है, हौज भरे तो फव्वारा छुटे। इन सब चीजों पर उपाय करने के लिए हमें अपनी जमिनों की उपजाऊ और फिर से मुक्तसंचार गौशाला से प्राप्त होने वाला जीवाणूयुक्त सेंद्रिय खाद का उपयोग करके उन्हे फिरसे जिंदगी देनी होंगी। जिससे हमे भी अच्छा अनाज प्राप्त होगा और उससे तैयार होने वाला चारा भी अधिक गुणात्मकता का होगा। इससे हम उत्पादन का खर्चा कम कर सकते हैं। एकबार हम अच्छा चारा तैयार कर पायें तो हम उसका अच्छा नियोजन कर सकते हैं।

आज अगर फलटण के आजूबाजू के क्षेत्रका विचार करें तो वहाँ पर दूध व्यवसाय बडी तेजी से बढ रहा है। साथ ही उस में होने वाली कठीनाइयाँ भी बढ रही है। दिन ब दिन हमें गाँव खेडे मे भी

मजदूर मिलना मुश्किल पड रहा है। और जो मिल जाते हैं उन्हे संभालना पडता है, और उनके मर्जीके अनुसार काम करवा लेना पड रहा है। आज कल हमने मुक्त संचार गौशाला पद्धतिका अवलंब करके गौशाला में होने वाले मजदूरों के उपलब्धता की तकलीफ को करीबन नष्ट कर दिया है। यह अगर सच भी है फिर भी हमें और अधिक सताने वाला या तकलीफ देने वाला विषय है की हमें हररोज जानवरों के लिए हमें सर पर उठाकर, या बैलगाडी से या अन्य किसी सवारी से हरा चारा लाना ही पडता है। इस के लिए हमें कोई भी सबब नहीं देनी पडती, गरमी हो या बारीश, समय न होनेपर भी हमें इसकी तरफ ध्यान देना ही पडता है और यह इस व्यवसाय की बडी त्रासदी है। इसलिए यह दूध उत्पादन का व्यवसाय अधिक लाभदायक करनेके लिए हरा चारा एकदम से काँटकर उसका जतन करके रखना आना चाहिए और जरुरत के अनुसार उसका उपयोग हमें करना आना चाहिए। इसके लिए एक ही विकल्प है वह है, मुरघास!

यद्यपि हमने मुक्त संचार गौशाला पद्धति को अपना कर अपने गौशाला के काम ८० प्रतिशत तक कम कर दिए, फिर भी अपनी कठिनाइयाँ खतम नहीं हुई। फलटण की पूर्व दिशा में 'बरड' नामक एक गाँव है। इस गाव के कल्याण गावडे इस जवान किसान ने हाल ही में पशुपालन का व्यवसाय शुरू किया। नया व्यवसाय होने के कारन उन्हे कुछ ना कुछ नया करने की उम्मीद थी, उस के अनुसार उन्होंने १० जानवरों के लिए ५० फिटकी एकतरफा गौशाला बनाई। जानवरों के लिए एक एकड जगह में डीएचएन-६ इस विलायती घास की बोआई की। बाकी की जगह में वह लहसून और मकई इन की चारा फसलें अपने जानवरों के लिए लेते थे। उनका १०० से १२० लिटर दूध डेअरी तक पहुँच जाता था और अपने व्यवसाय में वे अच्छी तरह जम रहे थे। बाद में गोविंद डेअरी के संपर्क में आनेके बाद, उन्होंने अपने गौशाला के आगे वाली ढाई बिस्वाँ जगह में, कम खर्च का आहता बना कर मुक्त संचार गौशाला की कल्पना को प्रत्यक्ष में लाया। उसके कारन उन्हें बहुत अधिक लाभ हुआ, काम कम हो गया, बाकी के बचे समय में वह अपने खेती का तरफ अधिक ध्यान देने लगे जिससे खेती की प्राप्तिमें भी वृद्धि हो गयी थी। कम कामकाज के कारन उन्होंने फिरसे गौओं की संख्या बढाने का निर्णय ले लिया। मुक्त संचार गौशाला की नियोजन पद्धति के कारन उन्हे पशुसंगोपन पर होने वाले काम का दबाव नहीं था लेकिन हररोज ताजा चारा कहाँसे लाये यह सवाल सता रहा था। इसलिए इस व्यवसाय परसे फिरसे उनका मन फिरने लगा था। इसलिए उन्होंने गोविंद डेअरी के मददसे लोहे की सलाई का उपयोग करके हायड्रोपोनिक चारा निर्मिती युनिट तैयार किया। इस माध्यमसे वे हररोज लगभग २५० से ३०० किलो हरा पोषक चारा घरमें ही बनाते थे। जानवरों की संख्या बढने के कारन उन्हे अधिक चारे की जरुरत थी। एक बैलगाडी लेकर वे हररोज १५० से २०० किलो ताजा चारा अपने खेत से लाते थे। अब मुक्त संचार तथा हायड्रोपोनिक चारा उत्पादन इन दो तकनिकों का उपयोग करने से उन के काम का दबाव बहुत हदतक कम हो गया, उन्हे एक ही तकलिफ सताती थी और वह थी हररोज जानवरों के लिए चारा काँटना, बैलगाडी में रखना और उसे गोशाला तक लाकर हररोज उसकी कुट्टी बना कर जनावरों को खिलाना। उन्हें यह सब काम करना अब अच्छा नहीं लग रहा था, गौशाला रखने की उन की चाह कम होने लगी वह चारा लाने गए थे तो बैलगाडी के बैल ने उन्हे पिछेसे धक्का दिया, उन्हे बहुत अधिक चोंट तो नही पहुँची लेकिन बडासा जख्म हो गया। इसलिए दुसरे ही दिन उन्हो ने गौशाला को बेचने का निर्णय लिया और आठही दिनों में खाद तथा

बीज-बायनों का दुकान शुरू किया। मुक्त संचार गौशाला तथा हायड्रोपोनिक चारा निर्मिती को अपना कर अपने काम की मात्रा उन्हों ने कुछ हदतक कम कर दी लेकिन चारा कटाई का काम आसान नहीं किया इसलिए उन्हे अपनी गौशाला बंद करनी पडी। इसलिए अगर हम मुक्त संचार गौशाला के नियोजन पद्धति के अनुसार हरे चारे का मुरघास कर के सालभर अपने आँगनमें ही चारे को उपलब्ध करा लें तो इस तरह की कठिनाइयाँ हमारे सामने नही आएगी यही इस कहानी से सिद्ध होता है।

गोविंद डेअरी के चेअरमन श्रीमंत संजीवराजे नाईक निंबालकर और तत्कालीन कार्यकारी गणपतराव धुमाळजी को हमेशा ऐसा लगता था की दुध उत्पादन के व्यवसाय के लिए भविष्यमें मानवशक्ती की जरुरत कम पडनेवाली है और चारों ओर निकलने वाले नये नये कारखानों के कारन हमें इस काम के लिए मजदूर उपलब्ध नहीं होने वाले। इसी से प्रेरणा लेकर जिस तरह मुक्त संचार गौशाला की संकल्पना इस सारे क्षेत्र में पहुँच गयी वैसे ही २०१० में कम खर्च की तकनिक से मुरघास बनाने की शुरुआत हो गयी। इसी समय मुरघास तकनिक समझनेके लिए हमने कार्यकारी संचालक के साथ पंजाब कृषि विश्वविद्यालय, लुधियाना यहाँ के और इस क्षेत्र की प्रोग्रेसिव्ह डेअरी फार्मर्स असोसिएशन के किसानों की कुछ गौशालाओं का देखा। इस क्षेत्र की जो गौशालाएँ हमने देखी वह सब गौशालाएँ ५० गौओंसे १००० गौओं तक इतनी बडी थी। इसलिए हमें बडेबडे मुरघास देखने को मिल रहे थे। जब हम अपने क्षेत्र में वापस आ गए तो इतनी बडी मात्रा में खर्चा करके मुरघास करने वाले किसान हमे नहीं ढूंढ पाये। जिन के पास अधिक जानवर थे वह इस तरहका मुरघास बनाने का जोखम नहीं उठाना चाहते थे। वह सोचते थे की इस में अगर सैंकडो टन चारा बेकार हो गया तो उनका नुकसान हो जाएगा। लेकिन मुक्त संचार गौशाला का ऐसा ही अनुभव हमारे पास था जिसमें लगभग ५०० से अधिक लोगों को भिगवण के नजदीक होने वाली ५० गौओं की अद्यतन मुक्त संचार गौशाला दिखायी। बाद में जब हम उन किसानों के पास फिर से गए तो उन्होंने जो जवाब दिए उस से हमारी आँखे खुल गयी। उन्होंने कहा, आपने हमे एकदम से अच्छी गौशाला दिखायी। हमें वह अच्छा भी लगा। लेकिन जब हम

श्री. दादा पवार, राजळे इन की मुक्त संचार गौशाला

षी अभ्यास दौरे के वक्त देखा गया ५०० टन क्षमता होनेवाला
जाब कृषि विश्व विद्यालय लुधियाना इनका जमिन में होनेवाला
मुरघास का पिट

ने ऐसी मुक्त संचार गौशाला बनाने का निर्णय लिया तब हमारे ध्यान में आया की ऐसी गौशाला बनाना यह सिर्फ बडे किसानोंका और जिनके पास अधिक धन है ऐसे लोगोंका काम है। इतना खर्चा हम नहीं कर सकते। हमारे ध्यान में आया की तकनिक भले कितना भी अच्छी हो उसे अगर कम खर्च में नहीं दिया गया तो उसका प्रसार चाहिए उतनी गती से तथा स्वयंस्फूर्ती से नहीं होगा। इसके बाद हमने बिलकुल कम खर्च में (चार हजार रुपयेमें १० गौओं की गौशाला) इस तरहकी गौशाला बनायी इसलिए इस क्षेत्र में २००० से भी अधिक मुक्त संचार गौशालाएँ बनी हैं और ऐसी गौशालाएँ देखकर देश-परदेश के हजारो किसानों ने जानकारी ले कर उन का अवलंब किया है।

पंजाब विश्व विद्यालय या वहाँ के किसानों द्वारा किए गए अधिक खर्चे वाले बडे मुरघास बनाने की तकनिक देखकर हम भी अपने किसानों के लिए कम खर्चे का मुरघास बना सकते हैं ऐसा विश्वास बढ गया। बाद में इस तरह का कम खर्च का मुरघास बनाने के लिए राजळे स्थित श्री. दादा पवार, जैसे हमेशा कुछ नया काम करने के लिए हरदम तैयार रहने वाले किसान का चयन किया। इस किसान के पास मुक्त संचार गौशाला में लगभग २० गौअे थी। और उन के लिए हररोज चारा लाना कठिन हो रहा था। साथही उनके जिस खेत में चारा था उसे पानी कम पड रहा था।

इसलिए चारेकी फसल इसतरह बर्बाद होनेकी अपेक्षा मुरघास करें ऐसा उसे लगा। सामान्यतः २ टन का मुरघास करें ऐसा तय हुआ। मुरघास करना हो तो उसके लिए पिट बाँधना पड रहा था और उसके लिए खर्चा आ रहा था। अगर हम जमिनमें गड्ढा खोदकर मुरघास बनाए तो हमें कम खर्चा आएगा और सर्वसामान्य किसान, जिन के पास २ से ४ जानवर है ऐसे किसान भी इसे बना सकेंगे। इस भावना से श्री. दादा पवार इन के गौशाला के पिछले हिस्से में लगभग १५ फीट लंबा, ३ फीट गहराईवाला और ५ फीट चौडा इस तरहका गड्ढा बनाया। यह गड्ढा पुरा मिट्टी का ही था इसलिए गड्ढे के कोने अधिक नुकीलें नहीं थे, यह लाभ हमें मिल गया। क्योंकि ऐसे गड्ढेमें प्लास्टिक का कागज फैलाना होना होता है। अगर ऐसे हिस्से में कठीन बजरी या पत्थर हो तो हवाबंद होने के लिए हम जो कागज लगाते है वह टुटकर उस में से हवा और पानी चारे

में जाकर मुरघास खराब होने की संभावना होती है।

उस जगह खेत में नरम मिट्टी होने के कारन यह बहुत बडी तकलिफ दूर हो गयी। गड्ढे की नाप के अनुसार गड्ढे को ढँक सकेगा ऐसे पद्धति से कागज लगाया। उस वक्त मुरघास के लिए कौनसा और कितनी चौडाई का कागज लेना चाहिए इस की ठीकसे जानकारी होने के कारन, बारिश आने पर चारे की तथा गौशाला की रक्षा के लिए जो कागज उपयोग में लाया जाता है, उसी कागजको इस मुरघास के गड्ढे के लिए उपयोग में लाया गया। यह गड्ढा कागज से पुरी तरह से ढँकने के बाद अब कुट्टी कर के चारे को इस गड्ढे में डालकर दबाने का काम करना था। यह मुरघास बनाने से पूर्व उन्होंने उनके खेत में लगाये हुए मकई के फसल का निरीक्षण कर के उसी के चारे को मुरघास के लिए चुना था। उस के अनुसार मका फुलोरे की स्थिती में था। बुट्टेको तोडकर देखा तो उसकी दूध की रेखा भी मध्य पर थी। चारा हरा था लेकिन उसे एक बार पानी कम डाला गया था। पानी की मात्रा कम रहनेके लिए चारे को एक दिन पहले ही काटकर खेत में ही रखना और दूसरे दिन उसे लाकर कुट्टी करने के तुरंत बाद गड्ढे में डालना ऐसा नियोजन किया गया था।

उस के अनुसार ११ से १२ बिस्वा में होने वाला मका एक दिन पहले ही काटकर उसी जगह पर कतार से रखा। क्योंकि ऐसा गीला चारा एक दिन सुख गया तो उसमें होने वाले सूखे घटकों की मात्रा १५% से ३० से ३५% तक जाएगी कटाई किया गया चारा दूसरे दिन कुछ मात्रा में सूख गया था। इस को जमा कर के ले जाया गया और उसकी कुट्टी बनाना आरंभ किया। कुट्टी की लंबाई लगभग १० से १५ मिमी ऐसी रखी गयी थी। चारे को गड्ढे में डालने से पहले प्लास्टिक के कागज को सभी ओर से अच्छी तरह से लगाया है या नही साथ ही मुरघास दबाते हुए कागज फट तो नही जाएगा इस की सावधानी लेनेके लिए सभी कोनों को जाँचा गया बाद में बडी टोकरीयों, लोहेसे बने बर्तनो तथा बारदानोंकी सहायता से चारा गड्ढे में डालना शुरू किया। सतह से लगभग एक फीट तक चारा डालनेके बाद सभी उपस्थित व्यक्तियों ने उस चारे को अपने पैरों से कुचला, जिस से चारा फिर से आधे फीट से ज्यादा नीचे दबकर बैठ गया। बाद में और एक फीट चारे का स्तर डाल दिया और उसे भी पैरों से अच्छी तरहसे दबा दिया। हमें लगा था कि इतना चारा उस गड्ढेमें नही बैठेगा, लेकिन जैसे जैसे हम दबा रहे थे वैसे वैसे चारा और नीचे नीचे दबकर बैठ रहा था। अंत में जिस गड्ढे में चारा बैठ जाएगा ऐसा लगा था वह गड्ढा २५% खाली ही रहा था। ऐन समय पर चारे के कम पडने से सब हडबडा गए, सब की भागदौड शुरू हो गई। फिर से सब चारा काटने के लिए खेत में चले गए, उस में से कुछ लोग चारे को गड्ढे तक लेकर आ रहे थे, कुछ खेत में कटाई कर रहे थे। दोपरह को एक बजे जो काम शुरू किया था वह श्यामके ७ बजेने पर भी खतम नहीं हो रहा था। अभी भी २५% गड्ढा भरना बाकी था। बाद में अंधेरे में ही चारा काटकर लाया गया और उस पर प्लास्टिक का कागज डालकर दबाया हुआ मुरघास बंद कर के रखा। अब उसमें बाहर से अंदर हवा ना जा पाएँ और उस के अंदर की अधिकसे अधिक हवा बाहरकी तरफ आए इसलिए ऐसे कागजपर गड्ढा करते वक्त आसपास में बाकी रही मिट्टी का आधे फिटका स्तर लगाया और बारिश गिरनेके बाद आजूबाजूसे पानी अंदर की तरफ ना आ पाए इसलिए सभी ओर से साहुल कर के लिया इस तरहसे पहला मुरघास संपन्न हो गया। बहुत बार इस तरह के मुरघास को ढँकने के लिए सिर्फ कागज रखकर उस पर पुराने टायर या लकडीयाँ इस तरह

शुरुमें चारे की उचित कटाई करना जरूरी था।

मुरघास करते हुए चारे में होने वाली पानी की मात्रा ८० से ८५ % परसे ६५% तक लाने के लिए चारे को अच्छी तरह सुखाना महत्त्वपूर्ण था।

के वजन रखें जाते हैं। जिस से ऐसा मुरघास दबाकर रखने पर उस में बाहर से अंदर हवा नहीं जा पाएगी और अच्छे दर्जे का मुरघास बन जाएगा। लेकिन हमारे यहाँ इस तरह सिर्फ उपर से वजन डाला और कुछ जगहों पर कागज अगर खाली रह गए तो ऐसी जगहों पर इस क्षेत्र में होनेवाली मुर्गीयाँ या आवारा कुत्तो जैसे पशु यह कागज चबाकर खराब कर देंगे और उस में से अगर हवा अंदर गयी तो मुरघास खराब हो जाने की संभावना होती है।

मुरघास के लिए जो जगह तय कि गयी थी उस की कम अधिक निगरानी रखी गयी थी और जैसा की पंजाब में बताया गया था ठीक ४५ दिनो में जानवरों को खाने में देने के लिए मुरघास तैयार हो गया। इसके बाद कुछ हिस्सा खोलकर जानवरों को देने के लिए जरुरी इतना मुरघास निकाल कर फिरसे हवाबंद करना पडता है। हम बडी राह देख रहे थे ४५

दिन पुरे होने की। हमें इस का भी बहुत औत्सुक्य था कि इतने परिश्रमों के बाद किया गया मुरघास सफल होता है या नहीं ठीक ४५ दिनों के बाद मुरघास के एक कोने की मिट्टी को दूर किया तो अंदर कागज दिखायी दे रहा था। यह कागज मोडके रखे हुए जगह परसे खोला तो अंदर से एकदम पके हुए कैथे की बू आने लगी, थोडीही देर सें पुरी जगह में यह बू फैल गयी। बाद में एक बडे टोकरे में इस मुरघास को लेकर गाय के सामने रख दिया । शुरू में गौअे सिर्फ सूंघते ही रही। हमें लगा कि गाय को यह पसंद नही आ रहा है इसलिए वह नहीं खा रही है। लेकिन बाद मे उसने बडी च्याव से इसे खाया। उसके बाद दुसरे दिन से मुरघास की मात्रा थोडी थोडी बढायी और हरा चारा कम कर दिया। उसके बाद गायने अच्छी तरहसे खाना शुरू करने के बाद कुछ दिनों तक तो सिर्फ मुरघास, सुखा चारा और पशुखाद्य इसीपर गाय अच्छा दूध दे रही थी। मुरघासके उपयोगसे गाय का दूध उत्पादन साथ ही दूध में होनेवाली फॅट तथा एसएनएफ भी बढ गया। साथ ही पहले जो पतला गोबर आता था वह भी अब सख्त आने लगा। सबसे महत्त्वपूर्ण बात यह है की हरे चारे के लिए दादा पवार को हररोज खेत में जाना पडता था वह सारे चक्कर इस मुरघास की वजहसे कुछ दिनो के लिए ही सही लेकिन रुक गये थे। इसतरह उस के बाद दादा पवारजीने बहुत बडे और अलग अलग तरह के मुरघास बनाकर खुद का लाभ कर लिया और महाराष्ट्र के हजारो किसानों को मुरघास किस तरह बनाए इस के प्रती मार्गदर्शन भी किया। उस में से बहुत से किसानों ने अच्छी तरहसे मुरघास बनाकर उसके फोटो भी भेजे हैं। इस में मुख्यतः झांबिया देश के एक सामाजिक संस्था के अधिकारी ने दादा पवार जीके खेत का मुरघास देखकर अपने देश में जाकर मकई का गड्ढे में होने वाला मुरघास एकदम अच्छी तरहसे बनाकर उस के फोटो भी भेज दिए थे। इन सब चीजों के बारेमें अगर सोचे तो यही लगता है की उन की गौशाला याने एक तरह का प्रशिक्षण केंद्र बन गया है और हजारो किसानों को यहाँ के कम खर्च की तकनिक से लाभ हुआ है।

■ ■ ■

उचित आकार की कुट्टी बना कर उसमें छाँछ डालते हुए

मुरघास के लिए तैयार चारा

ऐसा गड्ढा प्लास्टिक की कागज से हवाबंद करते हुए

खाने के लिए मुरघास तैयार

कैसे बनाए मुरघास ?

मुरघास पद्धति में मुख्य प्रकार की सभी चारा फसलें सुरक्षित रूपसे जमा करके रखी जाती है। इस में घास, द्विदल चारा फसले आदी का समावेश होता है। लेकिन इस में होने वाले द्विदल चारा फसलों का मुरघास, एकदल चारा फसलों की तरह अच्छा नहीं हो सकता। क्योंकि उन में पानी में घुलने वाले शक्कर की मात्रा कम होती है, जिससे खट्टा करने की क्रिया अच्छेसे हो जाती है। चावल के घास का भी मुरघास के लिए उपयोग किया जा सकता है। लेकिन उससे अच्छी गुणवत्ता नहीं मिल पाती। उसकी अपेक्षा मुरघास के पिट में नीचे चावल के घास को फैलाने से वह पर्यावरण को हानिकारक ठहरने वाले ज्यादा के पानी को सोंख लेता है।

- बारीश के मौसम में जब चारा फसलों के लिए अनुकूल वातावरण होता है, तब बडे पैमाने पर चारा फसले तैयार हो जाती है। जानवरों की भूख मिटाकर भी ऐसा चारा बाकी रहता है। ऐसा चारा अगर हम उपयोग में ना लायें तो उसकी गुणात्मकता कम हो जाती है। उसमें रेषेदार पदार्थों की मात्रा बढकर उर्जा और प्रथिनों की मात्रा कम हो जाती है। अगर ऐसा चारा उचित समय पर कॉंट कर उसका अगर मुरघास कर के रखें, तो जब हमारे यहाँ चारा फसल बढने जैसा वातावरण नहीं होता ऐसे में यह अच्छी तरहसे पका हुआ चारा हम अपने पशुधनके लिए उपयोग में लाकर कम से कम खर्चे में अपने दुध उत्पादन के व्यवसाय में लाभ पा सकते हैं। गर्मी के दिनों में हमारे यहाँ चारा लगाने के लिए पानी उपलब्ध नहीं होता ऐसे कमी के दिनों में मुरघास एक अच्छा विकल्प है।
- कभी कभी हम खेतों में चारा फसल लेते हैं। ऐसे में चारा खतम होने तक हमारा खेत उसी में उलझा रहता है। हम दुसरे फसल की बुआई नहीं कर पाते।
- बहुत बार हमें मजबूर होकर चारा फसल कोमल होते हुए भी जानवरों को खाने में देनी पडती है। खतम होने तक वह पक जाती है। याने समय से पहले और बहुत देरसे हमें ऐसी फसलें जानवरों को खाने में देनी पडती है। इससे अपना नुकसान हो जाता है। सबसे अधिक गुणात्मकता होने वाले दिन को ही चारा फसल कॉंटकर उस का परिवर्तन मुरघास में करने से हम उसे कुछ सालों तक सुरक्षित रख सकते हैं।
- मुरघास में चारा फसले पग जाती है। इसलिए उनकी पचनीय क्षमता बढती है।

कितना बनाए मुरघास ?

हमने मुरघास के बारे में बहुतसी बाते जान ली। लेकिन अब हमे अपनी गौशाला के लिए कितना मुरघास लगेगा या कितना चारा लगेगा इसका नियोजन करना होगा। इसका नियोजन करते हुए कितने जानवरोंको, कितने दिनों तक खाने में देना है साथही मुरघास करने के लिए अपने पास कितनी जगह उपलब्ध है, अपने पास कितना चारा और कितने मजदूर उपलब्ध हैं इसके बारे में भी सोचना पडेगा।

इन सब बातों को देखकर हमें कितना मुरघास करना है यह तय करना होगा। नीचे एक उदाहरण दिया गया है उस पर से हमें कितने मुरघास कि जरुरत है, कितनी जगह और कितना चारा लगेगा यह तय करेंगे।

समझ लें हमारे पास १० बडी गौअें है और उनके लिए हमें ३ महिनों तक काफी होने वाला मुरघास बनाना है। एक गाय के लिए २० किलो चारे का मुरघास जरुरी है और हमारे पास अन्य सुखा चारा और पशुखाद्य है।

- १० गौअें - २० किलो चारा - ९० दिन = १८००० किलो
- मुरघास बनाते हुए १५% वजन (पानी की मात्रा कम होने से और खमिर चढाने की प्रक्रिया के कारन) कम होता है।
- १८००० किलो / ०.८५ = २१२०० किलो चारे की हमें जरुरत पडेगी।

अगर हम पैरों से मुरघास दबायें तो एक स्क्वे.फीट में १५ किलो मुरघास बैठता है, अगर आप मशीन याने ट्रॅक्टर से उसे दबा रहें है तो यही मात्रा १८ से २० किलो प्रति स्क्वे.फीट होती है। अगर आप छोटे ट्रॅक्टर से दबा रहे हैं तो आप को कितनी जगह लगेगी यह आगे दिया गया है।

कुल मिलाकर चारा / एक घनफीट में कितना चारा बैठता है = कुल मिला कर घनफीट जगह
२१२००/२० = १०६० घनफीट जगह
अगर हमारे मुरघास का गड्ढा ४ फीट गहरा और ८ फीट चौडा है तो १०६० घनफीट / (गहराई ४ फीट - चौडाई ८ फीट) = लंबाई ३३ फीट

इस तरह के मुरघास के पिट में से हमें हररोज ४०० किलो चारा देना हो तो हररोज कितना चारा लेना पडेगा यह देखते है -

जानवरों को अगर हम रोज मुरघास खाने में दे रहें है तो हमें मुरघास में से कम से कम २/३ फीटकी (०.२ मीटर) सतह निकालनी चाहिए जिससे हवा के संपर्क में आने वाला मुरघास खराब नहीं होगा।

चौडाई ८ फीट x गहराई ४ फीट – २० किलो / घनफीट – २/३ फीट = ४२६ किलो

याने १० गौओं को ९० दिन तक अगर मुरघास देना हो तो ८ फीट चौडा, ४ फीट गहरा और ३३ फीट लंबाई का गड्ढा या पिट लगेगा।

कैसे बनाएं मुरघास ?

मुरघास बनाते हुए मुख्य रूप से उस की मुलभूत तकनिक हमें मालूम होनी जरुरी है। उस के अनुसार हमें अपने क्षेत्र का अध्ययन कर के किस तरह का मुरघास अपने क्षेत्र के लिए उचित है, इसके बारेमें जान लेना आवश्यक है।

मुरघास की सफलता या असफलता, हम कितने नियमों का पालन करके मुरघास बनाते है, उस पर अवलंबित होता है। इस में किसी भी तरह की आसान राह ढूँढने की अगर हम कोशिश करते हैं तो उसकी किमत हमें मुरघास के गुणात्मकता से देनी पडती है यह सुनिश्चित है। इसलिए मुरघास बनाने के जो नियम है उन्हे अच्छी तरह से पाल कर अगर हम मुरघास बनाते हैं तो हम मुरघास में अच्छी सफलता प्राप्त कर सकते है। अच्छा मुरघास बनाने के लिए आगे कुछ मुद्दों को दिया गया है-

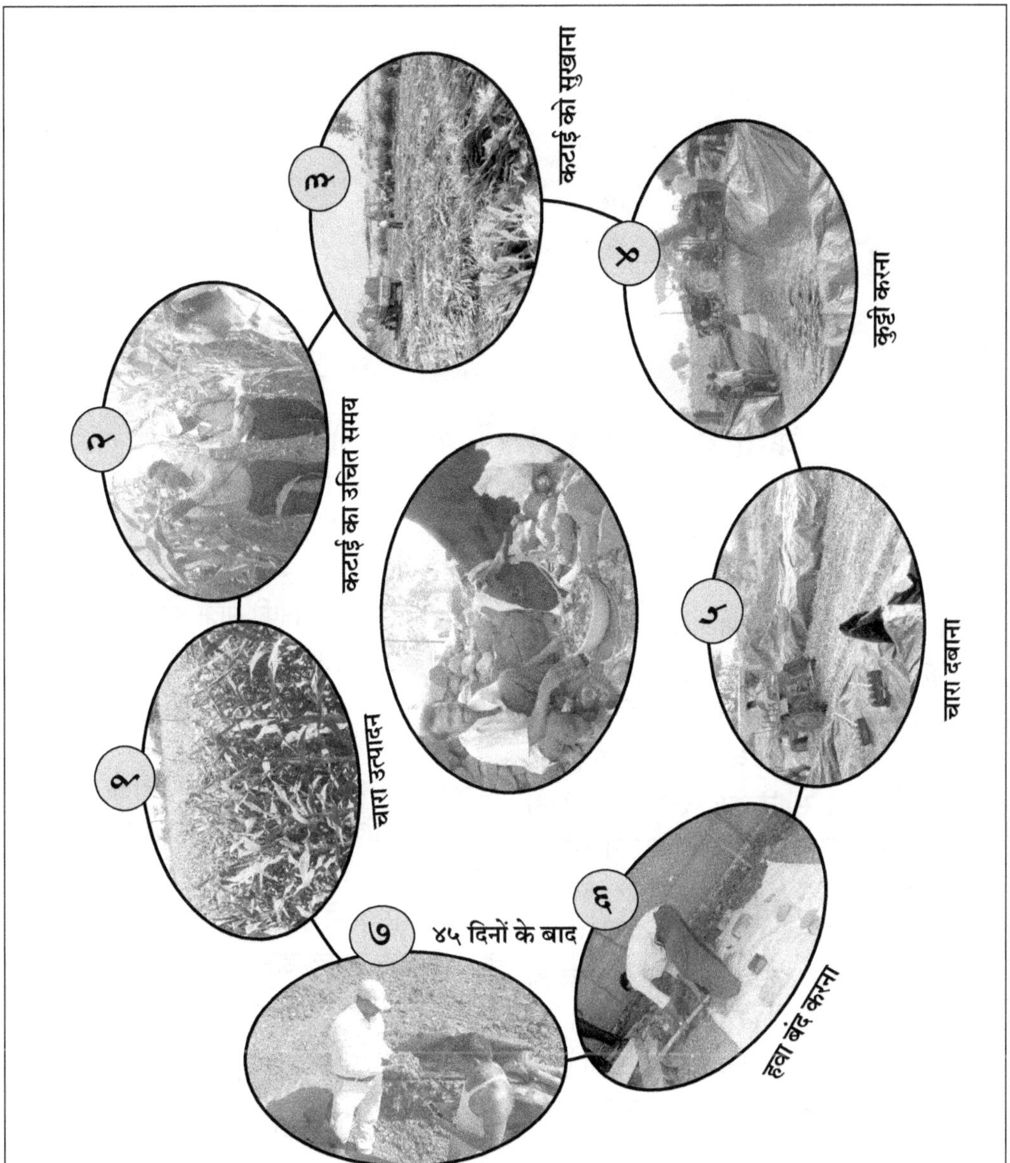

चारे की कटाई

चारे की कटाई पूर्व ध्यान में लेने वाले मुद्दे

- चारा काँटने से पहले हमें पूर्वनियोजन करना होगा।
- हम किस तरह का मुरघास बनाने जा रहे हैं यह पहले ही तय करना चाहिए। जैसे कि बेग, पिट या गड्ढे वाला मुरघास
- चारे की फसल की कटाई करते हुए उसके सुखे घटक, अन्नघटक और उत्पादन इनके बारे में सोचे।
- इस समय जरुरी होने वाले सभी मजदूर और साधनों को तैयार रखें।
- चारे को काटने से पहले हवा का अंदाजा ले, नहीं तो बहुत बार कटाई करने के बाद बारीश आकर चारा खराब होने की संभावना होती है।

चारे की कटाई करते वक्त ध्यान में लेनेवाले मुद्दे

- चारे की कटाई करते हुए सामान्यतः जमिन से कितनी उँचाई पर चारा काटना है इस का नियोजन करना चाहिए। नीचे वाले तने में सूखे घटक तथा रेषेदार पदार्थों की मात्रा अधिक होती है। साथही उसमें जमिन में होने वाले मिट्टी के अंश आने की संभावना बहुत अधिक होती है।
- चारे को जमिन से कितनी उँचाई पर काँटना है इसके लिए काफी चीजों के बारे में सोचना पडता है। उदा. चारा फसल का प्रकार, उस का उत्पादन, उस का दर्जा। तने से फिर से फसल लेनी हो तो, चारे की कटाई कसै होने वाली है? व्यक्ती से या मशिन से? जमीन कैसी है? और तब तक चारा सुखाने के लिए रखना है या नहीं? इ. अगर हमें तने से फिर से फसल लेनी हो तो कटाई सामान्यतः ५ से १० सेमी उँचाई परसे करें।
- चारा फसल में होने वाली पानी की मात्रा कम होने के लिए कटा हुआ चारा एक कतार में सुखनेके लिए रखें। चारे की कटाई करते हुए एक ही जगहपर जमा करके ना रखें। सब जगहों पर एक कतार में एकसरी का चारा डालें।

चारे में पानी की मात्रा अगर कम हों, तो उसी दिन हम चारे को मुरघास बनाने के लिए भेज सकते हैं, या फिर पानी की मात्रा अधिक हो तो एक दिन के लिए चारे को सुखाने के लिए उसे खेत पर ही रख सकते हैं। क्योंकि यहाँ पर यह चारा एक के उपर एक न पडकर अच्छी तरह से पडने के कारन इस में वह गरम होकर खराब होनेकी मात्रा कम होती है।

बाद में ऐसा चारा वाहन में भरकर मुरघास करने की जगहपर लाकर तुरंत कुट्टी कर के मुरघास में डाला तो भी चल सकता है। अपने पास अगर ट्रॅक्टर पर चलने वाला कुट्टी का यंत्र हो तो हम खेतमें ही कुट्टी बनाकर ऐसा चारा मुरघास के लिए भेज सकते हैं।

अगर अपने पास हार्वेस्टर मशीन हों तो खेतमें ही जब चारा फसल खडी होती है तभी उस के पानी की मात्रा नियंत्रित कर के, मशीन से उस की कटाई कर सकते हैं। तुरंतही उस की कुट्टी कर के, ट्रॉली से ले जाकर मुरघास में डाली जा सकती है। मुरघास की यह प्रक्रिया बडी ही तेजीसे होती है।

चारा कटाई का नियोजन और तैयारी

अगर हम इस तरह का नियोजन करें तो मुरघास की गुणात्मकता और उसके लिए आनेवाला खर्चा इन दोनों चीजों का हम अच्छी तरहसे मूल्यमापन कर सकते हैं।

सूखे घटकों की मात्रा उचित हो तो खेतमें ही कुट्टी कर सकते हैं।

चारा कटाई की तैयारी

- हम जिस खेत से चारा लेकर आने वाले हैं वहाँ तक पहुँचने के लिए उचित रास्ता है या नहीं, खेत के आसपास कुछ कठिनाइयाँ है क्या? जिस से चारा कटाई, और उसकी यातायात करने में तकलिफें निर्माण हो सकती है? इस की जाँच कर लें। बहुत बार पेड की शाखें मशिन चलानें में तकलिफ निर्माण कर सकती हैं।
- मशिन द्वारा कटाई करते वक्त उस में कोई पंछी या पशू आने की संभावना को नकार नहीं सकते। ऐसा होनेपर जानवर तो जख्मी होंगे ही और मुरघास भी खराब हो सकता हैं।
- खेतमें कौन सी बाजू में उतार या चढाव है इस की पूरी जानकारी चारे की कटाई करते हुए आवश्यक हैं।
- चारा काँटने के बाद उसे मुरघास की जगह तक पहुँचाने का जो रास्ता है वह कैसा है इस की जानकारी होना जरुरी होता है। रास्ते में कोई भी तकलीफ न हों।

चारा काटने से पहले औजार की क्षमता

- अगर हम समय समय पर औजार की निगरानी रखते हैं तो बीच में ही खराब होकर यह औजार अपना समय और खर्चा नहीं बढाते।
- जिन औजारों को हम उपयोग में लाने वाले हैं उन सभी औजारों का सर्व्हिसिंग अच्छी तरह से हो गया है, साथ ही उस की जाँच ठीक तरहसे की है इस की पुरी तरह से तसल्ली कर लें। इसके कुछ हिस्से अगर खराब हो गये हो तो उन्हे पहलेही बदल डालें। उदा. कुट्टी मशिन के फल अगर बहोत घिस गए होंगे या उन में उचित मात्रा में अंतर न हों तो जल्दी में कुट्टी करते हुए कठिनाई निर्माण होती है। हम जो औजार उपयोग में ला रहे हैं उस के लिए आवश्यक होने वाले उसके कुछ खुले हिस्से अपने पास जरुर होने चाहिए, जिस से ऐन वक्त पर हमारी दौडधूप ना हों।
- मुरघास के लिए जरुरी प्लास्टिक कागज या अन्य जरुरी चीजें लाकर उनका दर्जा अपनी जरुरत के मुताबिक है या नहीं इस की भी जाँच करके रखें।

मुरघास के जगह की तैयारी

- जिस पिट में, गड्ढे में या थैली में मुरघास बनाना है उस की पूरी तरह से सफाई कर लें।
- ऐसे पिट या गड्ढे में मुरघास बनाते हुए इस के पहले जो कुछ भी कठिनाइयाँ आई हुई थी वह फिरसे ना आए, इस के लिए सावधानी बरते। उदा. कभी कभी बारीश का पानी ऐसे गड्ढे के या पिट के संपर्कमें आकर मुरघास खराब हो जाने की संभावना हो तो उस का नियोजन पहले से कर लें। गड्ढेमें मुरघास बनाते हुए कहीं से भी पानी अंदर ना आ पायें इसलिए कूँड तैयार कर लें।

कटाई करते समय व्यर्थ जाने वाला चारा

कटाई करते हुए अगर हम जाया होने वाले चारे पर ध्यान नहीं रखते तो अपना नुकसान हो सकता है। अगर यह नुकसान कम करना हों तो आगे वाली चीजों की तरफ ध्यान देना जरुरी है।

- चारे की कटाई करते हुए बहुतसा चारा उपर ही उपर काटा जाता है। इस से मुरघास के अन्नघटकों में वृद्धी चाहे हो जाती है, लेकिन

कुल मिला कर उत्पादन हो कर अपना नुकसान होने की संभावना होती है। इसलिए कटाई करते वक्त एक तो चारे के साथ मिट्टी ना आने की सावधानी लें। दूसरें अगर चारे को बहुत ज्यादा उपर ही से काटा गया और नीचे वाले तने ज्यादा रहे तो उन्हें निकालने के लिए ज्यादा खर्चा करना पडता है और अपना नुकसान होने की संभावना होती है।

- सुखने के लिए रखा हुआ चारा कभी कभी ठीक से उठाया नहीं जाता। ऐसा अच्छी गुणात्मकता होने वाला चारा ठीक से न उठाया जाने से अपना नुकसान होने की संभावना होती है।
- यातायात करते हुए चारे को अगर उचित रूप से बांधा ना जाए तो वह यहाँ वहाँ गिरने की संभावना होती है।
- कुट्टी करते हुए या ट्रॅक्टर से चारे को दबाते हुए मिट्टी या अन्न पदार्थ लगने से वह कुछ हदतक खराब होनेकी मात्रा भी कम होनी चाहिए। यहाँ पर भी ध्यान केंद्रीत करना जरुरी है।

सूखें घटकों की मात्रा

चारा काँटते हुए उस में होने वाली पानी की मात्रा यह बात मुरघास के दर्जे के लिए बहुत महत्त्वपूर्ण है। जब हम चारे की फसल को काटने वाले होते हैं उससे पहले पानी कम कर के, उस चारे की फसल में होने वाली पानी की मात्रा कैसे कम किये जाए इस का हम नियोजन करते रहते हैं। फिर भी ऐसे समय पानी की मात्रा ८०% के आसपास होती है। इसी मात्रा को हमें मुरघास बनाते समय ३० से ३५% के आसपास लानी होती है। इसलिए चारा काँटने के बाद उसे ऐसे ही जमिन पर रखकर सुखाना होता है। अगर हम ऐसे ही गिले चारे को लेकर आए और सुखाने के लिए एक ही जगह पर रखें तो ऐसा चारा खराब हो जाने की संभावना होती है। इसीलिए चारे को खेत में ही अच्छी तरह से सुखाना यह मुरघास के दर्जे के लिए एक अच्छा कदम है ऐसा मानना पडेगा।

प्रकाश संश्लेषण की प्रक्रिया में वनस्पतियाँ प्रकाश उर्जा का परिवर्तन पानी में घुलने वाली शक्कर में कर देती हैं। इस के विपरीत वनस्पतियों में पानी में घुलने वाली शक्कर का, उन की बढौती और उर्जा में रूपांतर होता है। यह प्रक्रिया प्रकाश संश्लेषण प्रक्रिया के बिलकुल विरुध है। जब वनस्पतियाँ सेहदमंद रिती से बढ रही होती है उस वक्त ये दोनों प्रक्रियाँए चलती है।

जैसा कि उपर देखा गया है, मुरघास अच्छा बनने के लिए चारे में होने वाले पानी में घुलने वाली शक्कर की उचित मात्रा आवश्यक है। यह मात्रा जितनी अधिक हों उतनी अधिक मात्रा में उसका लॅक्टिक आम्ल में परिवर्तन हो जाता है। इससे चारे का सामू कम होता है और खमिर चढने की प्रक्रिया अच्छी तरहसे हो जाती है। जब सूरज की रोशनी होती है तब पानी में घुलने वाली शक्कर अधिक मात्रा में घुलती हैं। इस के विरुध रात में या सूरज की कम रोशनी में पानी में घुलने वाली शक्कर का विघटन होकर उस से उर्जा उत्पन्न होती है। सुबह के वक्त चारे में पानी में घुलने वाली शक्कर की मात्रा कम होती है तो यही मात्रा दोपहर तक अधिक हो जाती है। उसके बाद अगर हवा ठंठी भी हो गयी तो भी पानी में घुलनेवाली शक्कर की मात्रा में बहुत अधिक फर्क नहीं होता। चारे की कटाई करने के बाद अगर पानी की मात्रा अधिक हो और उस में पानी में घुलने वाली शक्कर की मात्रा बाकी हो, तो तुरंत ऑक्सिडेशन की प्रक्रिया शुरु हो जाती है। इसलिए अगर हमें चारे में पानी में घुलने वाली शक्कर की मात्रा अधिक चाहिए तो चारे की कटाई दोपरह के बाद करना आवश्यक है।

सूखें घटक और मुरघास की गुणात्मकता

अगर चारे में उचित मात्रा में सूख घटक हो तो जानवर मुरघास को अच्छी तरह से खा लेते है ऐसा नियम सामान्य रूप से बताया जा सकता है।

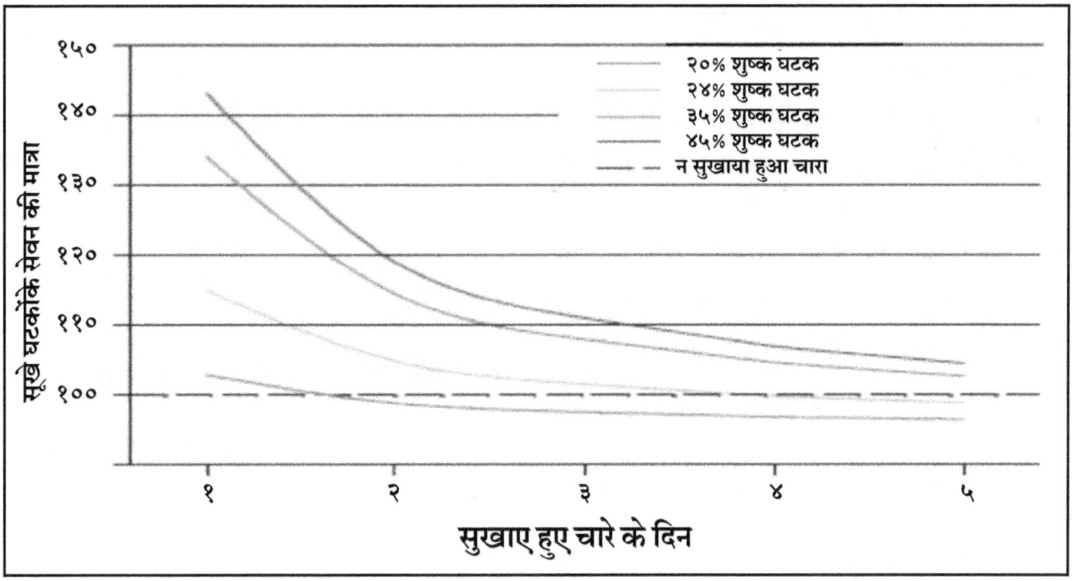

चारे को एक मर्यादा तक सुखाना (wilting)

अगर हम चारे को तडके सुबह काटते हैं तो उस में होनेवाली पानी की मात्रा अधिक होती है और चारे को सुखाने के लिए हमें दिन भर का वक्त मिल जाता है। अगर हम चारे को थोडे समय के बाद याने दोपहर को काटते हैं तो उचित मर्यादा में चारा सुखने के लिए और एक दिन रुकना पडता है। इससे चारा अधिक मात्रा में सुखने की संभावना होती है। इसका परिणाम गुणात्मकता पर हो सकता है। चारे पर होने वाली ओस की बुँदे जबतक पूरी तरहसे सूख नहीं जाते तबतक चारे को ना काटे। क्योंकि ऐसा उपरी सतह पर होने वाला पानी, चारे की फसल काटने पर, उन्हें पर्याप्त सतहन मिलने के कारन जल्दी से सूख नहीं जाता।

अगर कटाई के दिन की हवा अधिक गरम, सुखी और बहती हुई हो और दुसरे दिन भी वैसे ही हवा की संभावना हो तो अगर हम चारे की कटाई सुबह न कर के दोपहर में करे तो दूसरे दिन वह चारा अधिक सुखा हुआ नहीं होता। इसलिए मुरघास का दर्जा अच्छा रहता है। कुछ चारा फसलों में शाखों की और पत्तों की मात्रा अधिक होती है। ऐसी चारा फसले जल्दी से सूख जाती हैं। ऐसी चारा फसलें अगर सुबह जल्दी काटली और अधिक देर तक सुखायी गयी तो उनमें होने वाली पानीकी मात्रा बहुतही कम हो जाएगी। उपलब्ध समय और चारे का प्रकार इस पर से हमें कितनी उंचाई का चारे का ढेर लगाना है यह ध्यान में आता है। समझले कि चारा जल्दीसे सुखने वाला है तो कटाई के बाद हम जों कतारे करते है वह थोडी सी अधिक मोटी करें। इस के विपरित अगर देरसे सुखने वाला चारा हों तो कम मोटाई वाली कतारें करें। जिससे हमें मुरघास करते हुए जितनी जरुरत है, उतनीही पानी की मात्रा मिलेगी।

चारा सुखाने की प्रक्रिया की गती कैसे बढाई जा सकती हैं ?

- अच्छा मुरघास बनाने के लिए चारा सुखाने की प्रक्रिया जल्दी से होना अच्छा रहता है। इस में कुछ चीजों का नियोजन हमें करना पडता है।
- **चारा कटाई का समय :** चारे में जब अधिक से अधिक अन्नघटक होते हैं और चारा फुलोरे के स्थिती में हों या पक नहीं गया हों। तो ऐसा चारा सुखाने की पद्धती को अच्छा अनुकार देना है। ऐसे समय यह चारा जलद गती से सूखनें पर अन्नघटक जाया नहीं होते। इस के विपरीत फुलोरे के स्थितीसे पकनेकी स्थिती में अगर चारा जाता है तो ऐसा चारा सुखने में देर लगती है और इस प्रक्रिया में अन्नघटक कम होने की संभावना होती है।
- रासायनिक पदार्थों का उपयोग करके चारा सुखाने की प्रक्रियाभी जलद गतीसे कर सकते हैं। इस में कटाई करते वक्त पौधे के तने पर मुख्यतः पोटॅशियम कार्बोनेट डाला जाता है। इससे बाहर की खाल नष्ट हो जाती है इसलिए बाष्पीकरण की गती बढती है और चारा सुखाने की प्रक्रिया कम से कम समय में होती है। इस मे ५ किलो पोटॅशियम कार्बोनेट लिया जाता है और उसे २०० लिटर पानी में मिलाकर, तैयार होने वाले द्राव को १ हेक्टर के क्षेत्र के लिए अगर उपयोग में लाया जाए तो हमें अच्छे परिणाम प्राप्त होते हैं।

चारा सुखाते समय होने वाले नुकसान को कैसे टाला जाए ?

चारे को काटते ही तुरंत सुखे घटक और उर्जा कम होना शुरू हो जाती है। इसमें होने वाला नुकसान ३ तरह का हो सकता है। बहुत बार चारे की कटाई अच्छी तरह से न करने पर पत्तियाँ झड जाने की

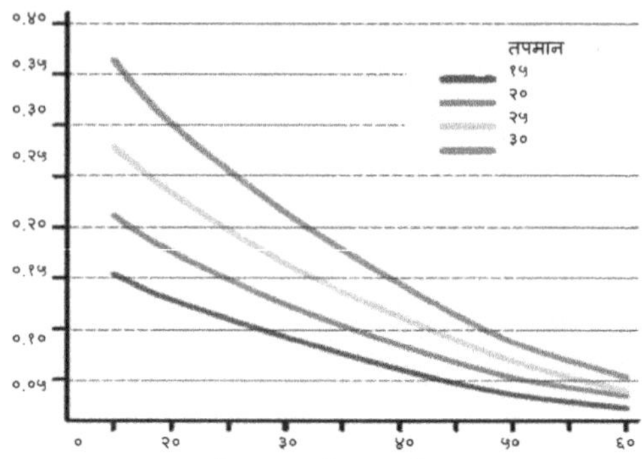

मुरघास करते हुए सुखे घटकों की मात्रा

संभावना होती है। यह इस्तमाल करते हुए दिखाई देने वाला नुकसान है। साथ ही ऑक्सिडेशन, अन्य रासायनिक बदल और जैविक विघटन इन से होने वाला नुकसान दिखायी नहीं देता। अगर हमने चारे को अधिक मात्रा में सुखाया तो सुखे घटक और उर्जा इन की मात्रा भी कम होती है। यह सब तरह का नुकसान टालने के लिए उचित समय पर कटाई कर के विशिष्ट समय में चारा सुखाकर अच्छी तरहसे उसे इस्तमाल किया जाए तो सभी तरफ से होने वाला नुकसान टल जाएगा।

ऑक्सिडेशन की वजह से होने वाला नुकसान

ऑक्सिडेशन की प्रक्रिया में पानी में घुलने वाली शक्कर का विघटन हो कर उससे पानी, कार्बन डाय ऑक्साइड और उर्जा तैयार हो जाती है। इस प्रक्रिया में चारे के सुखे घटक और उर्जा कम होती है। कटाई के बाद चारे को एक के उपर एक रचकर रखने से अंदर वाला चारा गर्म हो जाता है और कुछ देर के बाद पिला पड जाता है। जब चारा अधिक गीला होता है उस वक्त उस में होने वाली ऑक्सिडेशन कि प्रक्रिया अधिक गतीसे होती है। इस के विपरीत कटाई किए गए चारे में अगर पानी की मात्रा कम हों तो यह प्रक्रिया धीमी गती से हो जाती है। इस में तापमान का मुद्दा भी महत्वपूर्ण है। अगर तापमान

अधिक हो तो ऑक्सिडेशन जलद गती से होता है।

ऑक्सिडेशन से कुछ मात्रा में नुकसान हो सकता है जिसे हम नियंत्रित नहीं कर सकते। सिर्फ चारे को जल्दी से सुखाना यहीं इसका एक विकल्प है। सामान्यतः ऐसा नुकसान नियंत्रित करने से वह २ से ८% इतना हो सकता है लेकिन अगर हम उचित नियोजन ना करें तो वह १६% इतना बढ सकता है।

आबोहवा के कारन होनेवाला नुकसान

छाए हुए बादल, ठंडा तापमान, सर्द हवा, और अधिक मात्रामें छायी हुयी धुंध इन से चारा सुखाने की प्रक्रिया में देर हो जाती है। इस से चारे की गुणात्मकता कम होकर उसमें काई और किटाणूओं की वृद्धी जल्दी से हो जाती है। अगर कम अधिक मात्रा में बारीश हो गयी तो अन्नघटकों का होने वाला नुकसान बहुत अधिक होता है। लगभग २५% से अधिक नुकसान इससे हो सकता है।

हवा के बदलाव से पानी में घुलने वाले शक्कर की मात्रा जल्दी से कम होकर नुकसान हो जाता है। परिणाम स्वरूप मुरघास बनने की प्रक्रिया भी ठीक नही होती। ऐसे समय पर हमें बाहर से कुछ मुरघास पुरक पदार्थ डालने पडते है।

चारे का इस्तमाल करते हुए होने वाला नुकसान

चारे की कटाई यातायात साथ ही चारा सुखाना ऐसी क्रियाओं को अगर ठीक से नियंत्रित नहीं किया जाता तो बहुत बडा नुकसान हो सकता है। कटाई करते हुए उसे ठीक से करना जरुरी हैं। साथ ही उसके बाद चारे को अगर अधिक समय तक सुखाया गया तो वनस्पति की पत्तियाँ झडने की संभावना होती है। पत्तियो में ही अधिक मात्रा में अन्नघटक होते हैं। इसका परिणाम मुरघास की गुणात्मकता पर हो जाता है।

चारा सुखाने की प्रक्रिया (wilting)

मुरघास के लिए कटाई कीए गये चारेमें होने वाले पानी की मात्रा जरुरत के अनुसार कम करने के लिए उसे सुखाया जाता है। इस प्रक्रिया के कारन मुरघास में होनेवाले सुखे घटकों की मात्रा नियंत्रित की जाती है। यह प्रक्रिया भी सीमित समय में ही पूरी होना आवश्यक है। नहीं तो उस की गुणात्मकता कम होने की संभावना होती है। सामान्य रूप से कटाई के बाद चारा सुखाने की प्रक्रिया ४८ घंटों से अधिक नहीं होनी चाहिए। यह कालावधी जितना बढेगा उसी मात्रा में ऑक्सिडेशन के प्रक्रिया के कारन और किटाणूओं के वृद्धि के कारन मुरघास का दर्जा घट जाता है।

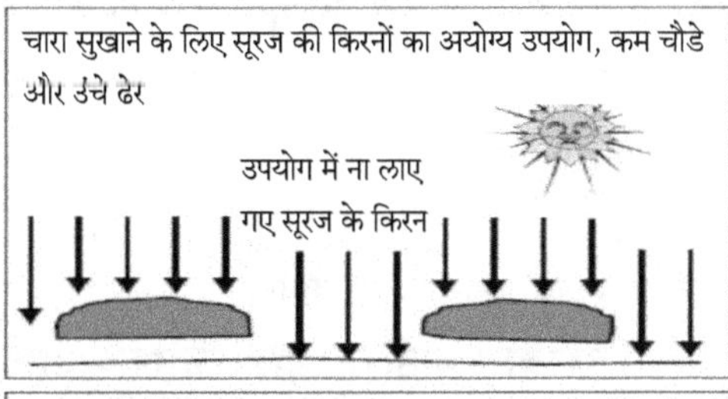

कम चौडाई वाला और उंचा चारे का ढेर (बहुत अधिक घना) इसमें सामान्य रुप से ५० % सूरज की किरनों का उपयोग नहीं हुआ है। इसलिए चारा सुखाने के लिए लगनेवाला समय बढता है और उससे अधिक नुकसान होने की संभावना होती है।

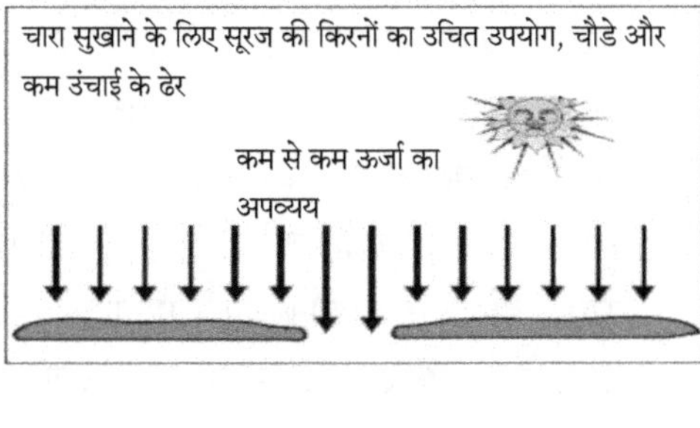

चौडा और पतला चारे का ढेर (पतला ढेर) इस में सामान्य रुपसे ८५% सूरज की किरनों का उपयोग चारे को सुखाने के लिए किया गया है । इससे चारा सुखाने के लिए लगने वाला समय कम हो जाता है, और इसलिए कम से कम समय में चारा सुखाने के कारन पोषक मूल्यों का संवर्धन हो जाता है।

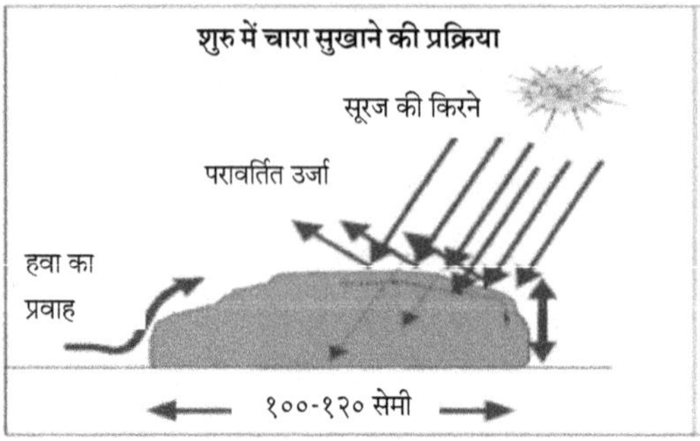

- वनस्पति की श्वसन से चारे में गर्मी निर्माण होती है।
- सामान्य रुपसे ५० % सूरज की किरने २-३ सेमी तक पहुँचती हैं और सिर्फ १० % सूरज की किरणे नीचे की तट तक पहुंचती हैं।
- शुरु में २० % सूरज के किरन परावर्तित होते है, और हवा चारे के उपरसे बहती है।

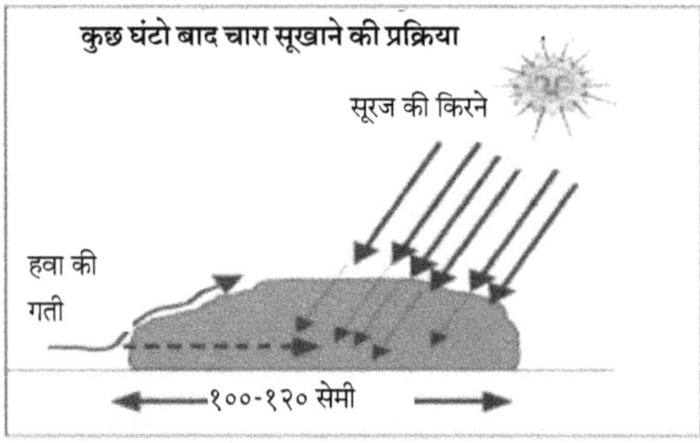

- १५ से २० सेमी स्तर के चारे की कुछ समय के बाद की प्रक्रिया
- इस बार अधिक ऊर्जा तट तक पहुंचती है, सूरज की किरने कम परावर्तित होती हैं।
- इसमें चारा शीघ्र गतीसे सुखाया जाता हैं।

अधिक मात्रा में धूप और हवा इससे चारा सुखाने की प्रक्रिया बहुत ही शीघ्र गती से होती है इसके विपरीत ठंडे मौसम में और हवा जब अधिक सर्द हों तब बाष्पीकरण की गती धीमी पडनेके कारन सुखने की प्रक्रिया को अधिक समय लगता है। अगर हम चारे को कुछ ही मात्रा में सुखा कर उसका मुरघास बनायें, तो ऐसे मुरघास की गुणात्मकता ना सुखाये गए चारे के मुरघास से भी अच्छी होती है और जानवर उसका उपयोग आहार के लिए अधिक मात्रा में करते हैं।

चारा सुखाने की प्रक्रिया कैसी होती हैं?

चारा सुखाने की प्रक्रिया शुरू में कुछ मात्रा में शीघ्रगती से और बाद में धीरे धीरे होती है। यह प्रक्रिया पत्तियों में जल्दी और तनों में देर से होती है। वनस्पती में होनेवाला पानी पर्णरंध्रो से बाष्पीकरन की सहायता से बाहर निकलता है। चारे के कटाई के बाद थोडे ही समय में ये पर्णरंध्र बंद हो जाते है और वनस्पती पानी बचाने का काम करती हैं। गरम तथा सुखे वातावरण में यह प्रक्रिया जल्दी चालू हो जाती हैं। चारे में पानी की कितनी मात्रा है इस पर पर्णरंध्रो का बंद हो जाने का समय तय होता है। वह सामान्यरूप से ३० मिनट से २ घंटोतक का होता है और बंद हो जाने के बाद उस में १०% फर्क आ जाता है। यह पानी अंदर ही घुमता रहता है। बहुत से वनस्पतीयों की प्रजातीयों में पर्णरंध्रों के बंद होने से पूर्वही उस में होने वाला पानी ३०% कम हुआ होता है। जैसे जैसे पत्तों की संख्या कम होगी वैसे वैसे वनस्पती पकने लगती है और उस में रेषेदार पदार्थों की वृद्धी अधिक होती है। हमारी समझ में यह आ जाता है कि जितनी अधिक पत्तियाँ होंगी उतनी शीघ्र गती से सुखने की प्रक्रिया होगी।

चारे में होनेवाले पानी की मात्रा कैसे तय करेंगे?

- मुरघास बनाते हुए हर कृती सही समय पर करना बहुत ही महत्त्वपूर्ण है और ऐसे समय हमें काम करने का प्रत्यक्ष अनुभव होना चाहिए। बहुत बार हम खेत में काम कर रहे होते हैं और ऐसे समय हमें चारे में होने वाली पानी की मात्रा समझने के लिए झट से कुछ परिक्षणों की

अ.नं.	सुखे घटकोंकी मात्रा	नमुने की स्थिती
१.	२५ गुना से कम	चारे को दबाने पर पानी खुले रूप से बहता है और दाब छोडने पर चारा तुरंत अपना आकार प्राप्त कर लेता है। हाथ पर अधिक मात्रा में पानी दिखायी देता है।
२.	२५ से ३० गुना	चारा दबा कर छोडने पर वह आकार प्राप्त कर लेता है लेकिन इस में पानी खुला नहीं होता, हाथ सिर्फ गिले हो जाते हैं। अधिक पानी नहीं होता।
३.	३० से ४० गुना	चारा दबाने के बाद उसे अपनी मूल स्थिती में आने में विलंब लगता है। बहुत कम या हाथ में बिलकूल पानी नहीं होता।
४.	४० से भी अधिक	चारे को दबाने के बाद और उसे छोडने के बाद वह स्प्रिंग की तरह उडता है और हाथ कों बिलकूल पानी नहीं होता।

जरुरत होती है। यहाँ पर परिक्षणशाला में नमुना भेज कर अहवाल आने की राह देखना उचित नहीं होता। ऐसे में हम दो प्रकारों से चारे के पानी की मात्रा देख सकते हैं।

- हाथसे चारा दबा कर पानी की मात्रा जाँचना

मायक्रोवेव्ह पद्धति

चारे में होने वाले पानी की मात्रा को जाँचने के लिए हम जो नमुना लेते हैं वह अलग अलग जगहों से प्रातिनिधीक रूप में ले और केवल उपर के स्तर का न लेकर सभी स्तरों में से लें।

हाथ से चारा दबा कर पानी की मात्रा जाँचना

चारे में होनेवाले पानीकी मात्रा देखने की यह खेतो में कर सकने वाली सबसे आसान और शीघ्र गती से होनेवाली पद्धती है। हाथ में चारा मरोड कर देखने की पद्धति की अपेक्षा यह पद्धति अधिक अच्छा निष्कर्ष देने वाली है। इस पद्धति को सीखने से पहले हमें इस पद्धति को सीखे हुए व्यक्ती से मार्गदर्शन लेना आवश्यक है या हमारे द्वारा निकाला गया निष्कर्ष मायक्रोवेव्ह पद्धतिके साथ जोडकर देख लेना चाहिए। चारे की कटाई की गये खेत में से अलग अलग जगह का प्रातिनिधिक स्वरूप का नमुना ले। नमुना लेते हुए सभी स्तर में से एकसरिका चारा आ रहा है यह तसल्ली कर लें।

- चारे को एक जैसा मिलाले जिस से नमुने के रूप में लिया हुआ सभी चारा अच्छे से सम्मिलित हो जाएगा।
- बाद में इस चारे को १-२ सेमी के लंबे टुकडों में काट लें।
- टुकडे किए चारे को हाथ में लेकर ३० सेकंदों तक दबा कर रखे।
- चारे को दबा कर रखने के बाद एकदम से हाथ खोले।

बाद में आने वाले निष्कर्षों की जाँच कर के उसपर से चारे में कितना पानी है इस का अनुमान निकालें। इस पद्धति में अगर पत्तियाँ अधिक हों और अन्य अंश अगर कम हों तो पानी की मात्रा अधिक है ऐसा लगता है। साथ ही तने का हिस्सा अधिक हों और पत्तियाँ कम हों तो चारा हाथों को थोडासा सुखा लगता है। अगर ऐसे चारे को ओस की बूँदे लगी हुई हो तो पानी की मात्रा ज्यादा है, ऐसा लगता है। उपरोक्त दोनों ही वक्त अगर कुट्टी कर के चारे की जाँच की जाए तो निष्कर्ष अधिक सही आते हैं।

मायक्रोवेव्ह चारा जाँच पद्धति

इस पद्धति में चारे में होनेवाली पानी की मात्रा उपरोक्त पद्धति की अपेक्षा अधिक अच्छे से, अचूक रिती से जाँचा जाता है। इस में शुरू में चारे का वजन किया जाता है। उस के बाद उसे मायक्रोवेव्ह में रखकर गर्म किया जाता है और बाष्पीकरण पद्धति से उस में होने वाला पूरा पानी बाहर निकाला जाता हैं। बाद में इस चारे का वजन किया जाता है। चारे का पहले वाला वजन और बाद का वजन इस में होने वाला अंतर याने चारे में होने वाली पानी की मात्रा! यह पद्धती अधिकतर परिक्षणशाला में उपयोग में लायी जाती हैं। यह पद्धति यद्यपि अचूक है, फिर भी उपरोक्त पद्धति की अपेक्षा कठीन है और खेत में इसे नही कर सकते।

ऐसे बनाए मुरघास

उपर की तरह चारा काँट कर उसे जरुरी मात्रा में सुखाने के बाद उसे मुरघास के लिए जमा किया जाता है। इस के लिए अलग अलग तरह का नियोजन किया जाता हैं। मुरघास के लिए बनाए गए गड्ढे या पिट अगर ठिक न हों तो मुरघास में होने वाले सुखें घटक और उर्जा इन की मात्रा कम होती है और मुरघास का दर्जा भी गिर जाता है। इसमें होने वाला नुकसान अधिकतर ठीक तरह से हवाबंद न करने के कारन अधिक मात्रा में हुए ऑक्सिडेशन से होता है। यह सब टालने के लिए हमें मुरघास का जमिन पर या जमिन के अंदर भी किया जा सकता है। साथ ही इसे अलग अलग आकार की प्लास्टिक तथा एचडीपीई थैलीयों में भी किया जाता है।

पहला चरण : चारे का वजन (सूखे घटक) = $\frac{\text{चारे का मूल वजन} \times \text{\% सूखे घटक}}{१००}$

दूसरा चरण :

कुल मिला कर चारे का ताजा वजन = $\frac{(\text{चारा + डाला हुआ पानी}) \times १००}{\text{आवश्यक \% सूखे घटक}}$

पानी का उपयोग = चारे का अंतिम वजन - चारे का मूल वजन

उदा. हमें ५० % सूखे घटकों के १००० किलो चारे का परिवर्तन ३५% सूखे चारे मे करना है, कैसे करोगे ?

$१००० \text{ किलो} \times \frac{५०}{१००}$ X ५०० किलो सूखे घटक

$५०० \text{ किलो सूखे घटक} \times \frac{१००}{३५} = १४२८ \text{ किलो}$

तिसरा चरण : १४२८ - १००० = ४२८ लिटर. हमें ३५ % सूखे घटक करने के लिए ४२८ लिटर पानी को इस चारे में डालना पडेगा।

जमिन के उपरवाले मुरघास के प्रकार

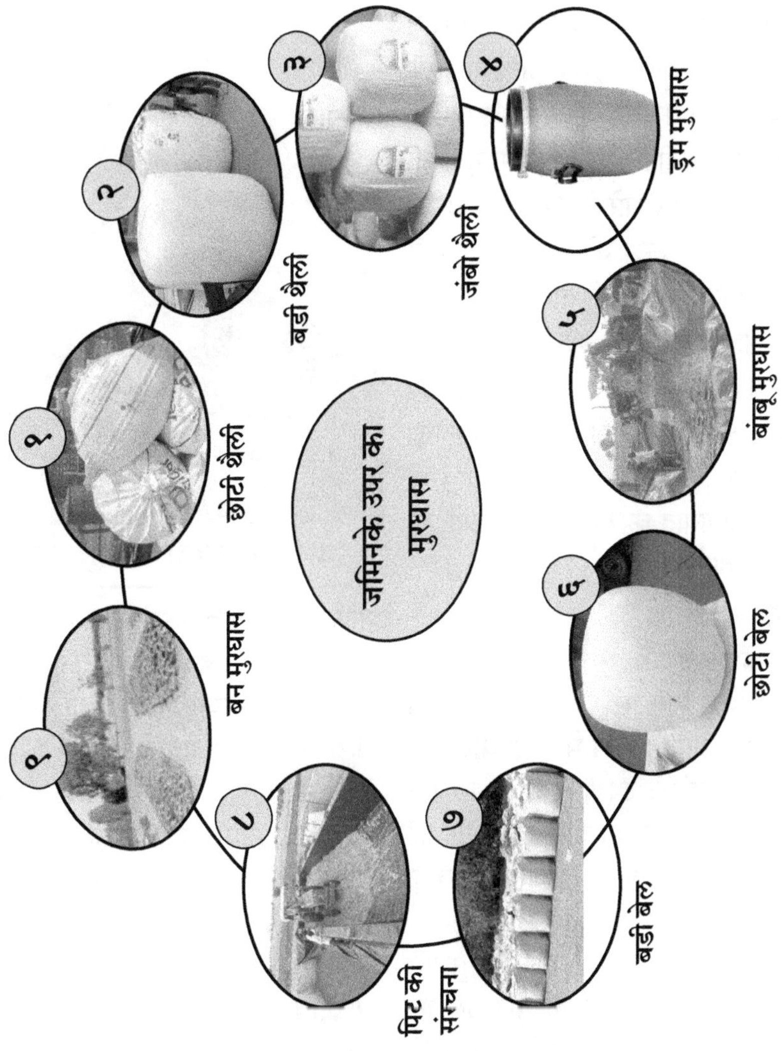

जमिन के नीचे वाले मुरघास के प्रकार

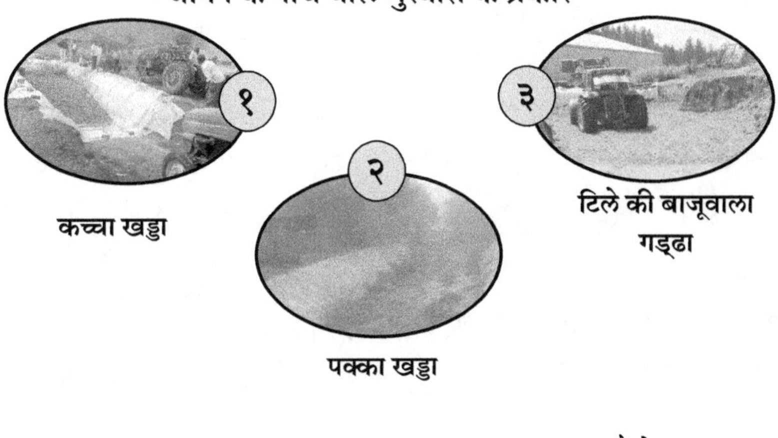

थैली में होनेवाला मुरघास

अलग अलग आकार की थैलीयों में मुरघास किया जाता है। सामान्य रूपसे इस में अंदर की तरफ हवा बंद स्थिती करने के लिए अंदर प्लास्टिक की थैली और बाहरसे एचडीपीई थैली उपयोग में लायी जाती है। अंदर होने वाले चारे के अतिरिक्त दबाव से प्लास्टिक की थैली टूटने की संभावना होती है और अगर उसमें हवा चली गयी तो मुरघास खराब हो जानेकी संभावना होती है। यह सब टालने के लिए और अंदरका अतिरिक्त दबाव सहने के लिए प्लास्टिक की थैली को बाहर से एचडीपीई थैलीका सहारा दिया जाता है। जिस से ये थैलियाँ दबाव भी सह लेंगी और यातायात के समय उन्हे उठाते हुए कठिनाई भी नहीं होगी।

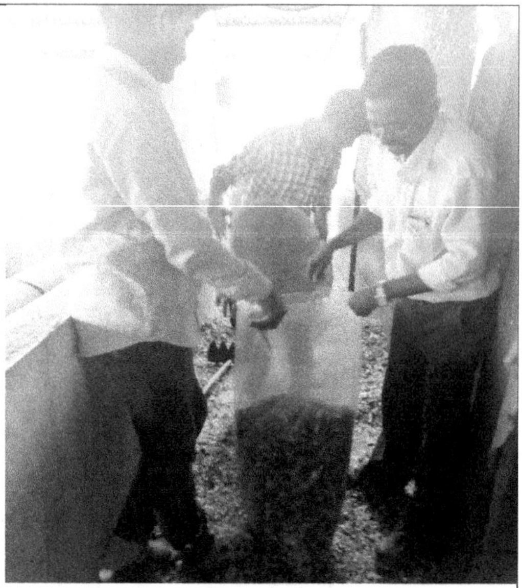

छोटी थैली में कुट्टी किया हुआ चारा भरते हुए

छोटी थैली

१ किलो के परिक्षण के मुरघास से लेकर ५० किलो व्यावसायिक मुरघास तक छोटी थैलियों का उपयोग किया जाता है। इस में बहुत बार सिर्फ प्लास्टिक की कागज का उपयोग कर के मुरघास बनाया जाता है। अधिक वजन वाले प्लास्टिक की थैलीयों को एचडीपीई थैलीयों से आधार दिया जाता है।

ऐसी छोटी प्लास्टिक की थैली में मुरघास बनाते हुए, चारा काट कर लाने के बाद उस की

प्लास्टिक की थैली में मुरघास के प्रयोग के लिए २५ किलो थैली में किया गया मुरघास

कुट्टी बनालें। बाद में इस में पानी की मात्रा जरुरत के मुताबिक है इस की तसल्ली कर लेने के बाद चारे को थैली में भरकर शुरू में धीरे धीरे और बाद में थैली ना टूटे इस पद्धती से दबाये। इस पद्धती में दबा दबा कर अधिक से अधिक हवा बाहर निकाल लें और बाद में तुरंत हवाबंद करके रखें। सामान्यरूप से अधिक से अधिक २५ से ३० किलो तक हम सिर्फ प्लास्टिक के कागज की थैलीको उपयोगमें ला सकते हैं। थैली अगर बडी हों तो याने ३० किलो से भी अधिक बडी हो तो ऐसी थैली में अधिक चारा रह जाता हैं। यह वजन और हमारी तरफसे दिया जाने वाला दबाव सहने की क्षमता चाहे कितना भी मोटा प्लास्टिक का कागज क्यों न हों, उस में नहीं होती इसलिए ऐसे समय एचडीपीई थैली में प्लास्टिक की उसी आकारवाली थैली रखकर उस में चारा भर दें। चारा भरते हुए शुरू में हाथों से दबायें। हम जितना दबाएंगे उस मात्रा में अंदर की हवा बाहर आएगी और अपना मुरघास अच्छी गुणात्मकता का होगा यह ध्यान में रखना जरुरी है। इस के बाद ऐसी थैली में हम खडे रहकर भी अगर दबायें तो भी चल सकता हैं। हमारी शरीर की वजन के कारन यह चारा

थैली की क्षमता और दबाव इनमें समतोल रख कर ही थैलीमें चारा डालें।

बहुतही अच्छी तरीके से दब जाता है।

ऐसे सभी तरफ से याने थैली के कोने में भी अच्छी तरहसे दबा कर अधिक से अधिक हवा को बाहर निकाल कर प्लास्टिक की थैली के मुँह को बांध लेकर बाद में एचडीपीई थैली भी फिर से दबाकर बाँध कर रखें। बाहर वाली एचडीपीई थैली का दबाव अंदर की प्लास्टिककी थैली पर पडना चाहिए।

इस के बाद ये थैलीयाँ एक के उपर एक ऐसे रखने से एक दुसरे के वजन से वह और भी दबी रहती है और मुरघास और भी अच्छी गुणात्मकता का हो सकता है। ऐसी थैलीयाँ जमा करते वक्त सीमित उँचाई तक ही रखें। सबसे नीचे वाली थैली पर अधिक दबाव आकर वह फूटें नहीं इस की भी सावधानी हमें बरतनी होगी। अगर सिर्फ प्लास्टिक की ही थैलीयाँ हो और बाहर एचडीपीई थैली ना हों, तो ऐसे थैलीयों की हमें और भी निगरानी रखनी होगी। क्योंकि इस प्लास्टिक की थैली में छोटासाभी छेद हो गया तो उसमें से अंदर हवा जाकर मुरघास

औजार की सहायता से थैली की हवा निकालने के बाद

खराब हो जाने की संभावना होती है। अगर ऐसी थैली पर एचडीपीई की थैली हों तो अंदर वाली थैली सुरक्षित रहती है और ऐसे थैली में हवा जाने की संभावना कम होती हैं।

छोटे थैली के मुरघास के लाभ

इस में होने वाला महत्त्वपूर्ण लाभ यह है की इस तरहका मुरघास कम चारे में भी बनाया जा सकता है। हमें हररोज थोडाही चारा मिल रहा हो तो हम उस मात्रा में थैलीयाँ भर कर मुरघास कर सकते हैं।

छोटी थैली में तैयार मुरघास

इस तरह का मुरघास करते हुए यह थैलीयाँ हम जहाँ पर जगह हैं ऐसे स्थानपर रख सकते हैं। उन्हें किसी खास तरहकी ही जगह चाहिए होती है ऐसा नहीं। इसलिए उचित स्थान पर एकदम कम जगह में एकके उपर एक इस तरह से इन थैलीयों को रख सकते हैं।

इन थैलीयों को हम उठा सकने के कारन इन का इस्तमाल करना बहुत आसान हो जाता है। यह बहुत ही महत्त्वपूर्ण लाभ है। साथ ही ऐसी थैलीयाँ यातायात के लिए बहुत आसान होती है।

इस तरहका मुरघास करते हुए यह थैलीयाँ हम किसी भी स्थान पर, जहाँ कहीं भी जगह है वहाँ रख सकते है। उन्हें किसी खास तरह की जगह की जरुरत नहीं होती। जहाँ पर अच्छी जगह है ऐसे कही पर भी हम इस मुरघास को बना सकते हैं और बाद में जरुरत के मुताबिक इस को ला कर जानवरों को खाने में दें सकते हैं।

बहुत बार ऐसा भी होता है की मुरघास करते हुए हम जरुरत उतनी सभी तरह की सावधानी बरतते है लेकिन फिर भी कुछ ना कुछ गलती हो कर मुरघास खराब हो जाने की संभावना होती है। ऐसे वक्त मुरघास अगर खराब हुआ तो एक ही थैली खराब हो जाती है। पुरा मुरघास बिगड नहीं जाता और अपना होने वाला नुकसान टल जाता है।

अगर ताजा चारा अच्छी मात्रा में उपलब्ध हो तो हम जानवर को मुरघास न देकर हराचारा ही खाने में देते हैं। ऐसे समय चालू अवस्था में होने वाला मुरघास बंद करते हुए उपर वाली सतह खराब होने की संभावना होती है इस से कम अधिक नुकसानभी हो जाता है। लेकिन यहाँ पर स्वतंत्र (छोटी) थैली का उपयोग करने के कारन उस थैली का मुरघास खतम होने के बाद हम हरा चारा उपयोग में ला सकते है और जरुरत के अनुसार फिर से नई थैली की शुरुआत कर सकते हैं। इस तरह से हम जानवरों को कायम स्वरूप में अच्छा चारा दे सकते हैं।

शक्कर की पुरानी थैलीयों का उपयोग कर के कम खर्च में हम यह मुरघास कर सकते हैं।

जिन छोटे किसानों के पास कम चारा है वह इस पद्धति से मुरघास बनाकर रख सकते हैं। बाद में जब बाजार में मुरघासकी कमी होगी और दाम अधिक मिल रहे होंगे तब यह मुरघास बिक्री के लिए उपलब्ध करा कर वे चारा बिक्री का नया व्यवसाय शुरू कर सकते हैं। कुछ काल के बाद इसकी जरुरत निर्माण होनेवाली है।

भेड बकरीयों जैसे छोटे जानवरों के लिए छोटे पद्धति में मुरघास करने के लिए यह पद्धति लाभदायक हैं। एक बकरी या एक भेड होने वाला किसान या मजदूर भी अगर एक दिन अधिक चारा उपलब्ध हुआ तो इस तरह के मुरघास में कुछ महिनों तक या कुछ वर्षों तक भी उसे रख सकता है और अपनी जरुरत के मुताबिक अपने जानवरों को अच्छा आहार दे सकता है। अपने जानवरों की सेहद अच्छी रख कर अच्छा उत्पन्न ले सकता हैं।

छोटे थैली के मुरघास की कमीयाँ/नुकसान

छोटी थैली में मुरघास करने की पद्धती के जैसे लाभ है वैसे कुछ दुष्परिणाम भी हैं। अगर उन के बारे में जानकारी हो तो उचित समय पर ही उस की दखल अंदाजी लेकर हम उस पर मात कर सकते हैं।

छोटी थैलीमें मुरघास करते हुए बहुत बार ऐसा होता है की मुर्गीयाँ या अन्य पशू थैलीमें छेद कर देते हैं उसमेंसे हवा अंदर जाकर मुरघास खराब हो जानेकी संभावना होती है।

ऐसी छोटी थैलियाँ भरने के लिए अधिक मजदूरों की जरुरत पडती हैं। इसलिए इस पद्धति से मुरघास करते हुए मजदूरों का खर्चा बढ सकता हैं।

अधिक जानवर होने वाले किसानों के लिए यह पद्धति लाभदायक नहीं है। जिनके पास कम जानवर हैं ऐसे ही किसानों या प्रयोगशील किसान इस तरह का मुरघास कर सकते हैं।

मध्यम मुरघास थैली

मध्यम आकार की थैलीयाँ २५० किलो से १००० किलो तक के आकार में उपलब्ध होती है

मध्यम आकार की मुरघास थैलीयाँ

और यह सिर्फ प्लास्टिक की कागज की नहीं होती तो एचडीपीई से बनायी हुई होती है उनके अंदर लायनर के रूप में प्लास्टिक के कागज का उपयोग किया हुआ होता है। ऐसी मुरघास की थैली अनेक बार उपयोग में लायी जाती है। सिर्फ अंदर होने वाले लायनर का दर्जा जाँचना पडता हैं। ऐसे थैलीयों को चारों बाजूओं से आधार दिया हुआ होता है इसलिए चारा दबाते हुए दबाव अधिक भी हो गया तो भी थैलीया टूटने की संभावना बिलकूल नहीं होती। ऐसे थैलीयों को होने वाले आधार के कारन उन्हे उठा कर ट्रॅक्टर में रखकर उन की यातायात करना आसान होता है। चारा भरने के बाद थैली को हवाबंद करने के लिए इस आधार का अच्छा लाभ होता है। इस थैली की उंचाई ११० सें.मी., चौडाई ९० सें.मी. और लंबाई ९० सें.मी. के आसपास ही होती है। पुरी थैली का आकारमान १.१० मीटर (ऊँचा) x ०.९० मीटर (चौडा) x ०.९० मीटर लंबा = ०.८९१ घनमीटर इतना होता है। सामान्यतः एक घनफीट में १५ से २० किलो (५५० किलो से ७०० किलो प्रती घन मीटर) चारा समा जाता है। इस तरह से एक थैली में ४७५ किलो से ५५० किलो चारा समा जाता है। जब हम इस थैली पर दबाव डाल रहे होते हैं उस वक्त यह थैली सभी बाजूओं से आधा फीट खींच जाती है। इसलिए अंदर का आकारमान बढता है और उसमें ५५० किलो से ७०० किलो चारा हम आसानी से जमा कर सकते हैं।

थैली में चारा कैसे भरे?

छोटी थैलीयों की अपेक्षा बडी आकार की थैलीयों का उपयोग अधिक मात्रा में किया जाता है। ऐसी थैलीयाँ उपयोग में लाने में और यातायात के लिए आसान होती है। साथही मजदूरों का खर्चा भी कम आता है। इन वजहों से वह लाभदायक सिद्ध हो रही हैं। इन थैलियों को भरते हुए आगे वाली सावधानी बरतना जरुरी है।

थैलीयाँ लाने के बाद उन्हें अंदर से साफ करना जरुरी हैं। बहुत बार हम मुरघास करने के लिए कम दर्जे की थैलीयों का उपयोग करते हैं। कुछ कारखानों में हलके कच्चे माल की यातायात करने के लिए ऐसी एचडीपीई बडी थैलीयोंका उपयोग किया जाता है। ऐसी थैलीयाँ बाजार में फिर से बेची जाती है। वह सस्ते में मिल जाती है इसलिए किसान उन्हे खरीद कर उस में मुरघास करता है। बहुत बार उस में कुछ कच्चा माल वैसे ही बाकी होता है। इस माल से मुरघास खराब हो सकता है। साथ ही अगर वह

मुरघास थैली पकडने के लिए तैयार किया गया लोहे का ढाँचा।

घातक हो तो जानवरों को भी उस से हानी होने की संभावना होती है इसलिए आने वाली सभी थैलीयों की अच्छे से जाँच कर लें और उन्हे साफ कर लें। बहुत बार ऐसी थैलियों के साथ प्लास्टिक का लायनर भी आता है। उपयोग करने से पहले यह लायनर कहीं पर फटा तो नहीं है इस की जाँच करा लें। क्योंकि इस से अगर हवा अंदर जाती है तो मुरघास खराब होने की संभावना होती है। अगर ऐसा लायनर खराब हो तो उसे बदल डालें। इस के लिए दुकान में मिलने वाले गोल कागज इस आकार में काटकर अंदर डालें। लेकिन अंदर डालते हुए इन कागजों की लंबाई अधिक हों। मुरघास करते हुए ऐसे कागज के लायनर पर किसी भी तरह का दबाव प्रत्यक्ष रूप से नहीं आना चाहिए। क्योंकि इतना दबाव सहने की उस की क्षमता नहीं होती। छोटा कागज दबाव की वजहसे टूट जाता है और हवा अंदर जाने की वजह से मुरघास खराब होने की संभावना होती है।

- इन थैलियों को साफ करने के बाद ऐसी जगह पर ही रचें जहाँ पर हमें इन्हे रखना है। क्योंकि एकबार चारे को अंदर दबाकर भरने के बाद उन का वजन बढ जाता है और उन्हे उठाना और यहा वहा हिलाना संभव नहीं होता और फिरसे किसी औजारका या ट्रॅक्टर का उपयोग करना पडता हैं।
- इन थैलियों को चारो ओर से एक ही सरीके से खडे कर के रखना महत्त्वपूर्ण है क्योंकि चारा भरते वक्त अगर थैली में सिलवट पड गयी तो ऐसी जगह पर हवा रहने की संभावना होती है। अगर हम अधिक से अधिक हवा बाहर नहीं निकाल पाए तो मुरघास की गुणात्मकता हम बढा नहीं सकते।
- बाद में हम जरुरी इतना सुखाया हुआ चारा कुट्टी कर के ऐसी थैलीयों में भर सकते हैं। सामान्यरूप से एक फीट चारा अंदर डालने के बाद अच्छी तरह से दबा लें या फिर किसी एक व्यक्ती को लगातार थैली में चारा दबाने के लिए रखे और बाहर से चारा डालते रहें। चारा डालते हुए थैली बाहर से एक बाजू में झुकी हुई ना हों। यह थैली चारो ओर से एकसरीखी सीधी हों। इस में एक मजदूर अंदर चारा दबाने के लिए, दो मजदूर थैली को पकडने के लिए और २ मजदूर थैली में चारा डालने के लिए ऐसे ५ मजदूरों की जरुरत पडती हैं।

मुरघास का दर्जा कायम रखने के लिए थैली में भरते हुए उसे अच्छे से दबाए।

- मजदूरों की संख्या कम करने के लिए बहुत से किसानों ने थैली पकडने के लिए लोहे का एक ढाँचा तैयार किया है। ढाँचे को चारो ओर से थैली के कोने लटकाएँ जाए तो थैली एकदम सीधी खडी रहती है, उस में सिलवटें नहीं आती और चारा दबाने वाले व्यक्ति को भी चारे को अच्छी तरह से दबाने के लिए अच्छा सहारा मिल जाता है।
- चारे को दबाते दबाते थैली को उपर तक भरलें, ऐसे करते हुए हमेशा यह ध्यान में रखें कि थैली में किसी भी तरह की सिलवटे ना पडें।
- सभी ओर से थैली दबा कर भरने के बाद अंदर का लायनर याने प्लास्टिक के कागज का उपर का मुँह अधिक से अधिक दबा कर रस्सी से बाँध ले। बाँधते हुए प्लास्टिक के कागज को ऐसे मरोडे कि जिस से अंदर का चारा हवाबंद रहेने में मदद मिलेगी।
- प्लास्टिक का कागज ठीक से बाँधने के बाद बाहर वाली थैली के बंदों का उपयोग कर के जितनी हो सके उतना थैली को कसकर और दबा कर बाँधे जिस से अंदर की अधिक से अधिक हवा बाहर आ जाएगी।
- इस के बाद थैली पर आवश्यक इतनी मात्रा में वजन डालें। इस वजन के कारन थैली दबी हुई अवस्था में रहती है और उस में होने वाली अधिक से अधिक हवा बाहर निकाली जाती है। साथही वजन के कारन और एक लाभ हो जाता है वह है की उपरी बाजू का रक्षण होता है।
- बाद में संभवतः ऐसी थैलियाँ छाँव में रखने की सावधानी लें और अगर कहीं भुलेसे बारीश आयी तो उसका पानी अंदर ना जा पाए इस की सावधानी बरतें। चारे की गुणात्मकता अच्छी रहने के लिए यह जरुरी है।
- आगे ४५ दिनों तक इस चारे को ऐसी ही अवस्था में रखे और बाद में हमें जब चारे की जरुरत महसूस हों उस वक्त इसे जानवरों को खाने में दें। अगर जरुरत ना हो तो ऐसे अच्छी तरह से बनाया गया और पूरी सावधानी बरता गया मुरघास ३ सालों तक अच्छा रहता है।

जानवरों को मुरघास खाने में देने के बाद खाली होने वाली थैलीको हम फिर से ऐसे ही मुरघास बनाने के लिए उपयोग में ला सकते हैं। सिर्फ अंदर का लायनर याने प्लास्टिक का कागज अच्छे दर्जे का है या नहीं इस की जाँच करनी पडती है। लायनर अगर फटा हुआ है तो उस का उपयोग ना करें। बाहर की थैली अधिक सख्त होने के कारन उसे बारबार उपयोग में लाया जा सकता है। विशिष्ट समय के बाद थैली बदलनी पडती है।

थैली में चारा भरते हुए वह तिरछी ना हो, यह सावधानी बरतें।

थैली में चारा भरने के बाद अंदर की तरफ प्लास्टिक का कागज डालकर उसे हवाबंद कर लें।

हवाबंद थैली पर हमेशा दबाव रखने के लिए उस पर वजन रखें।

बडी थैली वाले मुरघास के लाभ / मर्यादाएं

बडी थैली में मुरघास करते हुए जैसी कुछ अच्छी चीजें है वैसीही उसकी कुछ मर्यादाएँ भी हैं।

थैली में अधिक चारा समा जाने के कारन इस में मुरघास करने के लिए हमें मजदूरी का खर्चा छोटी थैली की अपेक्षा कम आता है।

इस थैली में हम अधिक दबाव दे कर चारा भर सकते हैं क्योंकि इस पद्धति में दो तरह की थैलीयों का उपयोग किया जाता है। अंदर की प्लास्टिक थैली हवाबंद रखने के लिए और बाहर की सख्त थैली अंदरके चारे का दबाव सहने के लिए उचित होती है। इसलिए हम अधिक दबाव डाल कर इस थैली में चारा भरते हैं और इसी वजह से अधिक से अधिक हवा बाहर निकल कर अपना मुरघास अच्छी गुणवत्ता का हो जाता है।

इन थैलीयों को रखने के लिए बहुत सुरक्षित जगह की जरुरत नहीं होती। खेत में या जानवरों के गौशाले के नजदिक भी हम इन थैलियों को रख सकते है क्योकि इन थैलियों में दो स्तर होते हैं।

इन थैलियों को उठाने के लिए हमे औजार की ही जरुरत पडती है। आदमीयों से यह उठायी नहीं जाती।

थैली में किया जाने वाला मुरघास यातायात के आसान होने के कारन बिक्री के लिए किया जाने वाला मुरघास खेतमें ही तैयार करने की तरफ लोगों का झुकाव बढ रहा है।

साथ ही गड्ढे में या जमिन पर बांध कर किए गए पिट में मुरघास बनाने में जितना मजदूरी का खर्चा आता है उसकी अपेक्षा इस में अधिक आता हैं।

जंबो थैली

इसमें उपयोग में आने वाली थैलीयाँ बहुत ही बडी होती है। इसलिए इस मुरघास को जंबो थैली मुरघास कहते हैं। इस थैली का आकार सामान्यतः २०० सें.मी. उंचा, १०० सें.मी. लंबा और १०० सें.मी. चौडा होता है। इस में भी उपर की थैली की तरह ही अंदर का प्लास्टिक का लायनर होता है और उपर से एचडीपीई की थैली होती है और ऐसे थैली को चारो ओर से अधिक वजन के कारन टूटे नहीं इसलिए सहारा दिया हुआ होता है। इस के अलावा

इस थैली का पूरा काम उपरोक्त थैली की तरह ही होता है।

इस थैली का यह लाभ होता है की इस में बडी थैली से भी दुगुना चारा रहता है इसलिए हम कम जगह में अधिक चारा थैलीयों का नियोजन कर सकते हैं। इन की मर्यादा यह है की सामान्यतः इस थैली को अधिक उपयोग में नहीं लाया जाता क्योंकी चारा भरते हुए इन थैलीयों को सीथे खडा करना कठीन होता है। ऐसी थैलीयों को सिलवटे आने की संभावना होती है इसलिए हवा पुरी तरह से बाहर नही निकल पाती और मुरघास की गुणात्मकता खराब होने की संभावना अधिक होती है।

ऐसी थैलीयों की यातायात करना भी बडी थैलीयों की अपेक्षा बहुत कठिनाई का होता है। क्योंकि हमने यद्यपि इसे औजार की सहायता उठाया तो भी उसका जो सहारा है वह यह पुरा वजन झेल पायेंगेही ऐसा नहीं होता। इसलिए जिन जगहों पर जानवरों को खाना खिलाना है वहीं पर मुरघास बनाना उचित होता हैं।

ड्रम सायलेज

कुछ जगहों पर अलग अलग क्षमता के प्लास्टिक के ड्रम का उपयोग कर मुरघास बनाया जा सकता है।

प्लास्टिक ड्रम की क्षमता १०० से ३०० लिटर तक होती है। जिन जगहों पर छोटी मात्रा में मुरघास तैयार करना है और बारी बारीकी पद्धति से उपयोग करना है उस जगहपर यह पद्धति बहुत ही उपयुक्त है।

जमिन के नीचे का गड्ढा मुरघास

कम चारे में या कम जानवरों के लिए मुरघास करना हो तो हम उपर की तरह थैलीयों में कर सकते हैं। लेकिन अधिक मात्रा में मुरघास करना हो तो जमिन के नीचे गड्ढे में या जमिन पर बाँधे हुए पिट में हम ऐसा मुरघास कर सकते हैं।

कच्चा गड्ढा

जानवरों की संख्या, प्राकृतिक परिस्थिती और चारे की उपलब्धता इसपर से किस तरह का मुरघास हमें करना है यह हमें तय करना चाहिए। अधिक मात्रा में मुरघास करना हो तो थैली के पद्धति में निर्मिती तथा मजदूरों का दोनो खर्चे ज्यादा आते हैं। लेकिन इस तरह के गड्ढा तथा पिट मुरघास पद्धति में यहीं खर्चा कम हो जाता हैं।

मुरघास के लिए गड्ढा लेते वक्त हमें कुछ चीजों का सोच समझ कर विचार करना चाहिए -

मुरघास के लिए गड्ढा लेते हुए हमें उस क्षेत्र के जमिन में गड्ढा खोदा जाएगा या नहीं इसकी जानकारी होना चाहिए। अगर जमीन बहुत ही नरम हों, कंकडो वाली या पत्थर की ना हो तो ऐसी जगहपर गड्ढा लेने में कठिनाई नहीं आती। ऐसी जगहपर जरुरी इतनी मात्रा में हम गड्ढा ले सकते हैं।

इस के विपक्ष अगर जमीन सख्त या पथरीली हो तो ऐसी जगह पर एक तो हमें अपनी चाहकी तरह गड्ढा लेना नहीं आता या अगर कोई विकल्पही ना हो तो ज्यादा खर्चा करके गड्ढा लेना पडता हैं। अगर जमीन पथरीली होने के कारन गड्ढा लेने में अधिक खर्चा आ रहा हो या फिर गड्ढा ले ही न पा रहे हो तो ऐसी जगहपर जमिन के उपर बांध कर पिट

मुरघास की थैली भारी होने के कारन उसे उठाने के लिए तैयार किया गया लोडर

पद्धति की मुरघास बनाना जरुरी है।

मुरघास करने के लिए गड्ढा बनाने के आजतक के प्रत्यक्ष अनुभव से यह दिखाई दिया है की, मुरघास का गड्ढा ऐसा हों कि जहाँ पर उसे करना और वहाँ से निकालकर जानवरों को खाने में देना दोनों बाते आसान हो। बुहतसी जगह पर हम गहरा गड्ढा बनाते है, ऐसे गड्ढे में चारा डालने में और दबाने में अधिक कठिनाई निर्माण नहीं होती लेकिन जब हमें ऐसा मुरघास जानवरों को खाने में देनेके लिए हररोज निकालना होता है उस वक्त ऐसे गड्ढे में उतरकर
मुरघास फिर से उपर निकालना बहुत कठिन हो जाता है। और फिर इस के बाद किसान फिरसे मुरघास बनाने को तैयार नहीं होता।

- मुरघास का गड्ढा अधिक से अधिक ३.५ से ४ फीट गहरा हों। ऐसी पद्धति में मुरघास निकालने में कठिनाई पैदा नहीं होती।
- मुरघास गड्ढे की लंबाई और चौडाई हमें कितना मुरघास करना हैं और हररोज कितने जानवरों को मुरघास देना है यह देखकर तय की जाती है।
- मुरघास बनाते हुए ट्रॅक्टर का उपयोग किया जाए तो कम मजदूर लगते हैं। इस के लिए इस गड्ढे में ट्रॅक्टर ठीक तरहसे आगे पिछे घुमना चाहिए, ट्रॅक्टर के पिछले चक्के से पुरा चारा दब जाना

चाहिए। सामान्यतः पुरा चारा दबाने के लिए ठिक तरह से ट्रॅक्टर आगेपिछे कर पाए और ट्रॅक्टर के चक्के के नीचे पुरा चारा दब सकें इतनी मुरघास के गड्ढे की चौडाई रखनी चाहिए।

- गड्ढे की लंबाई भी अधिक हों, क्योंकि हमें हररोज २० सें.मी. इतना चारा जानवरों को खाने में देनेके लिए बाहर निकालना अपेक्षित है। चौडाई और उचाई उपर जैसी रख कर अपनी गरज के मुताबिक हम गड्ढे की लंबाई तय कर सकते हैं और मुरघास की गुणात्मकता अंततक अच्छी तरह से कायम रख सकते हैं।
- मान लों कि हमें २५ मेट्रिक टन मुरघास बनाना है और उसके लिए लगने वाले गड्ढे की चौडाई १० फीट और गहराई ४ फीट हों तो उस की लंबाई जाँचने के लिए आगे वाले सूत्र का उपयोग करें।
- एक घनफीट में १५ से २० किलो चारा आता हैं। हम १८ किलो पकडते हैं।
- २५ मेट्रिक टन मुरघास के लिए हमें लगने वाला क्षेत्र = २५००० किलो / १८ = १३८८ याने हम लगभग १४०० घनफीट मान ले ।
- अब हमें इस गड्ढे की लंबाई निकालनी है। तो लंबाई = कुल मिलाकर आवश्यक आकारमान १४०० घनफीट / (गहराई ४ फीट X चौडाई १० फीट) = ३५ फीट
- इस तरह हमें २५ टन मुरघास करना हो तो उसके लिए जो गड्ढा करना पडेगा उसकी गहराई ४ फीट, चोडाई १० फीट और लंबाई ३५ फीट लेनी पडेगी।
- इस तरह हम अपने मुरघास के आकार के अनुसार गड्ढे का आकार निश्चित कर सकते हैं।
- ऐसा गड्ढा बनने के बाद अगर हम उस में से निकालने वाली कुछ मिट्टी कोनों पर डाले तो गड्ढे की उंचाई हम बढा सकते हैं। जमिन से उपर १ से १.५ फीट इस मात्रा में हम मुरघास की उंचाई रखें तो एकदम से कम जगह में अधिक चारा रख सकते हैं।

जमिन में मुरघास करने के लिए लिया गया गड्ढा

- गड्ढा करते हुए उस की एक बाजू में ढलान रखें, जिस से उस बाजूसे अपना ट्रॅक्टर गड्ढे में चारा दबाने के लिए उतर सकेगा और बाद में उस बाजूसे ही मुरघास निकालना आसान बन जाएगा। इसी बाजू से गड्ढे में उतरकर हम तैयार मुरघास निकाल सकते हैं।
- गड्ढा बनाते हुए अंदर के बाजू वाली दिवारे ज्यादा उबडखाबड ना हो अगर हों तो उन्हे अधिक से अधिक मुलायम बना लें, इससे अंदर की बाजू में डाला गया प्लास्टिक का कागज फट कर मुरघास खराब नहीं होगा। अगर दिवारों को इस तरह मुलायम करना संभव ना हों तो मुरघास बनाते वक्त ऐसे बाजू में पत्तियाँ डाले और उस पर पुरानी बेकार हुई बारदाने या उस जैसी वस्तूएँ डालें जिससे अंदर की कागज को हानी नही पहुँचेगी।
- ऐसे गड्ढे में मुरघास भरते हुए हमेशा कागज के नीचे तह में मुलायम मिट्टी या पत्तियाँ डालें

जिससे ट्रॅक्टर की वजन से और नीचे के कठीन हिस्से से कागज फटें नही साथही अंदर का पानी बाहर नहीं आ पाये और बाहर का पानी अंदर नहीं जा पायें।

- गड्ढें में मुरघास भरते हुए हमेशा ही जमिन की सतहे के उपर १ से १.५ फीट तक भरें। मुरघास का हिस्सा जमिन की सतह के उपर दिखना आवश्यक है जिस से बारिश का या अन्य किसी भी तरह का पानी ऐसे हिस्से में आकर मुरघास खराब होने की संभावना नहीं रहती।
- मुरघास के गड्ढे के सभी बाजूओं से खाई खोद के पानी अंदर ना जाने पाए इस की सावधानी बरतना बहुत महत्त्वपूर्ण है। ऐसा करने से बिनमौसम आए बारीश से किसानों में हडबडी नहीं मचेगी।
- मुरघास पूरा होने के बाद उसे हम कागज से बंद कर देते हैं। लेकिन ऐसा कागज कुछ पशुओं से या अन्य किसी भी कारणवश फट जाने की संभावना होती है। इसलिए इस पर फिरसे आधा फीट मिट्टी का स्तर डालें। इस से अंदर का कागज सुरक्षित रहेगा और साथही मुरघास भी खराब नहीं होगा।
- उपरसे ऐसे मिट्टी डालने का एक और लाभ है। मिट्टी का वजन मुरघास पर पडता है और इसके कारन अंदर की अधिक से अधिक हवा बाहर निकलने में मदत मिलती है और मुरघास की गुणात्मकता और अच्छी होती है।

गड्ढे में मुरघास कैसे करें?

- गड्ढा कैसे करें? कितनी आकार का करे इस के बारे में हमने उपर जानकारी ले ली हैं। अब हम प्रत्यक्ष में ऐसे गड्ढे में मुरघास कैसे करें यह देखते हैं।

जमिन में मुरघास तैयार करने के लिए औजार की सहायता से गड्ढा बनाते हुए।

- हमने उचित अवस्था में काटकर चारा लिया है और उस की पानी की मात्रा ७०% रहेगी इतना सुखाया है। बाद में ऐसे चारे की कुट्टी तैयार की है, अब मुरघास बनाने के लिए चारा तैयार हैं।

गड्ढेमें होने वाले सख्त हिस्से, नुकीलें पत्थर अधिक से अधिक प्रयत्न करके निकाल दें। और फावडें से अधिक से अधिक हिस्सा चिकना बना लें। जो भाग चिकना नहीं हो पा रहा तो ऐसी जगह पर पुरानी तथा बेकार हो गया तिरपाला (विलायती टांट), बारदान डालें, जिससे इस पर जो कागज डाला हुआ होता है उसे हानी ना पहुँचे। क्योंकि यहाँ पर सिर्फ चारे का वजन नहीं होता तो उस पर भारी वजन वाला ट्रॅक्टर घुमता है। उपरसे ट्रॅक्टर की टायर का दबाव और नीचे से ऐसे नुकीले और सख्त हिस्से इससे मुरघास के लिए उपयोग में लाया गया कागज फट जाने की संभावना होती है।

मुरघास का गड्ढा खोदने के बाद कुछ जगहों पर गड्ढें में से पानी आने की संभावना होती है। ऐसे समय इस गड्ढे में नरम मिट्टी डालकर उस पर खेतमें होने वाली पत्तियाँ, घास आदी डालने से उपर से पडनेवाले वजन का कागज पर कुछ भी परिणाम नहीं होता और मुरघास अच्छा बन जाता है। इस नीचे वाले हिस्से में हम पुराना बारदान डालकर भी यह

मुरघास तैयार करने के लिए खोदा गया गड्ढा

हिस्सा और भी सुरक्षित कर सकते हैं।

इस तरह पुरी तैयारी होने के बाद गड्ढे में प्लास्टिक का कागज डालें। इस कागज को सभी ओर से बिछा दें और उपर से ढँकने के लिए भी उसी का उपयोग करें। बहुत बार ऐसा होता है की गड्ढेके आकार का कागज बाजार में नहीं मिलता। ऐसे में जिस जगह पर कागज कम पडेगा उस पर दुसरा कागज डाले। सिर्फ पहले कागज के नीचे दुसरे कागज का १ फीट हिस्सा जाएगा इस की तस्सली कर लें। जिस से अगर थोडी बहुत खींचातानी भी हो गयी तो भी गड्ढें का कोई भी हिस्सा कागज के बिना खाली नहीं रहेगा।

- इस तरह पुरी तरहसे कागज बिछाने पर पहलेसे तैयार की गयी कुट्टी डालें। या फिर बाजू में ही चारा हो तो कुट्टी का औजार इस तरह लगाकर ले कि जिससे कुट्टी ठीक गड्ढे में पडेगी। और बार बार कुट्टी उठाने की जरुरत नहीं पडेगी। अपना मजदुरी का खर्चा भी बचेगा और समय भी बचेगा।
- खाली कागज पर ज्यादा ना चलें या ट्रॅक्टर भी ना चलाये। शुरू में चारे के कुट्टी की दो फीट की परत डालें बाद में उसे ट्रॅक्टर की सहायता से या आदमीयों से अधिक से अधिक दबाए। सभी बाजू तथा कोने एकसरीखे दबायें। बाद में फिरसे १ फीट की परत डालकर और भरपूर दबा लें। इस तरह परत पर परत डाल कर और ट्रॅक्टर या मनुष्यों की सहायता से दबा कर गड्ढे को पुरी तरहसे भर लें। गड्ढा हमेशा जमिन के उपर १ से १.५ फीट रहेगा ऐसा भर लें। क्योंकि वजन से यह चारा फिर से नीचे दब जाता है और ऐसी जगह पर टीला आने की बजाय छोटा गड्ढा तैयार हो जाता है उस में पानी जमा होकर मुरघास खराब हो जाने की संभावना होती है।
- इस तरह मुरघास से गड्ढा पुरी तरह भर जाने पर कागज से पुरी तरह ढँककर कर लें। इस में कागज जोडते हुए एक कागज दुसरे कागज पर १ से १.५ फीट अंतर तक पहुँचेगा यह देंखे। अगर कागज कम हो तो हलचल के कारन वह कम पड कर मुरघास खराब होने की संभावना होती है।
- इस तरह गड्ढा पुरी तरह से ढँक लेने के बाद जिस जगह पर कागज को जोड लगाया है वहाँ पर वजन रखें। और एक कोनेसे आधे फीट मिट्टी की परत लगाते आएँ इस में हम जैसे जैसे मिट्टी डालते जाएगें हवा आगे निकलती जाती है। इस तरह सभी मुरघास पर मिट्टी की अच्छी परत लगायें जिस से मुरघास का अच्छे से रक्षण भी होगा और अतिरिक्त दबाव से अधिक से अधिक हवा बाहर निकल कर मुरघास की गुणात्मकता अच्छी होगी।
- जिस तरफसे ट्रॅक्टर को गड्ढे में उतरने के लिए जगह रखी थी उसी बाजूमें मुरघास खोलने के लिए जगह करके रखें। नहीं तो बहुत बार मुरघास कौन सी तरफ से और कहाँ से खोलना हैं यह समझने में मुश्किल हो जाती है।

सख्त पत्थरों के कारन खोदे हुए गड्ढे में होने वाला प्लास्टिक का कागज ना फटे इसलिए मुलायम बारदान या खेत में मिलनेवाली पत्तियाँ बिछायें।

- इस तरह से मुरघास बन जाने के बाद ४५ दिन तक उसे पकने के लिए समय देना चाहिए और उस के बाद ३ बरसों तक जब चाहिए तब हम यह मुरघास जरुरत के मुताबिक निकाल कर जानवरों को खाने में दे सकते हैं।

पक्का गड्ढा

- इस तरह का मुरघास उपर बताये तरीके से कच्च गड्ढे में ही किया जाता है। लेकिन इस में गड्ढा खोदने के बाद उसकी बाजूएँ इटों से या क्रॉंक्रीट से पक्की की जाती है। बडे पैमाने पर, कायम रहने वाला, बारबार मुरघास करने के लिए इस तरह का पक्का गड्ढा किया जाता है। इस में मुरघास बनाने मे बहुत अधिक धोखा नहीं होता लेकिन पक्की दिवारें बनाने के लिए अधिक खर्चा आ सकता हैं।

जमिन पर बनने वाला मुरघास

- इसमें जमिन पर जोडई कर के या लकडी, टीन या ऐसे अनेक वस्तूओं का उपयोग कर के मुरघास तैयार किया जाता है।

बांबू / लकडी मुरघास

- जिस जगह पर बांबू काफी मात्रा में उपलब्ध होते है, ऐसे जगहों पर इस तरहके बांबू सायलो बनाए जाते हैं। सामान्यतः ५ मीटर x ५ मीटर x ५ मीटर आकार की बांबू का चौखटा बनाया जाता है। इस चौखटे के अंदर से १५० से २०० मायक्रॉन मोटाई का प्लास्टिक का कागज बिछाया जाता है। उस में सामान्यतः १००० से १५०० किलो तक मुरघास बन जाता है।

जमिन पर होने वाली संरचना

- जिन किसानों को अधिक मात्रा में मुरघास करना है, ऐसे किसान इस पद्धति को अपनाते हैं। इस में दिवार बनाते हुए दिवार की मजबुती बहुत ही महत्त्वपूर्ण होती है। क्योंकि मुरघास की गुणात्मकता अच्छी रहने के लिए हम अधिक से अधिक दबाव देते रहते हैं। यह पूरा दबाव कुछ मात्रा में बाजू वाली दिवार पर भी पडता रहता है। इस से ऐसी दिवारों में छेद तैयार हो जाने की संभावना होती है और उसके कारन मुरघास बिगड सकता है।
- जमिन पर जोडाई कर के अगर मुरघास करना हो तो मोटी दिवारें बाँधना जरुरी है।
- ऐसी दिवारों को आगे की तरफ ढलान हों, जिससे इस ढलान परसे ट्रॅक्टर अच्छी तरह से उपर नीचें आ सकेगा।
- दिवार की जोडाई करते हुए, दिवार में एक छोटासी खाई तैयार कर के उसे एक बाजू में ढलान देना आवश्यक है। इसका उपयोग प्लास्टिक का कागज लटकाने के लिए और मुरघास पर पडने वाला पानी बाहर निकालने के लिए होता है।
- दिवारें बाँधनने के बाद उसकी सतह कॉंक्रीट की बना लें।
- उपर की पद्धती की तरह ही मुरघास बनाए। इस पद्धती में बहुत बार अंदर से प्लास्टिक का कागज नहीं डालते। लेकिन अगर कम मोटाई वाला प्लास्टिक का कागज उपयोगमें लाए तो-
- मुरघासकी प्रक्रिया होते हुए चारे का तापमान कम अधिक होता रहता है और दिवार का तापमान अलग होता है। अगर दोनों तापमानों में फर्क हों, तो मुरघास की गुणात्मकता में फर्क होकर दिवार को सटकर होने वाला मुरघास खराब हो जाने की संभावना अधिक होती है।

मुरघास के लिए तैयार किए गए गड्ढे में सावधानी से प्लास्टिक का कागज फैलाएँ।

- प्लास्टिक के कागज का अगर उपयोग नहीं किया गया तो मुरघास में होने वाला पानी और कुछ मात्रा में अन्नघटक दिवार में सोख लिए जाते हैं। इसलिए प्रक्रिया पुरी तरहसे पुरी न होने के कारन इस हिस्से का सामू कम नहीं होता। परिणामस्वरूप इस हिस्से में काई या अन्य जंतूओं की वृद्धी होकर मुरघास खराब हो जाने की संभावना होती है। अधिक बारिश होने वाले क्षेत्र में तैयार हुआ मुरघास निकालने के लिए तकलिफ हो सकती है या फिर बारीश का पानी जाकर मुरघास खराब होने की संभावना होती है। ऐसे समय मुरघासके उपर टीन का छत करना लाभदायक ठहरता है। मुरघास निकालते हुए उसे आगे की बाजू से निकाल कर फिर से अच्छी तरहसे ढँककर रखें। दिवार में मुरघास बनाते हुए सभी ऋतुओं का, हवा के बारेमें सोचकर के उचित सावधानी लें तो अच्छी गुणात्मकता होने वाला मुरघास तैयार होता है।

मुरघास बनाते हुए चारे की परत एक के बाद एक दबा लें।

मुरघास की जमिनपर होनेवाली जोडाई करते हुए बरतने पडने वाली सावधानी

- इस पद्धति से मुरघास करते हुए वह अच्छी गुणात्मकता का होना और रोजमर्रा का कामकाज आसान होना बहुत ही महत्त्वपूर्ण है।
- इस तरहके मुरघास का पिट कायम स्वरूपी बांध लिया जाता है। इस में बारबार परिवर्तन नहीं कर सकते। ऐसे पिट की जोडाई करते हुए उस के जगहके चयन के बारे में आगे वाले मुद्दों को ध्यान में रखें -
  - यह जगह जानवरों के गौशाला के पास हों। इससे जानवरों को रोज तैयार मुरघास निकाल कर खिलाना आसान हो जाएगा।
  - मुरघास को एक तरह की बू आती है। पिट के लिए चुनी हुई जगह अगर लोगों के बस्ती के पास हों तो इस बू के कारन लोगों से विरोध हो सकता है। बादमें जगह बदलना कठीन हो जाता है। इसलिए जगह को चुनते हुए इस के बारे में सावधान रहना आवश्यक है।
  - जिस जगह पर बारीश का पानी आता है या बारीश में जिस जगह तक जाने को रास्ता नहीं होता ऐसी जगह ना चुनें। ऐसी जगहों पर अपने वाहन आसानी से आने-जाने चाहिए। या फिर उसके लिए रास्ता बनाना चाहिए। नहीं तो ऐन वक्त पे जानवरों को चारा नहीं मिलेगा, ऐसी संरचना करने से पहले उपरसे विद्युत प्रवाह की लाइन या उस के नीचे से पानी की लाइन गयी है या नहीं इस की भी जानकारी प्राप्त करें।
- इस संरचना के पास बडे पेड हो तो उन की मूलीयों के कारन दिवारों में छेद पड जाने की संभावना होती है। इस की भी सावधानी बरतना जरुरी है। बहुत बार बारिश का पानी अचानक से पिट तक आने की संभावना होती है। ऐसे समय बारिश के पानी को रोक कर उस की धारा बदलना आवश्यक होता है।

बहुत बार ऐसा होता है की चारे में होने वाली पानी की मात्रा नियंत्रण में नहीं ला सकते। अधिक होने वाला पानी तह में जमा हो जाता है। इस तरह पानी जमा ना हों इसलिए पिट बाँधते हुए उस की तह में आगे वाली खुली जगह में थोडी ढलान दें। जिससे

मुरघास करने से पहले प्लास्टिक का कागज सभी बाजूओं से अच्छी तरह बिछाया गया है, इस की तसल्ली

मुरघास करते हुए कुट्टी गड्ढेमें ही गिरे ऐसी सावधानी बरते।

मुरघास करते हुए कुट्टी औजारों को अच्छी तरहसे लगा लें।

जमा हुआ अतिरिक्त पानी इस ढलान से बाहर जानेमें मदद मिलेगी। संरचना के लिए जगह देखते हुए ऐसे पानी का निकास हों यह देखें, ऐसा पानी बाहर जमा होकर रह गया तो भी बू आने की संभावना होती है। ऐसी संरचना करते हुए बाजू वाली दिवार पर कितना दबाव पडने वाला है इसका अध्ययन कर के उस क्षमता की दिवार तयार करना जरुरी है।

आकार तथा क्षमता

- जानवरों को देने के लिए रोज कितना मुरघास निकालना पडने वाला है इसपर पिट का आकारमान अवलंबित होता है। हररोज ०.२ मीटर याने २० सें.मी. इतना मुरघास निकालना चाहिए। अगर कम निकाला तो मुरघास की गुणात्मकता कम हो जाएगी। इसके बारे में सोचकर ही पिटके आकार को तय करें।
- पिट जितना कम चौडा बनाते है उतना ही अपना खर्चा बढता है यह भी हमें ध्यान में रखना चाहिए।
- दिवारें अगर अधिक लंबी वाली बनाएँ तो जोडाई का खर्चा बढता है।
- लंबी दिवार के कारन कागज भी अधिक लंबाई वाला लगता है इसलिए कागजका भी खर्चा बढता है।
- चारे को अधिक फैलाना पडता है इसलिए मजदूरों का भी खर्चा बढता है।

अधिक क्षमता का मुरघास करते हुए औजार की मदद से बाजू वाले प्लास्टिक के कागज को हानी ना पहुँचाते हुए दबा कर हवा बाहर निकालें।

कम क्षमता वाला मुरघास करते हुए दबा कर हवा बाहर निकालने के लिए आदमीयों की मदद लें।

- जितनी बडी सतह होती है मुरघास बिगड जाने की संभावना भी उतनी ही होती है।
- चारा दबाने के लिए अगर वाहन का उपयोग करना हो तो वाहनके १.८ गुना जगह देनी पडती है। समझ ले की चारा दबाने के लिए जो ट्रॅक्टर उपयोग में ला रहे हैं उसकी बाहर वाली चौडाई ६ फीट है, तो पिट की चौडाई कम से कम ११.८/१०.८ फीट की हों। उस से कम हों तो ट्रॅक्टर ठीक तरह से नहीं घुमेगा।

मुरघास के लिए बांधा गया पिट उंचा हो तो

- चारे पर अधिक से अधिक दबाव पड कर चारा एकदम से अच्छी तरह दब जाता है और अधिक से अधिक हवा बाहर आती है।
- साथ ही इस तरह के उँचे पिट में कम से कम प्लास्टिक कागज लगता है। इससे कागज का खर्चा भी कम होता है।
- उँचे पिट की सतह कम होने के कारन मुरघास की गुणात्मकता अच्छी रहने में मदद होती है।

जमिन के उपर का बिना सहारे का मुरघास

- इस तरह का मुरघास जमिन पर किया जाता है लेकिन इसे बाजू से कोई भी सहारा नहीं होता। इस तरह का मुरघास एक तरह का ढेर ही रखा है ऐसा लगता है। ऐसा मुरघास सभी ओर से जमिन से जुडा हुआ होता है और मध्य में गोल होता है।
- इस तरह के मुरघास के लिए ऐसी जगह को चुने कि जहाँ पर टीला हो और अंदर की तरफ पानी न आकर, पानी का अच्छे से निकास हों। जब हम यहाँ का मुरघास जानवरों के खाने के लिए निकालते हैं तब पानी अंदर ना जा पाएँ इसकी सावधानी लेना महत्त्वपूर्ण है।

जमिन के नीचे तैयार किया गया पक्का मुरघास का गड्ढा।

जमिनपर तैयार किया गया मुरघास पिट

मुरघास पिट बांधते हुए उस के आगे वाले दीवार का हिस्सा शुंडाकार करें

ढलान पद्धति के संरचना के कारन मुरघास करना और निकालना आसान हो जाता है

मुरघास की संरचना अच्छी हों तो कागज को उपयोग में ना लाए तो भी चलता है, लेकिन नयी संरचना और उबडखाबड दीवार हों तो पिट में प्लास्टिक का कागज बिछायें।

- ऐसे मुरघास के बाजू में ही पानी जमा हो गया हो, या पानी जमा करके रखा गया हो, तो पानी रिसकर अंदर आने की संभावना होती है।
- पेडके नीचे ऐसा मुरघास बनाना भी उसी प्रकार खतरेसे खाली नहीं होता। क्यों कि पेड की शाखाएँ अगर टूटकर इसपर गिर गयी तो प्लास्टिक का कागज फटकर मुरघास खराब होने की संभावना होती है। इसलिए अगर हम कागजपर मिट्टीकी परत डालें तो फिर ऐसी कठिनाई नहीं हो पाएगी।
- इस तरह का मुरघास करते हुए हमें किसी भी तरह की संरचना नहीं करनी पडती या गड्ढा भी नही बनाना पडता। यह मुरघास हम सीधे जमिन पर कर सकते हैं।
- इस मुरघास को बनाते वक्त जमिन पर कागज डालकर उस पर चारा डाला जाता है और एकसरीखा दबाया जाता है। चारे के ढेर पर से जाकर ट्रॅक्टर दुसरी ओर से नीचे उतरता है। इस तरह से अच्छी तरह दबाया चारा बाद में प्लास्टिक की कागज से ढँक दिया जाता है।
- एक प्लास्टिक के कागज के अंतिम हिस्से को दुसरे कागज के नीचे १ से १.५ फीट तक डालें जिस से अंदर हवा नहीं जाएगी। बहुत बार ऐसा मुरघास सुरक्षित रहें इस के लिए इस पर आधा फीट मिट्टी की परत डाली जाती है। इस से अधिक से अधिक हवा बाहर निकल कर मुरघास अच्छा बनता है। साथ ही मिट्टी की वजह से उस के अंदर वाला प्लास्टिक का कागज भी नहीं फटता।
- यहाँ पर दिवार न होने के कारन अधिक उंचाई पर चारा जमा करके नहीं रखा जा सकता।
- अन्य मुरघासों की तुलना में इस में मुरघास की अधिक से अधिक सतह कागज के संपर्क में आती है। इसलिए कागज का खर्चा बढता है और मुरघास हवा की संपर्क में आने का धोखा भी बढता है।

लाभ तथा मर्यादाएँ

- इस तरह के मुरघास के लिए जोडाई नहीं करनी पडती।
- किसी भी समतल जमिन पर हम यह मुरघास कर सकते हैं।
- कुल मिला कर मुरघास के बारे में सोचे तो इस में अधिक से अधिक सतह प्लास्टिक के कागज के संपर्क में आती है। इसलिए कागज अधिक लगता है।
- ऐसे मुरघास को दबाने के लिए ट्रॅक्टर चलाना कुछ मात्रा में धोखादायक हो सकता है।
- मुरघास को अगर अधिक दिनों तक रखना हों तो यह पद्धति उतनी उचित नहीं है।

जमिन के उपर बाँधे गए मुरघास पिट को भरने की क्रिया

- बाँधे गए पिटमें चारा भरते वक्त ही उसे दबाने की भी प्रक्रिया करना जरुरी है। ऐसा पिट कम से कम समयमें भरना जरुरी है। विशेष सावधानी लेकर ३ दिनों के अंदर पिट भरलें तो भी चलता है। सिर्फ हररोज जो चारा भर दिया जाता है, उसे अच्छी तरह से दबाने के बाद शाम को प्लास्टिक के कागज से बंद कर लें। जिससे कम से कम हवा अंदर जा सकेगी। और ऑक्सिडेशन प्रक्रिया के कारन कम होने वाली गुणात्मकता को रोका जा सकेगा।
- जिस बाजू पर दिवार नहीं है उस के विरुध बाजू की तरफ से आप पिट भरना शुरू कर दें। दबाते दबाते ऐसे पिट भरते हुए आगे आएँ।
- बहुत बार कम पानी होने वाला चारा या आगे की तरफ भर दिया गया चारा दबाने में कठिनाई पैदा होती है। दबाव की प्रक्रिया जैसी होनी चाहिए वैसी नहीं होती। ऐसे समय चारे में अधिक पानी होने वाला चारा कुछ मात्रा में डाल दिया जाए तो यह दबाने की प्रक्रिया आसान हो जाती है।
- चारे को फैलाते समय सामान्यरूप से ३० सें.मी. इतना मोटा डालें। क्योंकि अगर ट्रॅक्टर की वजन का अध्ययन करें तो इतनी मोटाई का चारा अच्छी तरहसे दबाया जा सकता है। लेकिन अगर चारा डालने की गति शीघ्र हों तो चारे की मोटाई १५ सें.मी. ले, जिससे वह अच्छी तरह दब जाएगा।

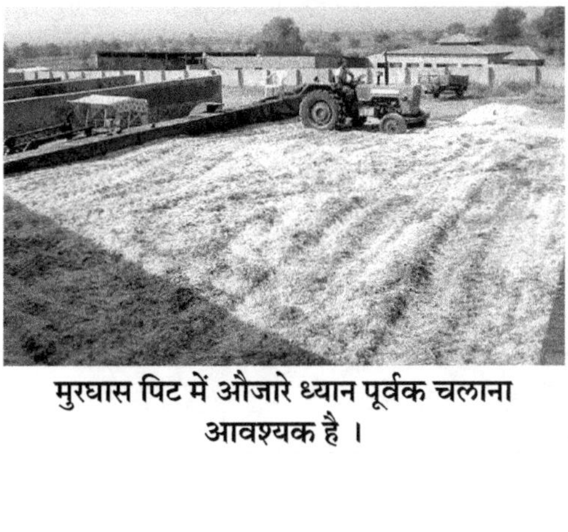

मुरघास पिट में औजारे ध्यान पूर्वक चलाना आवश्यक है ।

- जब तक चारे की दुसरी परत नहीं डाली जाती तब तक दबातें रहे। ट्रॅक्टर के टायर के निशान कम से कम रहनेतक दबाएँ और दबाते वक्त ट्रॅक्टर को धीमेसे चलाए जिससे हर एक कोने में होने वाला चारा अच्छी तरहसे दब जाएगा। ट्रॅक्टर चलाते वक्त हमेशा बाजू वाली दिवार और प्लास्टिक का कागज इनको संभालें।
- चारे को अच्छी तरहसे दबाते वक्त पिट के बीचोंबीच अधिक चारा डालकर दिवार के उपर चारा रहे इस की सावधानी लें जिससे इस मुरघास को बंद करने के बाद उस पर बारीश का पानी जमा होकर नहीं रहेगा।
- चारा दबाते वक्त ट्रॅक्टर चालक को पुरी सावधानी बरतना आवश्यक है। क्योंकी इस समय दुर्घटना होने की संभावना अधिक होती है। पुरा चारा दबा लेने के बाद अच्छी तरह से ट्रॅक्टर को नीचें उतार ले और तुरंत ही पिट को प्लास्टिक की कागज से बंद कर लें।

पिट हवा बंद करने की प्रक्रिया

मुरघास की गुणात्मकता को कायम रखने के लिए और उस में होने वाले संभाव्य नुकसान को कम करने के लिए भरे हुए मुरघास को अच्छी तरह से हवाबंद कर लेना उतना ही महत्त्वपूर्ण है।

- मुरघास बनाते हुए चारा डालने की और दबाने प्रक्रिया खत्म होते ही उसे हवाबंद करना महत्त्वपूर्ण है। उस के लिए पहले से ही फैलाया हुआ प्लास्टिक का कागज अच्छी तरह से बंद कर लें। बंद करते हुए एक कागज का छोर दुसरे कागज के नीचे सामान्यतः ५० सें.मी. इतना अंदर होना चाहिए और बाद में प्लास्टिक की पट्टी से उसे अच्छी तरह चिपकालें। अगर आप को चिपकाना ना हो तो आपको एक कागज

का छोर बंद करते हुए दुसरे कागज का छोर सामान्यतः १०० सें.मी. इतना अंदर रखना पडेगा, जिससे ऐसा कागज अगर थोडा बहुत खींचा भी गया तो मुरघास हवा की संपर्क में नहीं आएगा।

- बाद में ऐसे कागज पर भारी वस्तूएँ रखें, लेकिन इन वस्तुओं से कागज ना फटने की सावधानी लें। उदा. टायर या वालू के बारदान, उपर से आधे फीट की मिट्टी या बालू की परत से भी अच्छा लाभ होता है।
- ऐसा मुरघास हवाबंद करने के लिए आप के पास समय ना हों तो आप सिर्फ प्लास्टिक का कागज डाल दे और दुसरे दिन सिल करें तो भी चलेगा लेकिन बंद किये गये कागजको फिर से ना निकाले।
- वजन रखते हुए या मुरघास भरते हुए पानी का निकास होने के लिए पुरी तरह से ढलान रखी है या नहीं इस की सावधानी लेना महत्त्वपूर्ण है। बहुत बार हम चारेको ढलान देते हैं लेकिन एक ही जगह पर अधिक वजन होने पर उस जगह पर गड्ढा तैयार होकर उस में पानी जमा होने की संभावना होती है।

मुरघास पर मिट्टी डालने से उस पर वजन पडता है और वह हवाबंद होने में मदद मिलती है।

- मुरघास को हवाबंद करते हुए कागज का अंतिम छोर (हिस्सा) सामान्य रूप से २० से ३० सें.मी. मिट्टी के नीचे गाड कर रखें, जिससे उस में हवा और पानी नहीं जा पाएगा। यहाँ पर बालू का इस्तमाल ना करें। चिकनी मिट्टी को उपयोग में लाए, जिस के कारन वहाँ पर पानी पगेगा नहीं।

भेल मुरघास

इस तरह का मुरघास बनाते हुए औजार का उपयोग किया जाता है उस में हरे चारे की कुट्टी कर के उस का यंत्र की सहायता से एक गोल गड्ढा बनाया

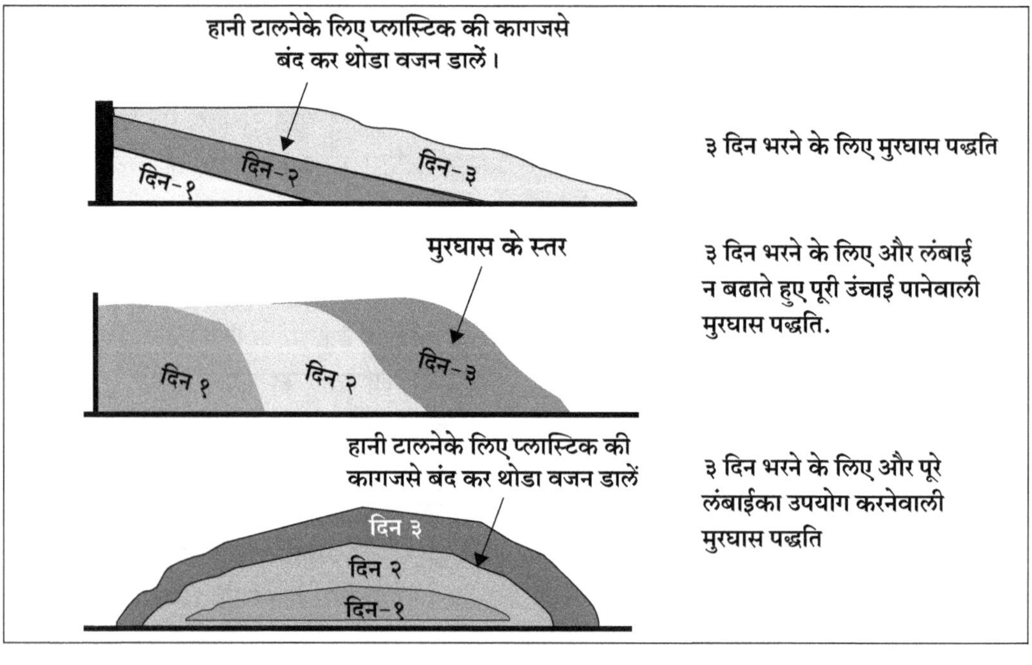

जाता है। प्लास्टिक की कागज के एक से अधिक परतो में यह गठ्ठा हवाबंद किया जाता है, इसे ही भेल (गठ्ठा) मुरघास ऐसा कहते हैं। इस का आकार ३० किलो से १ टन तक हो सकता है। इस में दो तरह के मुरघास होते हैं।

बडा भेल मुरघास

यह मुरघास अधिक वजन का होता है और वह औजार की सहायता से तैयार किया जाता है, उस का भी चलनवलन यंत्रकी सहायतासे ही कीया जाता है।

छोटा भेल मुरघास

इस में वजन कम होता है, यह मुरघास भी औजार की सहायतासे ही किया जाता है। यह मुरघास छोटा होता है उस के चलनवलन के लिए हमें औजारों की जरुरत पडती ही है ऐसा नहीं। साथ ही यह मुरघास छोटा होता है। जब हमें कम मुरघास की जरुरत पडती है तब उतना ही निकालकर हम उस का उपयोग कर सकते हैं। इस से मुरघास व्यर्थ जाने की संभावना कम होती है।

ड्रम मुरघास

छोटे क्षमता के मुरघास अगर करने हों तो हम

थैली में या प्लास्टिक ड्रम में कर सकते हैं। इस में हम दो प्रकारसे मुरघास कर सकते हैं। जो अच्छे ड्रम है और जिनका ढक्कन हवाबंद होता है, ऐसे ड्रममें मुरघास करते हुए चारे को कुट्टी कर के दबाकर भरना। इस में कुट्टी कर के सीधे चारे को दबाकर भर सकते हैं और ऐसा चारा पुरी तरह से भर देने के बाद हवाबंद करने के लिए उसपर कस कर ढक्कन बिठाना होता है।

अगर ऐसा ढक्कन हवाबंद नहीं हो पा रहा हो तो उस जगह सिर्फ ढक्कन के लिए प्लास्टिक कागज लगा कर हवाबंद कर सकते हैं।

दुसरें अगर हमारे पास ढक्कन के बगैर होने वाला ड्रम हो तो उस में प्लास्टिक का कागज डालें और फिर कुट्टी किया गया चारा डालें। ऐसा प्लास्टिक का कागज बाद में हवाबंद करने के लिए बांध कर रखें और उस पर वजन रखें। इस तरह हम ड्रममें अच्छी तरह से मुरघास कर सकते हैं।

लाभ तथा मर्यादा

- इस पद्धति में मुरघास करने के कुछ फायदे है,

ड्रम पद्धति से किया गया मुरघास

सब से महत्त्व की बात यह है की ड्रम में होने वाले मुरघास को हम एक जगह से दुसरी जगह पर आसानी से ले जा सकते हैं। ड्रम को जमा कर रखने के लिए कम जगह लगती हैं। हम इन को एक के उपर एक ऐसे रचा कर रख सकते है और जरुरत के मुताबिक निकाल सकते हैं। इससे जमा कर के रखने वाली जगह बचा सकते हैं।

• हमारे पास अगर कम जानवर हो तो बडा मुरघास खोलने के बाद वह समय पर खत्म नहीं होता इसलिए अपने मुरघास का दर्जा खराब हो जाने की संभावना होती है लेकिन अगर छोटे छोटे ड्रम अगर उपयोग में लाए तो चाहिए उतनी मात्रा में हम मुरघास निकाल सकते हैं और होने वाले नुकसान को बचा सकते हैं। इस में होने वाली मर्यादा याने ड्रम के लिए लगने वाला विनियोग अधिक होता है, इसलिए इस तरह के मुरघास को अधिक मात्रा में पुंजी लगती है।

• छोटे छोटे ड्रम भरने के लिए अधिक मात्रा में मजदूरों की जरुरत लगती है, इसलिए ड्रम पद्धति से हम मुरघास बनाने वाले हों तो उस के लिए हमें तुलनात्मक रूप से अधिक मानवशक्ती का खर्चा लगता है।

बांबू मुरघास

इसमें बांबू का अहाता बना कर उसमें अंदर की बाजू में अच्छा प्लास्टिक का कागज लगा कर हम मुरघास कर सकते हैं। इस में हम बांबू का उपयोग कर सकते हैं या लकडीयों की फलीयों का उपयोग कर सकते हैं। ऐसी फलीयों को या बंबुओं का अच्छा सहारा देकर अंदर की बाजू से चारे को दबाने का, दबाव सहन करने इतना सहारा दिया हुआ होता है। ऐसे तैयार किए गए आकार में बाद में प्लास्टिक का कागज डाल कर उस में कुट्टी कर के चारा भर दिया जाता है। चारे को दबा कर उसमें होने वाली अधिक से अधिक हवा बाहर निकाला जाता है। दबाव देते हुए यह फलीयाँ या बांबू बाहर की बाजू की तरफ ना गिरें इसकी सावधानी ली जाती है। बाद में इस प्लास्टिक के कागज को बंद करके उस पर बारदान, मिट्टी, बालू की थैलीयाँ या हमें जो भी संभव हो उस तरह का वजन डाल दिया जाता है। इस तरह अपना बांबू या लकडी का मुरघास तैयार होता है। इस मुरघास पद्धति में भी कुछ मात्रा में लाभ तथा मर्यादाएँ हैं वह आगे की तरह हैं-

• बहुतसी जगहों पर मुरघास बनाने के लिए जमिन में गड्ढा नहीं लिया जा सकता। कभी कभी जमिन पथरीली होने पर ऐसा गड्ढा बनाना बहुत ही खर्चे का काम होता है। साथही कभी कभी हम ऐसे हिस्से में मुरघास करते हैं कि उस जगह पर थोडासा भी गड्ढा जमीन में बनाएँ तो जमीन में पानी लगता है। या ऐसे गड्ढे में बाद में पानी आ सकता है। इसलिए हम जमिन में मुरघास नहीं बना सकते ऐसे समय हम जमिन पर ही बांबू या लकडी की मदद से इस तरह का मुरघास बना सकते हैं।

• इस तरह का मुरघास बनाते हुए कम मानवशक्ती की जरुरत होती है। क्योंकी यह जमिन पर होनेवाला मुरघास है इसलिए गड्ढे में उतर कर काम नहीं करना पडता, जानवरों के लिए मुरघास निकालते हुए भी उसे गड्ढे से नही निकालना पडता इसलिए एकदम आसानी से निकाल सकते हैं।

• जमिन पर होने के कारन इस मुरघास की रक्षा करना बहुत महत्त्वपूर्ण होता है। ऐसा न करने से छोटे बच्चे, मुर्गीयाँ या अन्य लोगों से इस मुरघास को हानी पहुँचने की संभावना होती है।

• जमिन पर बांबू या लकडी से सहारा देकर मुरघास बनाने के कारन अधिक दबाव नहीं डाल सकतें सीमित रूपमें ही दबाव डाला जाता हैं।

■ ■ ■

मुरघास की गुणवत्ता में वृध्दी करने वाले बाह्य मिश्रण

मुरघास बनाते हुए उस में अलग अलग तरह की मिश्रणों का उपयोग किया जाता है और उन के कारन भी अलग अलग तरह के होते हैं। इस में होने वाले सब से महत्त्वपूर्ण कारन याने मुरघास प्रक्रिया में होने वाली खमिर चढाने की प्रक्रिया अच्छी होकर अन्नघटकों का होने वाला विघटन रोक कर उन की गुणात्मकता जैसी है वैसी ही कायम रहें यह देखना। जिस चारे का मुरघास करना जिम्मेदारीं का काम होता है ऐसेमें मिश्रणों का उपयोग उचित होता है। मिश्रणों का उपयोग करने का यह सब से महत्त्वपूर्ण कारन है। साथ ही मुरघास के अन्नघटक बढाने के लिए भी इस तरह के मिश्रणों का उपयोग किया जाता है। उदा. अगर मुरघास में होने वाले प्रथिनों की मात्रा कम हों तो उस में युरिया डालकर उस के प्रथिनों की मात्रा बढा सकते हैं। साथ ही जब ऐसा चारा हम जानवरों को खाने में देते हैं उस वक्त उस की गुणात्मकता कायम रखने की क्षमता बढती है। पहले हम इन दो ही कारणों के लिए मुरघासमें मिश्रण का उपयोग करते थे। लेकिन अब आधुनिक परिक्षणों से ऐसा सिद्ध हुआ है की मुरघास मिश्रण का उपयोग करने से जानवर की दूध उत्पादन क्षमता सामान्य मुरघास से अधिक हो जाती है। यह मिश्रण रासायनिक या जैविक प्रकार का हो सकता है। आज बाजार में तरह तरह के ऐसे मिश्रण उपलब्ध हैं।

इस तरहके मिश्रणों का उपयोग करने से पूर्व हमें आगे दिए गए तीन मुद्दों का मुख्यरूप से विचार करना चाहिए-

- हम ऐसे मुरघास मिश्रण क्यों उपयोग में ला रहे हैं? उनका मुख्य उद्देश क्या हैं? मुरघास प्रक्रिया में कुछ नुकसान होने की संभावना है क्या? या अगर हम ऐसे मिश्रणों का उपयोग ना करें तो मुरघास की गुणात्मकता पर कुछ परिणाम होने वाला है क्या?
- हम जो मुरघास मिश्रण उपयोग में लाने वाले हैं उनके उपयोग से मुरघास पर कुछ अच्छा परिणाम होने वाला है क्या? ऐसे कुछ अनुभव अपने पास हैं क्या?
- इन मिश्रणों का उपयोग कर के हमें उन से कितना लाभ होने वाला हैं?
- चारे की कम हानी
- जानवरों के उत्पादन क्षमता में वृध्दि
- होने वाला खर्चा और बढे दुए लाभ की मात्रा।

इस तरह की चीजों का विचार करना अपने लिए बहुत आवश्यक हैं।

बाजार में बहुत सारे मिश्रण उपलब्ध हैं। हमें कौन सा मिश्रण उपयोग में लाना आवश्यक है, इस का अध्ययन कर लेना भी उतना ही आवश्यक है। आगे ऐसे ही कुछ मुद्दे दिए गए हैं, उस के अनुसार

हम मुरघास मिश्रणों का अच्छी तरह से चुनाव कर अपना लाभ बढा सकते हैं।

- हमें चारे की गुणात्मकता का अध्ययन कर किस तरह के और कितनी मात्रा में ऐसे घटक उपयोग में लाने हैं इस का तुलनात्मक अध्ययन करना जरुरी हैं।
- इस तरह के मुरघास मिश्रण की पुरी जानकारी आप को होना जरुरी है। उस का उपयोग कैसे करना? उसका इस्तमाल कैसे करना? साथ ही उसको ठीक तरह से कैसे संभालकर रखना इस की पुरी जानकारी होना आवश्यक है।
- इन मिश्रणों का उपयोग यद्यपि लाभदायक है फिर भी उस से कितनी हानी हो सकती हैं, इस की जानकारी होना भी जरुरी है। अगर यह जानकारी हमें हो तो हम ऐसा नुकसान कम कर सकते हैं। उदा. मशिनरी के लिए अपायकारक या उपयोग करते हुए होने वाले परिणाम आदी।

मुरघास मिश्रण के प्रकार

उपरी तौरपर अगर हम मुरघास मिश्रण का वर्गीकरण करें तो वह इस तरह हो सकता है।

खट्टा करने की प्रक्रिया को बढावा देने वाले मिश्रण

- इन मिश्रणों से खट्टा करने की प्रक्रिया बढती है और मुरघास की गुणात्मकता सुधारने में मदद मिलती है।

खट्टा करने की प्रक्रिया को रोकने वाले मिश्रण

उपर वाले प्रक्रिया में खट्टा करने की प्रक्रिया से लॅक्टिक आम्ल तैयार हो जाता है और बाद में यह आम्ल अन्य जीवाणूओं की वृध्दी को रोक कर मुरघास की गुणात्मकता कायम रखते हैं। इस में यह जो घटक है वह खुद ही आम्ल तैयार करने वाला या मुरघास में जीवाणूओं की वृद्धि को रोकने वाला होने के कारन ऐसे मिश्रण अनचाहे जीवाणूओं की वृद्धि को रोककर रखते हैं।

- **मृदूता स्थिर करने वाले मिश्रण**

यह मिश्रण मुरघास की मृदू स्थिरता कायम रखने का काम करते हैं।

- **अन्नघटकों को बढाने वाले मिश्रण**

इन मिश्रणों को अगर हम मुरघास प्रक्रिया में उपयोग में लाएँ तो मुरघास में कुछ प्रकार के अन्नघटक बढते हैं।

- **शोषक मिश्रण**

जब मुरघास में होने वाली पानी की मात्रा बढी हुई होती है तब ज्यादा का पानी बह जाता है और उस के साथ ही कुछ प्रकार के अन्नघटक भी बह जाते है। यह ज्यादा का पानी यह मिश्रण कुछ मात्रा में सोंख लेते हैं और मुरघास की गुणात्मकता कायम रहती हैं।

खमिर चढाने की प्रक्रिया बढाने वाले मिश्रण

- इस प्रक्रिया में होने वाले मिश्रण आवश्यक होने वाली लॅक्टिक आम्ल खट्टा करने की प्रक्रिया बनाते हैं और ऐसी प्रक्रिया होने के लिए वे अधिक मात्रा में कर्बोदक उपलब्ध कर देते हैं। या इस तरह की खट्टा करने की प्रक्रिया को चालना देने के लिए आवश्यक होने वाले जीवाणूओं की संख्या बढाते हैं, जिससे मुरघास की गुणात्मकता अच्छी होगी। इस तरह के जीवाणूओं की बाढ रोखने वाले होते हैं या कुछ खास पदार्थ सिर्फ ऐसे जीवाणूओंकी बाढ रोखते हैं, कि जिन से मुरघास खराब हो सकता हैं। इस में फोर्मेलीन (फोर्मेल्डीहाइडका ३५% द्रावण) साथ ही सोडीयम नायट्रेट जैसे पदार्थ उपयोग में लाए जाते हैं।

शर्करा युक्त मिश्रण

हरे चारे का मुरघास बनाते हुए उस में पानी में घुलने वाली शक्कर या कर्बोदक उचित मात्रा में होना आवश्यक है। यह मात्रा ताजे चारे में सामान्यरूप से २.५% से अधिक होना चाहिए। ऐसे समय में चारा

क्र.	मिश्रण का प्रकार	उपयोगिता	मिश्रण
१.	**खट्टा करने की प्रक्रिया बढाने वाले** १. खट्टा करने वाले कर्बोदक	अ,ब,क	मलफेन, शक्कर, ग्लुकोज, संत्रे का पल्प, बीट पल्प
	२. एन्झाइम्स	अ,ब	सेल्यूलोज, हेमी सेल्यूलोज, अमालेज
	३. इनोकुलंट	अ,ब,क	लेक्टीक आम्ल जीवाणू
२.	**खट्टा करने वाली प्रक्रिया रोकने वाले** १. आम्ल	अ, ब,क,ड	HCL, फॉर्मिक आम्ल, असेटिक आम्ल, लॅक्टीक आम्ल
	२. अन्य रसायन	अ,ब,क,ड	फोरमेल्डीहाइड, सोडियम नायट्रइट
३.	मृदूस्थिरता रोकने वाले घटक	ब,क,ड	प्रोपिओनिक आम्ल, प्रोपिसोनटेस अमोनिया
४.	अन्नघटक मिश्रण	क	युरिया, अमोनिया, अनाज, खनिज, बीट पल्प
५	शोषक मिश्रण	ब	अनाज, सुखा चारा, बेन्टोनाईट

अ - खट्टा करने की प्रक्रिया बढाने वाले घटक ब - डालनेपर जमा न हो देने वाले घटक.
क - अन्नघटकों की मात्रा बढाने वाले. ड - मृदू स्थिरता करने वाले घटक.

ठिक रखने के लिए जरुरी होने वाली खट्टा करने की प्रक्रिया उचित मात्रा में होती है। उस के लिए जिस चारे में यह मात्रा २.५% से कम होती है, उस में यह मात्रा बढाने के लिए बाहर से शक्करजन्य पदार्थ डालने पडते हैं, जिस से खट्टा करने की प्रक्रिया अच्छी तरह से होकर मुरघास का दर्जा अच्छा होता जाता है।

ऐसे चारे में शर्करायुक्त मिश्रणों का उपयोग करने से गुणात्मकता युक्त मुरघास के लिए आवश्यक होने वाली लॅक्टीक आम्ल की खमिर चढाने की प्रक्रिया बडी ही प्रभावशाली रूप से होती है। साथही अमोनिया नायट्रोजन की मात्रा कम रखी जाती हैं, जिस से मुरघास की गुणात्मकता कायम रखी जाती है।

खट्टा करने की प्रक्रिया अच्छी हो जाने के कारन मुरघास का सामू कम रखने का काम किया जाता है। जिस से जीवाणूओं की वृद्धी को रोका जाता है और मुरघास अधिक से अधिक दिनों तक गुणात्मकतापूर्ण अवस्था में रखा जाता है। इसलिए अनचाहे जीवाणूओं की वृद्धी को रोका जानेके कारन मुरघास में उनका प्राबल्य कम हो जाता है और मुरघास खराब हो जाने की संभावना कम हो जाती है।

सामू कम होने के कारन इस के जीवाणू सुप्तावस्था में जाते हैं और इन जीवाणूंओं के कारन होने वाला सूखे घटकों का नुकसान कम होता है।

ईख (गन्ना)की मलफेन

शर्करा में ईख की मलफेन यह घटक मुरघास में अधिक मात्रा में उपयोगमें लाया जाता है। इस का उपयोग वैसे बहुत पहले समय से किया जाता है। ईख की मलफेन में सामान्य रूपसे ७० से ७५% सुखें घटक होते हैं और ८३ से ८५% पानी में घुलने वाले कर्बोदक (अधिक मात्रा में सुक्रोज) होते हैं। मलफेन का उपयोग २ से ४% इस मात्रा में किया जाता हैं। साथही जिस ताजे चारे में, पानी में घुलने वाले

चारे में पानी में घुलने वाले शक्कर की ३% मात्रा बढाने के लिए सुखे घटक तथा चारे में होने वाले और पानी में घुलने वाले शक्कर की मात्रा के अनुसार मलफेन का नियोजन

पानी में घुलने वाली शक्कर	चारे में होने वाले सुखे घटक				
% DM	१५	२०	२५	३०	३५
२	५३	५१	४९	३९	३७
४	४७	४३	३९	२९	२६
६	४१	३५	२९	२०	१५
८	३५	२७	२०	१०	०३
१०	२९	२०	१०	निरंक	निरंक
१२	२३	१२	निरंक	निरंक	निरंक
१४	१८	४	निरंक	निरंक	निरंक

कर्बोदकों की मात्रा कम होती है ऐसे चारे में खट्टा करने की प्रक्रिया अच्छी होने के लिए हम मलफेन की मात्रा को ५ से ६% तक बढा सकते हैं। १०० किलो चारे में, पानी में घुलने वाले कर्बोदकों की मात्रा १% से बढाने के लिए १.६३ किलो (१.१६ लिटर) मलफेन डालनी पडता हैं।

- जब पानी में घुलने वाले कर्बोदकों की मात्रा कम होगी, ऐसे में मलफेन के उपयोग का परिणाम अधिक दिखाई देता है।
- मलफेन के उपयोग से मुरघास की पचन क्षमता बढती हैं।
- मलफेन का उपयोग करने से पानी के तरफ से कम होनेवाले अन्नघटकों की मात्रा कम होती हैं।
- मलफेन का उपयोग करते हुए पानी और मलफेन १:१ इस मात्रा में उपयोग में लाना लाभदायक होता हैं।

इनोकुलंट

मुरघास में होने वाली खट्टा करने की प्रक्रिया अधिक अच्छी हों इसलिए इस प्रकार के जीवाणू मुरघास में डाले जाते हैं। इस में अलग अलग जीवाणूओं की भूमिका अलग अलग होती है। अलग अलग जीवाणूओं की उचित मात्रा में वृद्धी होने के लिए उन्हे विशेष वातावरण की (सुखे घटक, तापमान और सामू) आवश्यकता होती है। ऐसे जीवाणूओं का उपयोग करने के कारन मुरघास की खमीर चढाने की प्रक्रिया को बढाने वाले जीवाणूओं की संख्या बढने से यह प्रक्रिया अच्छी होकर मुरघास अच्छा रखने के लिए जरुरी होने वाला सामू साध्य कर सकते हैं। एकदल चारे की अपेक्षा द्विदल चारे का मुरघास बनाते हुए यह फायदा अधिक मात्रा में दिखाई देता है।

एन्झाइम्स

एन्झाइम्स का उपयोग करने के कारन चारे में होने वाली और पानी में न घुलनेवाली शक्कर पर जो शक्कर पानी में नहीं घुलती, उस पर प्रक्रिया हो जाती है और उसका परिवर्तन पानी में घुलने वाले कर्बोदकमें जाता हैं। इस तरह के कर्बोदक अधिक मात्रा में उपलब्ध होने के कारन खट्ट करने की प्रक्रिया आसान होती है। यह प्रक्रिया और अधिक प्रभावीरूप से होने के लिए अन्य कुछ चीजों का भी अध्ययन करना जरुरी है। उस में मुख्यतः खट्टा करने की प्रक्रिया में सहाय्यक होने वाले जीवाणू, चारे का प्रकार, मुरघास का तापमान, मुरघास का

मुरघास में एन्झाइम्स का उपयोग करने से गुणात्मकता पर होने वाला परिणाम			
अ.नं.	**ब्यौरा**	**उपयोग नहीं किया**	**एन्झाइम्स का उपयोग किया**
१.	सुखे घटक	३०.७	२८.१
२.	सामू	४.२५	४.०४
३.	लॅक्टीक आम्ल	९.७	७.४
४.	ॲसेटिक आम्ल	१.९	२.६
५.	अमोनिया नत्र (% और कुल नत्र)	८.७	१०.१
६.	सुखे घटक सेवन (किलो/दिन)	२०.९	२२.९
७.	दुध (किलो/दिन)	३०.६	३१.५
८.	फॅट (किलो/दिन)	१.०५	१.०७
९.	प्रथिन (किलो/दिन)	०.९	०.९३
१०.	दूध उत्पादन क्षमता (किलो/किलो सुखे घटक)	१.४७	१.३८

सामू, सुखे घटकों की मात्रा और कालावधी इनका बहुत बडा परिणाम इन एन्झाइम्स के कार्यपद्धती पर होता रहता है। इस जानकारी के कारन हमें एन्झाइम्स के उपयोग का अधिक से अधिक लाभ लेना संभव होगा। मुरघास में एन्झाइम्स का उपयोग करने से आगे बताए हुए लाभ नजर आते हैं-

- मुरघास में खट्टा करने की प्रक्रिया अच्छी तरह से होती है।
- सुखे घटकों की मात्रा कम नहीं होती।
- पाचन क्रिया में मदद मिलती है।
- दूध उत्पादन बढता है।

इस तरह अलग अलग कंपनीयों की उत्पादनों के अनुसार, उनके द्वारा दिए गए सलाह के अनुसार एन्झाइम्स का उपयोग कर के हम अच्छा मुरघास तैयार कर सकते हैं।

खट्टा करने की प्रक्रिया को रोकने वाले मिश्रण

इस मिश्रण में अलग अलग प्रकार का निर्जंतुकीकरण करने वाले पदार्थ उपयोग में लाए जाते हैं। जब चारे में पानी की मात्रा अधिक हों और हमें जरुरी इतनी मात्रा में चारा सुखाना संभव ना हों, उस वक्त आम्ल का उपयोग कर के मुरघास का सामू कम कर सकते हैं, जिससे सामू के कम होने पर जीवाणूओं की वृद्धि रोक ली जाएगी और मुरघास को अधिक समय अच्छा रख सकेंगे।

इस के लिए अलग अलग तरह के आम्लों का उपयोग किया जाता है। लेकिन उन्हें उपयोग में लाने से पहले हमें उन की किमत, उन का प्रभाव, सुरक्षितता, उन का औजारों पर होनेवाला परिणाम इन सब चीजों के बारे में सोचना पडता है। इस में अधिक मात्रा में उपयोग में लाया जाने वाला आम्ल याने फोर्मिक आम्ल (८५%) है। यह आम्ल एक टन चारे के लिए सामान्यरूप से २ से ६ लि. इस मात्रा में उपयोग में लाया जाता है। द्विदल के चारे के लिए अधिक तो एकदल चारे के लिए कम मात्रा का उपयोग किया जाता है।

अन्नघटकों में वृद्धी करने वाले मिश्रण

इस में मोलेसीस, युरिया, क्षार और अनाज जैसे घटक उपयोग में लाये जाते हैं। इन मिश्रणों का उपयोग करते हुए उस का मुरघास के खट्टा करने की प्रक्रिया पर कुछ विपरीत परिणाम तो नहीं हो रहा इसका भी अध्ययन करना जरुरी हैं। इसमें युरिया, क्षार पाउडर तथा आम्ल जैसे घटक खट्टा करने की प्रक्रिया पर परिणाम करने वाले घटक है । संभवतः इन का उपयोग करना टालें या अध्ययनपूर्वक करें।

ब्यौरा	न सुखाया हुआ (१८% सुखे घटक)		सुखाया हुआ (३८% सुखे घटक)	
	जीवाणूओं का उपयोग नहीं	जीवाणूओं का उपयोग	जीवाणूओं का उपयोग नहीं	जीवाणूओं का उपयोग
१. मुरघास सेवन (सुखे घटक किलो/दिन)	१०.४	१०.७	१२.६	१२.७
२. दूध उत्पादन (किलो/दिन)	२१.६	२२.१	२२.६	२२.७
३. फॅट उत्पादन (किलो/दिन)	०.९७	०.९९	१.०२	१.०४
४. प्रथिन (किलो/दिन)	०.७	०.७१	०.७३	०.७५

मृदू स्थिरता कायम रखने वाले मिश्रण

गरम हवा में अगर हम ने ठीक तरह से मुरघास पद्धति का अवलंब नही किया तो मुरघास की गुणात्मकता पर अधिक परिणाम होने की संभावना होती है।

अलग अलग मिश्रणों की मृदू स्थिरता बढाने की क्षमता			
चारा फसलें	मिश्रण	उपयोग	मृदू स्थिरता में वृद्धि (दिन)
घास	हेटेरोफर्मेंटिव्ह लेक्टिक आम्ल जीवाणू	$१०^{५}$ सीएफयु/ग्रॅम	२.९
मकई	हेटेरोफर्मेंटिव्ह लेक्टिक आम्ल जीवाणू	$१०^{५}$ सीएफयु/ग्रॅम	३.७
	बेन्झॉइट/प्रोपिओनेट	४ किलो/टन	५.९
	फोर्मेट/ प्रोपिओनेट	४ किलो/टन	४.७
	युरिया	२ किलो/टन	४.२
पूर्ण पक	हेटेरोफर्मेंटिव्ह लेक्टिक आम्ल जीवाणू	$१०^{५}$ सीएफयु/ग्रॅम	२.१
एकदल चारा	युरिया	२ किलो/टन	६.६

आम्ल, और अन्य रासायनिक मिश्रण

इस में आम्ल का या रसायनों का उपयोग कर के मुरघास को बिगाडने वाले जीवाणूओं की वृद्धी रोकी जाती है। इस में मुख्यतः प्रोपीओनिक आम्ल का अच्छा परिणाम है। सिर्फ, उस का उपयोग करने में कुछ कठिनाइयाँ है। महत्त्वपूर्ण बात यह है की वह थोडा महंगा है। ज्वलनशील तथा त्वचा पर परिणाम करने वाला है। मकई का मुरघास करने के लिए उस की मात्रा सामान्य रूपसे ०.२% से १% तक लियी तो भी अच्छा परिणाम होता है। इसी के साथ प्रोपीओनिक आम्ल के क्षार भी हम इस में उपयोग में ला सकते है। इस में अमोनियम क्षार महत्त्वपूर्ण है। सल्फाइट क्षार को सामान्यतः अनाज उद्योग में मृदूस्थिरता के लिए उपयोग में लाया जाता हैं। इन का उपयोग इस में कर सकते हैं।

इनोकुलंट : लेक्टोबेसिलस बुचनेरी ये मुरघास में अधिक मात्रा में लेक्टिक आम्ल तैयार करते हैं और मुरघास में बढने वाली काई को रोक कर मुरघास की गुणात्मकता अच्छी तरह से नियंत्रित करते हैं। साथ ही प्रोपिओनिक आम्ल जीवाणू भी मुरघास में होने वाली जीवाणूओं की वृद्धी को रोक कर मुरघास की गुणात्मकता अच्छी रखने में मदद करते हैं।

३. युरिया और अनहायड्रस अमोनिया, ये भी मृदू स्थिरता कायम रखनेका काम करते है। साथही चारेमें प्रथिनोंकी मात्रा को बढानेका भी काम वे करते हैं। इन्हें डालते हुए हमें इसकी सावधानी लेनी होगी कि इन्हें एकसरिके से फैलना जरुरी हैं क्योंकि अगर एकही जगहपर अधिक गिर गया तो जानवरोंको इससे विषबाधा होनेकी संभावना होती है।

के साथ ही मुरघास की मृदू स्थिरता कायम रखने का भी काम किया जाता हैं।

अनाज : बहुत बार मुरघास की उर्जा की मात्रा बढाने के लिए उस में अनाज डाला जाता है। यह अनाज मुरघास में अधिक हुए पानी को सोंख लेनेका अतिरिक्त काम भी करता है। यह अनाज डालते हुए उसे छोटा करके डालना लाभकारी होता है। अनाज

ब्यौरा	अनहायड्रस अमोनिया	युरिया
नत्र (%)	८२	४६
कच्चे प्रथिन (%)	५१५	२८७
उपयोग किलो/टन (सुखे घटक)	८ से १०	१५ से १७
उपयोग किलो/टन ताजा चारा (सुखे घटक ३५%)	३ से ३.५	५ से ६
उपयोग के लिए सुखे घटकों की मात्रा मर्यादा	४० से ४२	४५
उपयोग में लाए गए नत्र का उपयोग (%)	५० से ७५	९५

डालने से मुरघास में होने वाले सुखे घटकों की मात्रा बढती है।

खनिज मिश्रण : मुरघास में होने वाले क्षार बढाने के लिए बहुत बार मुरघास में खनिज डालें जाते हैं। लेकिन जहाँ पर चारे के पानी में घुलने वाली शक्कर की मात्रा कम हो ऐसे समय, ऐसे खनिज मिश्रण डालना तकलिफ देन हो सकता हैं।

शोषक मिश्रण : जिस जगह पर मुरघास में होने वाले पानी की मात्रा ७५% से ८०% है वहाँ पर मुरघास में अधिक होने वाला पानी कम करने के लिए उस को सोंखने वाले घटक डालना महत्त्वपूर्ण होता है। इस में सुखा चारा, फलों का सुखाया गया पल्प, या अनाज का उपयोग किया जाता है।

सुखा चारा : इस में सुखा चारा यह सस्ते में होने वाला विकल्प है। वह हमारे नजदिक उपलब्ध होने के कारन उस का उपयोग हम अच्छी तरह से कर सकते हैं। लेकिन सुखे चारे में उर्जा की मात्रा कम

अन्नघटक बढाने वाले मिश्रण

मल फेन, युरिया, खनिज तथा अनाज

इस में ऐसे घटकों को मुरघास में डाला जाता है जिस से मुरघास में होने वाले अन्नघटकों की मात्रा बढती है। इस में बहुत से घटक अन्नघटकों की मात्रा बढाते हैं। उसके साथ साथ ये अन्य बहुत से काम कर रहे होते हैं।

मलफेन : मलफेन से मुरघास में होने वाले कर्बोदकों की मात्रा बढती तो है ही, साथ ही खट्टा करने की प्रक्रिया बढाने की महत्त्वपूर्ण भूमिका वह निभाती है। इससे मुरघास में होने वाले उर्जा की मात्रा बढती हैं।

युरिया : जिस चारे में प्रथिनों की मात्रा कम होती है खासकर एकदल चारे में जहाँ प्रथिनों की मात्रा कम होती है ऐसे चारे का मुरघास बनाते हुए हम युरिया या अन्य इस तरह की पदार्थों का उपयोग कर सकते हैं। यहाँ पर चारे में होने वाली गुणात्मकता के वृद्धी

होने के कारन बाकी वाले मुरघास की उर्जा कम हो सकती हैं।

अनाज : मुरघास में होने वाले अन्नघटकों की मात्रा अगर बढानी हो और पानी की मात्रा भी कम करनी हो तो कुछ मात्रा में पीसा हुआ अनाज मुरघास में उपयोग में लाना पडेगा। अनाज मे उपलब्ध होने वाले कर्बोदक आवश्यक उर्जा प्रदान करती है। इसमें होने वाली पानी की मात्रा १०% तक होती है। इसीलिए ये मुरघास के चारे में होने वाला ज्यादा का पानी सोंख लेते हैं और मुरघास में कुल मिला कर होने वाली पानी की मात्रा कम कर देते हैं। इस अनाज में पानी में घुलने वाली शक्कर की मात्रा अधिक होने के कारन खमिर चढाने की प्रक्रिया भी अच्छी हो जाती है। अगर हम अनाज को जैसा है वैसा ही अगर डालें तो उस के उपयोग पर मर्यादा आ सकती है। अनाज का छिल का अगर वैसे ही रखा तो वह कम पानी सोंख लेता है, दुसरे ऐसे दानें जानवर की शरीरमें से गोबर में आने की संभावना होती है इसलिए इस अनाज को कुछ मात्रामें पीस के लिया तो उस का अच्छा प्रभाव पडता है।

बार्ली की मात्रा के मुताबिक मुरघास में बदलने वाली पानी की मात्रा

बार्ली की मात्रा	किलो /टन			
ब्यौरा	०	७५	१५०	२२५
सुखे घटक %	१६.८	२५.६	२६.२	३२.३
सामू	४.२५	४.१९	४.०९	४.२२
नत्र (% सुखे घटक)	२.७७	२.६९	२.३७	२.२४
अमोनिया नत्र (% सुखे घटक)	३.८	२.९	३.४	३.४
लॅक्टिक आम्ल (% सुखे घटक)	२.६	३.४	५.१	४.६
असेटिक आम्ल (% सुखे घटक)	२.४	१.६	०.९	०.८
पचनीयता %	६३	६८	७०.४	७२.८

■ ■ ■

मुरघास का उपयोग

आहार में उपयोग

जानवरों को मुरघास हररोज नियमित रूप से देना है। वह हरवक्त ताजा होना जरुरी है और अधिक समय तक खुली हवा में खुला न रहे इसकी सावधानी बरतना आवश्यक है। इस के लिए अपने कितने जानवर है, हमें हररोज कितना मुरघास बनाना जरुरी है, उतनाही मुरघास बनाना हमें लाभदायक होता है। इस से हररोज हवा की संपर्क में आनेवाला मुरघास कम होगा और वह खराब नहीं होगा। साथ ही मुरघास जानवरों को खाने में देने तक उस में कम नुकसान होगा। इसके लिए हमें मुख्यतः आगे वाली तीन बातों का ध्यान रखना चाहिए। इन पद्धतियो में मुरघास के अन्नघटकों पर होने वाला परिणाम, तैयार मुरघास जानवरों को खाने में देने के लिए आने वाला खर्चा और मुरघास की कीमत ये तीनों बातें बहुत महत्त्वपूर्ण है। इस पर से हमें जानवरों के हररोज के आहार का अच्छी तरह से नियोजन करना संभव होगा।

जानवरों को मुरघास खाने में देते हुए मुख्यतः तीन चीजों का ध्यान रखना पडेगा :

१. मुरघास पिट से बाहर निकालना

२. मुरघास की यातायात

३. जानवरों को मुरघास खिलाना

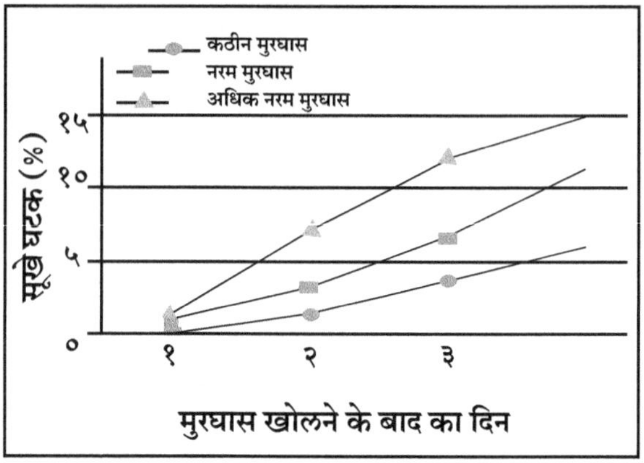

हर एक चरण पर अधिक ध्यान देना महत्त्वपूर्ण है। कम से कम खर्चे में यह किमती चारा जानवरों तक पहुँचना चाहिए। इस की व्यर्थ जाने की मात्रा कम होनी चाहिए। हम जिस वक्त ऐसा हवाबंद मुरघास खोलते है, उस वक्त उस की सुप्तावस्था भंग हो जाती है और उस में हवा जाकर फिर से ऑक्सिडेशन की प्रक्रिया धीरे धीरे शुरू हो जाती है। इस में सब से महत्त्वपूर्ण लक्षण है मुरघास में होने वाला ठंडापन। अगर हम इस की सावधानी ना लें, तो ऑक्सिडेशन प्रक्रिया के कारन वह गरम होकर खराब होना शुरू हो जाता है।

पिटसे मुरघास को बाहर निकालने में अगर जरुरी सावधानी लें तो मुरघास में होने वाले सुखे घटक, उर्जा साथ ही प्रथिन सुरक्षित रहेंगे।

पिटमें से मुरघास निकालने की मात्रा अधिक से अधिक हों, जिस से जानवरों को ताजा मुरघास मिलें।

- सारिणी के अनुसार अपना मुरघास अगर अधिक सुरक्षित हों तो हम अगर हररोज मुरघास की १५ सें.मी. इतनी सतह हररोज निकालें तो अधिक नुकसान नहीं होता।
- मुरघास के दर्जे से हररोज कितनी सें.मी. मुरघास निकालना है यह ध्यानमें आता हैं।
- मुरघास निकालते वक्त हम जिस पद्धति का उपयोग करते हैं उस पर भी होने वाला नुकसान अवलंबित होता है। अधिक हलचल बढाने वाली पद्धति हो तो अधिक नुकसान और कम हलचल में मुरघास निकाल देने की पद्धति हो तो कम नुकसान। क्योंकी जितनी भी हलचल बढेगी उतनी अधिक हवा अंदर जाएगी। दबाव क्षमता, कुट्टी का आकार, मुरघास निकालने वाले मजदूरों का कौशल और कौन से प्रकार के चारे का मुरघास बनाया जाता है उस पर मुरघास के नुकसान की मात्रा अवलंबित है।

मुरघास स्थायीपन और जानवरों को खिलानें की पद्धति

	ब्यौरा	स्थायी/अस्थायी	मुरघास निकालने का दर (सेमी/दिन)
१.	अस्थायी	१ दिन के लिए स्थायी	३०
२.	कुछ मात्रा में स्थायी	३ दिनोंके लिए स्थायी	२५
३.	५ दिनों के लिए	स्थायी	२०
४.	दीर्घ काल के लिए स्थायी (७ दिन)	स्थायी	१५

- कितनी सतह पर का चारा हमें निकालना है? (लंबाई - चौडाई) स्क्वेअर मीटर = हररोज कितना मुरघास खाने में देना है (किलो)
- मुरघास की घनता (किलो/घनमीटर) हररोज कितना मीटर चारा (मीटर - दिन)

उदा. हमारे पास ५० गौअें है और उन्हे हररोज ६.५ किलो सुखे घटक वाला मुरघास देना है। अपने मुरघास में होने वाले सुखे घटकों की मात्रा ३७% है। हमें हररोज मुरघास निकालने की मात्रा ०.२ मीटर/दिन ऐसा नियंत्रित करना है। तो इस पर से हमें कितनी लंबाईका मुरघास निकालना चाहिए यह देखते हैं।

आवश्यक मुरघास (किलो)

५० x ६.५ x १०० / ३७ = ८३७ किलो

आवश्यक पिट की सतह (स्क्वे.मीटर)

८३७/३५० x ०.३० = ४.२९ स्क्वे.मीटर

- ५० जानवरों के लिए आवश्यक मुरघास देने के लिए ४.२९ स्क्वे.मीटर इतनी पिटकी सतह निकालना जरुरी हैं।
- पिट की गहराई हमे उपर दियी हुई तरह ०.२ इतनी नियंत्रित करनी है, अब हम चौडाई और उंचाई देखते हैं।

  अपने पिट की उंचाई १.५ मीटर हों तो हमें कितना चौडा मुरघास निकालना पडेगा x चौडाई (मीटर = उपर आयी हुई सतह की क्षेत्रफळ (स्क्वे.मीटर) / पिटकी उंचाई (मीटर) - चौडाई (मीटर) = ४.२९ / १०५ = २.८६ मीटर
- इस तरह ५० जानवरों को हररोज ६.५ किलो (सुखे घटक) इतना मुरघास देना हों तो हमें १.५ मीटर उंचा, ०.२०मीटर गहरा और २.८६ मीटर चौडा इतने हिस्से में होने वाला मुरघास काफी हो जाएगा।

■ ■ ■

मुरघास के लाभ तथा मर्यादाएँ

दुग्ध व्यवसाय में मुरघास का अनन्यसाधारण महत्त्व है। आजकल दुग्धव्यवसाय करने के लिए गावों या शहरों में मजदूर नहीं मिल पाते। इसलिए हररोज चारा लाना यह बहुत ही कठीन विषय बनकर रह गया है। साथ ही जानवर का पेट चारे का पाचन करने के लिए तैयार हुआ है और हमें अधिक से अधिक अच्छे दर्जे का चारा जानवरों को देना चाहिए और उत्पादन खर्च कम करना चाहिए। लेकिन हमलोग इसी बात को भुल गये हैं इसलिए महँगे वाले पशुखाद्य देकर दूध उत्पादन ले रहे हैं। पशुखाद्य अधिक से अधिक महँगा हो जानेके कारन कितने ही दूध व्यावसायिकों ने अपना दूध व्यवसाय बंद या कम किया है। अगर हमें दुध व्यवसाय लाभदायक करना हो तो आगे वाली मुद्दोंके बारेमें सोचना पडेगा।

कम कामकाज

दूध व्यवसाय करते हुए हम लगभग ७०% खर्चा जानवरों के आहार पर करते रहते हैं। इसलिए अच्छी गुणवत्ता का चारा साल भर उपलब्ध करना आवश्यक है। इस के लिए सुबह शाम जानवरों की जरुरत के अनुसार हरे चारे की कुट्टी कर के तयार करके रखना जरुरी है। सुनियोजित चारा उत्पादन कार्यक्रम से यह संभव हो सकेगा। चारे को उचित समय पर काट कर लाकर, उस की कुट्टी करने के लिए हमारे पास पुरी तरह मानवशक्ती होना जरुरी है। हररोज खेत पर जाना, चारा काटना, उसे ले कर आना और रोज ही उस की कुट्टी बनाकर जानवरों को खाने में देना इस पद्धति में कभी ना कभी रुकावटे तैयार हो जाती है। कभी औजार की कठिनाई के कारन या कभी कम मानवशक्ती के कारन तो कभी वातावरण के कारन हमें हरा चारा काटकर लाने में कठीनाई निर्माण होती है। ऐसे अनेक कारणों से अपना कामकाज बढता है और दूधव्यवसाय नियोजन का खर्चा बढता है। ऐसे समय अगर अपने पास तैयार मुरघास हो तो बहुत कम मानवशक्ती खर्च कर के हम यह व्यवसाय कर सकते हैं।

हररोज चारा काँटना

अपने जानवरों को हररोज हरा चारा देने के लिए चारा काँटना पडता है। उस के लिए हररोज मानवशक्ती लगती है। बारिश हो तो हम चारे की कटाई नहीं कर सकते । लेकिन मुरघास करते हुए हम एक ही बार मानवशक्ती का उपयोग करते हैं और अधिक दिनों तक के लिए चारा काटकर रखते हैं।

- चारा जमा करना • चारे की यातायात करना

हररोज या एक दिन के बाद हमें चारे की यातायात तो करनी ही पडती है। धूप हों या बारिश हों, रास्ता हो या न हो, हमें बिना रुके नियमित

रूपसे चारेकी यातायात करनी ही पडती है।

हररोज कुट्टी करना

हम चारा काटकर यातायात कर के ले आए तो भी हमें कुट्टी तो करनी ही पडती है। और इस के लिए कभी बिजली होती है तो कभी नहीं। बहुत बार सब कुछ होते हुएभी कुट्टी औजार के रुकावट के कारन कुट्टी नहीं कर सकते। सभी किसानों को कुट्टी मशिन लेना भी बन नहीं पडता। ऐसे समय जिन किसानों के पास १ या २ जानवर है, उन को अपने जैसे किसानों को सम्मिलित कर के, एक ही समयपर कुट्टी की मशिन किराये पर लेकर एकदम पुरी कुट्टी बना कर ऐसा चारा मुरघास कर के जमा कर के रखना चाहिए।

उपरोक्त सभी कामकाज के लिए हमें हररोज समय देना पडता है। अगर हम ने मुरघास किया हो तो हमें हररोज यह सब काम नहीं करने पडते। सिर्फ मुरघासकी जगहपरसे मुरघास को उठाकर जानवरों के आगे डालना पडता है।

बहुत बार मुक्त संचार गौशाला पद्धति के कारन हमें कम काम करने की आदत हो जाती है और इसलिए हररोज चारा ले कर आना बहुत कठिन लगने लगता है। ऐसे बहुत से दूध व्यावसायिक है कि जिन्हों ने हररोज चारा ले कर आना इस झमेले के कारन अपना व्यवसाय बंद कर दिया है। ऐसे व्यावसायिकों के लिए मुरघास एक वरदान ही है ऐसा कहना पडेगा।

सुखें घटक

जानवरों का पेट चारे के लिए बना हुआ है, अनाज की अपेक्षा वे चारा अच्छी तरहसे पचा सकते हैं। इस के लिए जानवरों को अधिक से अधिक घटक चारे के जरिए देना जरुरी होता है। इसलिए अपना उत्पादन का खर्चा कम हों सकता है।

साथही जानवर के पेट की आहार लेने की एक क्षमता है। उससे अधिक जानवर कुछ भी नहीं खाता। जानवर के अन्नघटकों की जरुरत उस आहारसे ही पुरी करना जरुरी है। बहुत बार अधिक पानी दिया गया, चारा जानवर को खाने में दिया गया तो जानवर का पेट जल्दी से भर जाता है और कुल मिला कर कम अन्नघटक जानवर के पेट में जाते है और पानीही अधिक जाता है। इससे पुरी तरह उत्पन्न नहीं निकल पाता। इस के लिए कम पानी और अधिक सुखे घटक होने वाला चारा अगर जानवर के

आहार में हों तो जानवर को अधिक अन्नघटक प्राप्त होने के कारन दूध उत्पादन बढेगा। मुरघास में पानी की मात्रा हरे चारे की अपेक्षा १५ से २५% कम होती है। याने उतना ही चारा जानवर अधिक खा लेता है। उदा. अगर हम २० किलो ताजा चारा जानवर को दें तो उसमें से जानवरको ४ किलो सुखे घटक और १६ लिटर पानी मिलेगा।

इस के विपक्ष में हम अगर २० किलो मुरघास जानवर को खाने में दे तो उस से जानवर को ७ किलो सुखें घटक और १३ लिटर पानी मिलेगा। याने हम २० किलो आहार के पिछे ३ किलो सुखे घटक खाने में देते हैं और इससे हमें यकीनन अच्छा उत्पादन प्राप्त होता हैं।

बहुत बार मुरघास बनाते हुए, जरुरत के मुताबिक पानी की मात्रा रखने के लिए चारे को सुखाना पडता है। चारे में होने वाली पानी की मात्रा कम होने से वह हलका हो जाता है और यातायात पर होने वाला खर्चा कम हो जाता है। साथ ही थैलीवाले मुरघास की यातायात करते हुए भी खर्चा कम आता है।

मुरघास करते वक्त चारे को सुखा के जमा किया जाता है इसलिए उसे हरे चारे की अपेक्षा कम जगह लगती है। एक घनफीट के अंदर सामान्यरूप से १५ से २० किलो दबाया हुआ चारा बैठता है। इस से हमें पता चलता है की मुरघास पद्धति से चारा जमा करने में कम जगह लगती है।

चारा बँक

मुरघास पद्धति में हरा चारा कुछ सालोंतक खराब न होते हुए कायम रख सकते है यह इस तकनिक की सब से महत्त्वपूर्ण बात है।

अगर हम हरे चारे को काट कर लाएँ और जैसा है वैसा ही खुल्ले मे या सामान्य पद्धती से ढँक कर रखें, तो वह दुसरे दिन गरम होता है और उस में होने वाले महत्त्वपूर्ण अन्नघटक कम हो जाते है। इस के उपरांत भी हम चारे को वैसा ही रखते है तो वह खराब हो जाता है। और अगर उसे अच्छी तरह से सुखाएँ तो भी उस में हरे चारे की तरह अन्नघटक नहीं रहते।

जब हमारे पास काफी मात्रा में चारा होता है, उसवक्त ऐसे चारे को हम मुरघास की माध्यम से जमा करके रख सकते हैं। और जब चारा उपलब्ध ना हों उस वक्त हम मुरघासका उपयोग कर सकते हैं। जिस तरह हम अधिक होने वाले पैसों को बँक में रखते हैं और उन्हे अपनी जरुरत के मुताबिक निकाल कर उपयोग में लाते है ठीक उसीतरह बारीश में अधिक होने वाले चारे को जमा करके, उस की चारा बँक तैयार कर के रख सकते है। गर्मी के दिनों में जब चारें की कमी महसूस होती है, ऐसे समय इस चारा बँक का प्रभावी रूप से उपयोग कर सकते हैं।

अन्नघटक

मुरघास पद्धति में, चारे में होने वाले अन्नघटक अच्छे स्तर पर होनेपर, सभी चारा काट कर हम उस का जतन करके रख सकते हैं। कोमल होने पर अगर चारे को काटा जाए तो उसमें पुरी तरहसे अन्नघटक तैयार नहीं हुए होते और उत्पादन भी कम होता है और चारा जब खत्म होने को आता है तब काँटे तो तब वह अधिक पका हुआ होता है। उसमें होने वाले पचनीय अन्नघटकों की मात्रा बहुत कम हुई होती है। इस के विपरीत मुरघास करते हुए चारा उत्पादन के उचित समय में काटा जाता है। इससे उत्पादन भी अधिक मिलता है और अन्नघटक भी अधिक से अधिक मिलते हैं। यह सब से मुख्य लाभ है।

हरे चारे को अगर ऐसे ही जमा कर के रखें तो वह एक दो दिन में गरम होकर पिला पड जाता है और उस का तापमान बढता है। पानी में घुलने वाली शक्कर का ऑक्सिडेशन हो कर उसमें से गरमी तथा पानी बाहर निकलता है। ऐसा चारा अगर जानवरों को खाने में दे तो उसमें से जानवर को चाहिए उतनी मात्रा में अन्नघटक नहीं मिलते। इस के विपरीत मुरघास में, चारा हवाबंद अवस्था में होने के कारन

ऐसी ऑक्सिडेशन की प्रक्रिया पुरी होने के लिए जरुरी होने वाला ऑक्सिजन उपलब्ध ना होने के कारन उस के अन्नघटक सुरक्षित रहते हैं।

खेती के जमिन का अधिक उपयोग

उचित अन्नघटक होने वाला चारा ही मुरघास करते हुए उपयोग में लाया जाता है। इसलिए बहुत जल्दी या बहुत देर से कटाई नहीं की जाती। खेत की एक तरफ से कटाई की शुरुआत कर के, रोज थोडी थोडी कटाई करें तो पुरी कटाई होने में महिना/पंधरा दिन गुजर जाते है। तब तक खेत में फिरसे बुआई नहीं कर सकते। यही अगर हम एक या दोन दिन में पुरे चारे की कटाई कर के उस का मुरघास करें तो दुसरे दिन बुआई करने के लिए खेत फिर से खाली हो जाता है। अगर ऐसा करें तो साल में २-३ बार फसल हो सकती है। और खेती का उचित मात्रा में पुरी तरहसे उपयोग हो सकता है। कुछ किसान तो आज कटाई कर, दुसरे दिन कृषिकर्म कर के दुसरा अनाज बोकर अपने खेत का उचित उपयोग कर लेते हैं।

आहार की नियमितता

हमें यह हमेशा ध्यान में रखना होगा की जानवर को आहार देते वक्त उनके आहार में एकदम से किसी भी तरह का बदलाव ना लायें। जानवरों की पाचनसंस्था तुरंत ऐसा बदलाव नहीं स्विकार कर पाती और अपेक्षा नुसार उत्पादन नहीं मिल पाता। कोई भी बदलाव धीरे धीरे करें, जिससे पचनसंस्था में भी उस तरह से बदलाव होगा और हम ने बदलाव किए हुए आहार का उचित रिती से पाचन होगा। बहुत बार चारा काट कर लाने में और जानवरों को रसद देने में कठिनाईयाँ निर्माण होती है। कभी अलग अलग खेतों का चारा जानवरों को खाने में देना पडता है। इससे उन की आहार में नियमितता नहीं रहती। मुरघास पद्धती में हम पुरा चारा काट कर रखते हैं इसलिए हमारे पास अधिक मात्रामें चारा होता है। इसलिए जानवरों के आहार में बार बार बदलाव नहीं करना पडता। मुरघास की जगह संभवतः जानवर के गौशाला के पास होती है। इसलिए बारिश तथा अन्य कोई भी रुकावट आने की संभावना बहुत कम होती है, इन सब कारणों से मुरघास पद्धति में हम

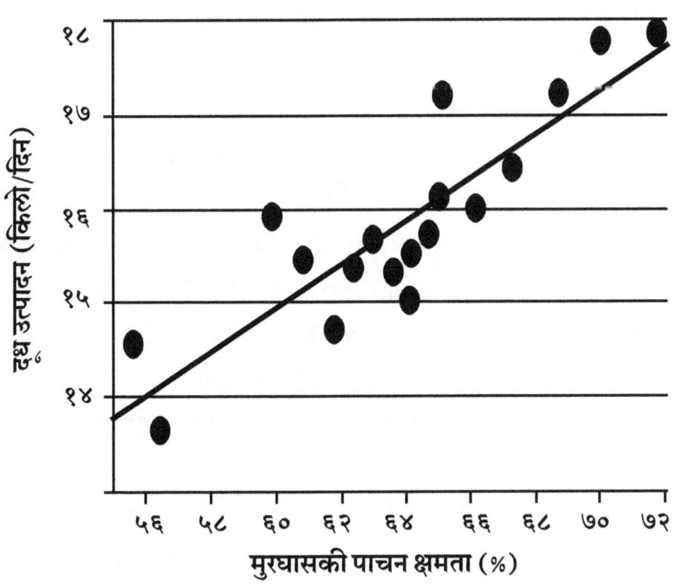

मुरघासकी पाचन क्षमता और गायके दूध का उत्पादन

नियमितता रख सकते हैं और हमें अपेक्षित उत्पादन मिलता है।

पशुखाद्य में कमी

हम जब जानवरों को हरा चारा खाने में देते है ऐसे समय उस में होने वाले सुखे घटकों की मात्रा कम होती है और पानी की मात्रा अधिक होती है। इसके विपरीत मुरघास करते हुए हम उस में होने वाले सुखे घटकों की मात्रा अधिक रख कर पानी की मात्रा कम करते हैं। इसलिए जानवरों के आहार में अधिक मात्रा में सुखे घटक याने अन्नघटक आ जाते हैं। हर जानवर की खाना खाने की क्षमता निश्चित होती है। अगर वह अधिक पानी से और कम सुखे घटकों से भर दी गयी तो उन के शरीर पोषण के लिए और उत्पादन के लिए आवश्यक होने वाले अन्नघटक पशुखाद्यों से देने पडेंगे। इससे पशुखाद्य का खर्चा बढेगा।

इस के विपक्ष मुरघास पद्धति में हम सुखे घटकों की मात्रा, जो हरे चारेमें ८०% होती है उसे ६५% तक नियंत्रित करते हैं। इसलिए जानवर के शरीर में निश्चित रूप से अधिक मात्रा में चारा जाता है और जानवर को अधिक से अधिक अन्नघटक चारे में से मिलने के कारन पशुखाद्य का उपयोग कम होता है, परिणामस्वरूप उत्पादन का खर्चा भी कम होता है।

दूध उत्पादन और गुणात्मकता

मुरघास की पाचन क्षमता और उस में होने वाली उर्जा की मात्रा यह दो घटक दूध उत्पादन के वृद्धी के लिए महत्त्व के है। सामान्यतः मुरघास में उर्जा की मात्रा प्रती किलो सुखे घटकों के आधार पर १० चग इतनी या उस से अधिक होनी चाहिए। पशुखाद्य के साथ अगर मुरघास खाने में दिया जाए तो दूध उत्पादन साथ ही दुध के दर्जे में भी अच्छी वृद्धी होती है। उस में होने वाले जीवाणू जानवरों के पेट में होने वाले कीटाणूओं की संख्या बढाने का कारन बनते हैं। इससे मुरघास का पाचन तो अच्छा होता ही है लेकिन उस के साथ दिए गए अन्य पदार्थो का पाचन करने में मुरघास कारन मात्र ठहरने के कारन दुध की गुणात्मकता में वृद्धी हुई दिखाई देती है। पाचन अच्छी तरह से होने के कारन और पेट की पाचनक्षमता नियंत्रित करने के कारन दुध में तथा दूध के दर्जे में वृद्धी होने के लिए जरुरी होने वाले सभी घटक मुरघास के कारन उपलब्ध हो जाते है।

इससे जानवर की सिर्फ उत्पादन क्षमता ही न बढकर रोग प्रतिरोधक शक्ती बढती है और उन की सेहद अच्छी रहने में मदद मिलती है। यह बात भी उतनी ही महत्त्व की है। दूध का उत्पादन बढने के लिए जानवरों की मुरघास खाने की क्षमता बढनी चाहिए। उस के लिए उस का स्वाद और बू भी अच्छी होनी चाहिए अगर हम दूध उत्पादन वृद्धी का अध्ययन करें, तो दिखता है कि अगर १% पचनीय क्षमता बढती है तो प्रतिदिन ३५० मिली दूध उत्पादन बढता है। साथही अगर जानवर के आहार में होने वाली उर्जा की मात्रा ०.५ चग से बढ गयी तो दूध का उत्पादन प्रतिदिन १.१ लिटर से बढता है ऐसा अध्ययन से दिखायी देता है।

जानवरों की सेहद

मुरघास पका हुआ होने के कारन उस का पाचन अच्छा होता है। कुछ अपचनीय रेषेदार पदार्थ भी इस तरह की खट्टा करने की प्रक्रिया में पचनशील बनते है और इसके कारन जानवरों को अधिक से अधिक अन्नघटक मिलने के कारन उन की रोगप्रतिरोधक शक्ती अच्छी रहती है। इस तरह मुरघास जानवर के सेहद को भी मदद करता है।

मुरघास पद्धति की मर्यादाएँ

जिस तरह हमने मुरघास से मिलने वाले फायदों को देखा उसी तरह मुरघास बनाते हुए हमें आने वाली रुकावटें या मुरघास पद्धतिका प्रसार होने में साधारण किसानों को आनेवाली कठिनाइयों का

भी विचार करना चाहिए। ऐसा करने से भविष्य में मुरघास की गुणवत्ता और बढ सकेगी। इसके बारे में होने वाले मुद्दे कुछ इस तरह है-

मुरघास की अधुरी तकनिक

बहुत बार ऐसा होता है की हम मुरघास के बारे में सुनते, देखते, पढते है और बडे उल्लास के साथ मुरघास तैयार करते है। ऐसा भी हो सकता है की हम ने जिस क्षेत्र का मुरघास देखा होगा उस क्षेत्र के आगे हवा अलग होगी और वह तकनिक हम ज्यों का त्यों उपयोग में लाए तो हमें कुछ सीमा तक फायदा मिल सकेगा, लेकीन हवा में होने वाला बदलाव ध्यान में न आने के कारन मुरघास बिगड सकता है या फिर मुरघास की गुणात्मकता कम होने की संभावना होती है। उदा. अगर हम ने कम बारिश होने वाले क्षेत्र में किया गया मुरघास देख लिया और उसी पद्धति का मुरघास हमें करना हो और अपने यहाँ अधिक बारिश हो तो बारिश से मुरघास की पुरी तरह से रक्षा करना इस की तरफ हमारा इतना ध्यान नहीं रहता, कम होता है, और अधिक बारिश के वक्त मुरघास खराब होता है और बाद में हम ऐसा तय ही कर लेते है कि अपने क्षेत्र में मुरघास होता ही नहीं। इसलिए हमें पुरी तरह से तकनिक का ज्ञान होना चाहिए। अनेकोबार मुरघास में अलग अलग तरह के पदार्थ डाले जाते हैं। लेकिन ऐसे पदार्थ डालते हुए हमें चारे का प्रकार, चारे में होने वाले पानी में घुलने वाली शक्कर की मात्रा कितनी है, मुरघास करते हुए चारे में होने वाले सुखे घटकों की मात्रा, अपने क्षेत्र की आबोहवा आदी सभी चीजों का अध्ययन करके ही ऐसे पदार्थो को उपयोग में लाना चाहिए। नहीं तो मुरघास लाभदायक होने की अपेक्षा नुकसान करनेवाला होता है और बाद में अपने संपर्क में आने वाले हर एक व्यक्ती को यही समझाते रहते हैं की अपने क्षेत्र में मुरघास सफल क्यों नहीं होता। यह बात बहुत महत्त्व की है। हमारे पास मुरघासका पुरा तकनिक ना हों तो उसे जानकर ही अच्छी तरह से मुरघास बनाएँ।

गोविंद डेअरी में मुरघास के ऐसे ही बहुत से निरीक्षण हुए और बहुत से किसान इस तरह का मुरघास देखने आते और उस तरह मुरघास बनाया करते थे। एकबार वाई गाँव के पास के एक गाँव मे हम मुरघास के संदर्भ में जानकारी देने गए हुए थे, वहाँ पर एक किसान उसी कार्यक्रम में बोलने लगा की मुरघास करना सामान्य किसान का काम नही है। जिस वक्त हम ने उस से पुरी जानकारी ली तब पता चला की उन्हों ने मके के चारे का मुरघास करते हुए, चारे में होने वाले पानी की मात्रा अधिक होते हुए याने सुखे घटकों की मात्रा कम होते हुए मुरघास किया था और उस में नमक, युरिया तथा क्षार पावडर डाली इसलिए खमिर चढाने की प्रक्रिया अच्छी न होने के कारन मुरघास खराब हो गया। इसलिए हमें मुरघास तकनिक शुरू से समझ लेना जरुरी हैं। एकबार जब यह तकनिक हमारी समझमें आ जाता है, फिर हम अलग अलग तरहके मुरघास पुरी तरह से अलग अलग हवा में अलग अलग घटक उपयोग में लाकर कर सकते हैं।

विनियोग

मुरघास याने चारे की बँक है। इस बँक में हम ने चारा जतन कर के रखा है जिसे जब जरुरत लगे उस वक्त हम इस बँक मे होने वाले राशी का विचार कर सकते हैं। मुरघास करते हुए जानवरों को नियमित चारे की रसद देनेके साथही हमें अधिक रूप में होने वाला चारा उपलब्ध करा के उसे मुरघास के रूप में जमा कर के रखना होता है। ऐसे समय चारा, मजदुरी और औजार इनके लिए पहलेसे खर्च करना पडता है। साथ ही मुरघास करने के लिए हमें गड्ढा या पिट बांधना आदी चीजों के लिए पूँजी आवश्यक होती है। हमने अगर खर्चा कम करने के लिए कम खर्च की मुरघास तकनिक को अपनाया तो

तकनिक के अभाव में व्यर्थ गया हुआ मुरघास

भी हमें विनियोग तो करनाही पडता है। इस विनियोग से निश्चित ही अधिक लाभ होता है। लेकिन शुरू में हमें कम अधिक मात्रा में विनियोग तो करना ही पडता है। उस का नियोजन हमें करना जरुरी है।

जगह

मुरघास जमा कर के रखने के लिए हमें गौशाला के नजदिक थोडी जगह की जरुरत होती है। बहुत बार ऐसा देखा गया है कि कुछ चुनिंदा पशुपालकों के लिए जगह की बडी कठिनाई होती है। सामान्य रूप से १५ से २० किलो चारे को मुरघास में जमा करनेके लिए १ घनफीट इतना क्षेत्र लगता है। इसलिए मुरघास करने के लिए जगह की जरुरत यह भी एक मर्यादा हो सकती है।

यातायात

मुरघास एक व्यवसाय बनने के लिए सब से बडी रुकावट है, ऐसे तैयार चारे की यातायात करना। इसलिए तकनिक होते हुए भी और क्षमता होने पर भी हरा चारा एक जगह पर टिकाकर नहीं रख सकते। ऐसा चारा उसी जगह पर सुख जाता है। इसलिए हमें इस विषय पर भी कुछ ना कुछ विकल्प ढूँढ लेना चाहिए।

■ ■ ■

मुरघास से अधिक दूध उत्पादन

मुरघास का दूध व्यवसाय में होने वाला महत्त्व मुरघास की गुणात्मकता के कारन मिलने वाले बढते दूध उत्पादन पर है। कितने किलो मुरघास से कितना लिटर दूध तैयार हुआ और उससे हमें कितना फायदा हुआ। जानवरों को मुरघास खाने में देने से पहले उससे कितने घटक मिलने वाले है? और कौन से कम पडने वाले है? इन सब चीजों की जानकारी पहले लेना यह मुरघासका पुरी तरहसे फायदा उठाने के लिए बहुत ही महत्त्व का है।

- हम जब मुरघास की दूध व्यवसाय में होने वाली भूमिका जाँच रहें होते है उस वक्त हमें अपने गोशाला की पुरी उत्पादकता, अन्य खर्चा, और प्रती लिटर दूध उत्पादन का खर्चा कितना है इन चीजोंका भी अध्ययन करना उतना ही जरुरी है।
- अलग अलग चारा फसलों से हम अच्छे दर्जे का मुरघास बना सकते हैं। साथ ही उचित पद्धति से चारे का नियोजन करने का यह एक अच्छा साधन है।
- मुरघास की पचन क्षमता और उस में होने वाली उर्जा की मात्रा यह मुरघास की गुणात्मकता सिद्ध करने के लिए दो बडे ही महत्त्व के मुद्दे हैं। हमें अपने मुरघास का लक्ष्य १० MJ/ किलो सुखे घटक ऐसा या उससे भी अच्छा रखना चाहिए।
- अधिक उत्पादन के लिए जानवरों को मुरघास बडे च्याव से और काफी मात्रा में खाना चाहिए और उस के लिए मुरघास बनाने की अच्छी तकनिक अध्ययनपूर्वक उपयोग में लानी चाहिए। मुरघास बनाते हुए पानी की मात्रा कम करने के लिए चारे को निश्चित मात्रा तकही सुखाना पडता है, अगर हम उसे निश्चित मात्रा में ना सुखायें तो हमें जितनी मात्रा में चाहिए उतना दूध उत्पादन नहीं मिलेगा।
- मुरघास करते हुए चारे के कुट्टी की लंबाई अगर हमने कम रखी तो मुरघास अच्छा तो बनता ही है और अच्छे से दब कर बैठ जाता है जिस से अधिक से अधिक हवा बाहर निकल जाती है और इसी कारन जमा करने की तथा खट्टा करने की प्रक्रिया में होने वाला अन्नघटकों का अपव्यय कम होता है और इस तरह से अधिक मात्रा में उपलब्ध होने वाले घटक बढते दूध उत्पादन के लिए कारण बनते हैं।
- मुरघास बनाते हुए सब परिस्थिती अच्छी हों तो मुरघास अच्छा होता हैही लेकिन कभी कभी कुछ कठिनाइयाँ हों तो हम बाह्य पदार्थोंका उपयोग करके उस परिस्थिती पर मात करके एक किलो मुरघास से जो दूध उत्पादन हमें पाना है वह हम पा सकते हैं।

- मुरघास अगर जानवर के आहार का मुख्य घटक हो तो जानवरों को मुरघास खाने में देने के लिए एक निश्चित समय रखना जरुरी होता है। अगर हम उतना समय नहीं दे पाते तो जानवर ऐसा मुरघास कम खाता है और दूध उत्पादन कम मिलनेकी संभावना होती है। इसलिए ऐसा समय भी बहुत महत्त्वपूर्ण है।
- अगर हम मुरघास आधारित संतुलित आहार अपने जानवरों को दे रहे हो तो उसमें से अपने जानवरों को आवश्यक प्रथिन, रेषेदार पदार्थ तथा क्षार मिल रहे हैं या नहीं यह देखना जरुरी हैं।

मुरघास से हमें अगर ज्यादा दूध उत्पादन चाहिए तो उस के लिए कौन कौन से घटक कारणमात्र है यह अब हम देखना हैं :

मुरघास में होने वाली पचनक्षमता या उस में होने वाली उर्जा इन का दूध की वृद्धीसे प्रत्यक्ष संबंध है। इस के अध्ययन से ऐसा बताया जाता है की चारे की पचनीयता १% बढ गयी तो ३५० मि.लिटर दूध उत्पादन बढता है। इसलिए मुरघास अधिक पचनक्षम होना चाहिए। साथ ही मुरघास का उपयोग करते हुए महंगावाला पशुखाद्य कम करना चाहिए। अगर मुरघास अच्छा पचनक्षम हो तो हर एक एक प्रतिशत पचनीय घटक का उपयोग कर के हम हरएक दिन में प्रति जानवर लगभग ६७० ग्रॅम पशुखाद्य कम कर सकते हैं। नीचे दी गयी सारिणी के अनुसार ऐसा दिखता है कि अच्छा मुरघास और कम पशुखाद्य और कम गुणात्मकता युक्त मुरघास और अधिक पशुखाद्य यह एक समीकरण ही है। इससे मुरघास का आहार में होने वाला महत्त्व हमारी ध्यानमें आता है।

मुरघास के पचनीय क्षमतापर परिणाम करने वाले कुछ मुद्दे हम देखते हैं :

१. मुरघास करने के लिए चारा फसल का कौन से बायन का उपयोग किया गया हैं?

२. मुरघास के लिए काटते वक्त चारे की गुणात्मकता कैसी थी?

३. मुरघास बनाते हुए हमने कितनी अच्छी तरह से उसकी गुणात्मकता को कायम रखा है?

मुरघास के लिए चारे की उचित समयपर कटाई का महत्त्व

हमें मुरघास से अधिक से अधिक दूध उत्पादन लेना हो तो हम हरे चारे की कटाई उस के बढने की कौन से चरण में करते हैं यह देखना जरुरी है क्योंकि इस के उपर उस में होने वाले अन्नघटकों की मात्रा अवलंबित होती है। जितने अन्नघटक ज्यादा, उतनी

अ.नं.	ब्यौरा	अधिक पचनीय मुरघास		कम पचनीय मुरघास	
		अधिक पशुखाद्य	कम पशुखाद्य	अधिक पशुखाद्य	कम पशुखाद्य
१.	कुल मिला कर चारा उत्पादन (टन सुखे घटक/हेक्टर)	९.४		११.३	
२.	सरसरी तौरपर पचनीय क्षमता	६९		६२.१	
३.	मुरघास सेवन (किलो सुखे घटक / दिन)	८.६२	१०.८	८.५	१०.३
४.	पशुखाद्य सेवन (किलो सुखे घटक/दिन)	८.३२	४.२	८.३	४.२३
५.	दूध उत्पादन (किलो/दिन)	२१.६	१९.६	१९.५	१६.२
६.	शरीर के वजन में बदलाव (किलो/दिन)	०.४७	०.३	०.४	०.२

मुरघास की गुणात्मकता अच्छी और जिस मात्रा में मुरघास अच्छा उस मात्रा में कम पशुखाद्य में अधिक दूध उत्पादन! चारा काटने का उचित समय उसकी गुणात्मकता और कुलमिला कर उत्पादन इस पर अवलंबित है। यह उचित समय साधना महत्त्व का है।

मुरघास की खमिर चढाने की प्रक्रिया

खमिर चढने की क्षमता पर मुरघास की गुणवत्ता अवलंबित होती है। अगर मुरघास की खमिर चढाने की प्रक्रिया कम दर्जे की हो तो उस का सामू अधिक होता है, अमोनियम नत्र की मात्रा अधिक हो, तो कुल मिला कर पचनीय क्षमता कम होती है। इस तरह का मुरघास जानवर कम च्याव से और कम खाते है। ऐसे समय अगर चारा ठीक न हो तो हम अलग अलग प्रकार के बाह्य पदार्थोंका डालकर खमिर चढाने की प्रक्रिया को कुछ मात्रा में सुधार सकते हैं और इस से दूध उत्पादन बढ सकता है।

चारे में होने वाले सुखे घटकों की मात्रा

जैसा की हमने पहले देखा है, मुरघास बनाते हुए हमें चारे में होने वाली पानी की मात्रा एकदम उचित रखनी पडती है, इससे मुरघास की गुणात्मकता अच्छी होती है। अगर हम मुरघास बनाने से पहले चारे को अच्छी मात्रा में सुखायें तो जानवर मुरघास को बडे च्याव से खाते हैं और आहार बढने की वजह से हमें अधिक दूध उत्पादन मिलता है।

मुरघास गुणात्मकता के लिए बाह्य पदार्थ

जब चारे की गुणात्मकता सुखे घटकों की मात्रा या अन्य चीजें कुछ मात्रा में हमारे पास ना हों तो इससे होने वाले दुष्परिणामों को रोकने के लिए कुछ बाह्य पदार्थों की मदद लेनी पडती है, ऐसे पदार्थों का कब उपयोग करना है इसके बारे में देखते हैं।

१. मुरघास करते हुए जिस समय हमें चारा सुखाने के लिए, हवा के कारन रुकावट निर्माण होती है उस वक्त अपना मुरघास अच्छा नहीं होगा, या कम दर्जे का हो सकता है यह हमें पता होता है। यह कठिनाई दूर करनेके लिए, खट्टा करने की प्रक्रिया अच्छी होने के लिए हम बाह्य पदार्थ उपयोग में ला सकते हैं।

२. जब किसी भी तरह के बाह्य पदार्थ न डालते हुए हम हमारे पुरे निकष लगा कर अच्छा मुरघास कर सकते है तब भी मुरघास की गुणात्मकता अधिक अच्छी करने के लिए हम बाह्य पदार्थों का उपयोग कर सकते हैं।

३. मुरघास खाने में देते हुए खराब हो जाने की संभावना होती है। इसे टालने के लिए भी हम बाह्य पदार्थों का उपयोग कर सकते हैं।

अ.नं.	**ब्यौरा**	**चर पानी की मात्रा कम करना** (wilting)	
१.	मुरघास करते हुए चारे के सुखे घटक	२८	४४
२.	मुरघास करते हुए चारे की पचन क्षमता	६७	६८
३.	मुरघास करते हुए चारे की प्रथिन (%)	१५.६	१५.६
४.	मुरघास करते हुए चारे के पानी में घुलनेवाले शक्कर की मात्रा (%)	४.५	६.९
५.	जानवर का मुरघास सेवन सुखे घटक (किलो/दिन)	९.८	१०
६.	जानवर का दूध उत्पादन (किलो/दिन)	१०.६	११.३

अ. नं.	ब्यौरा	ना सुखाया हुआ (१८% सुखे घटक)		सुखाया हुआ (३२% सुखे घटक)	
		जीवाणूओं का उपयोग नही	जीवाणूओं का उपयोग	जीवाणूओं का उपयोग नहीं	जीवाणूओं का उपयोग
१.	मुरघास सेवन (सुखे घटक किलो/दिन)	१०.४	१०.७	१२.६	१२.७
२.	दूध उत्पादन (किलो/दिन)	२१.६	२२.१	२२.६	२२.७
३.	फॅट उत्पादन (किलो/दिन)	०.९७	०.९९	१.०२	१.०४
४.	प्रथिन (किलो/दिन)	०.७	०.७१	०.७३	०.७५

चारे के कुट्टी की लंबाई

चारे के कुट्टी की लंबाई मुरघास में बहुत महत्त्वपूर्ण भूमिका निभाती है। इस मे मुख्यतः मुरघास की खट्टा करने की प्रक्रिया, जमा कर के रखते हुए होने वाला नुकसान, मुरघास हवाबंद कर के रखते हुए और चारे की पचन क्षमता याने जानवर की दूध उत्पादन क्षमता इन महत्त्व की चीजों का समावेश होता है।

१. अगर हम कुट्टी को अधिक मात्रा में छोटी करें तो अधिक से अधिक छोटे तुकडों के कारन पानी में घुलने वाली शक्कर की मात्रा अधिक गती से खट्टा करने की प्रक्रिया के लिए उपलब्ध होती है इसलिए यह प्रक्रिया अच्छी बनती है और कम समय में अधिक से अधिक पानी में घुलनेवाली शक्कर मिलने के कारन इस शक्कर का उपरी प्रक्रिया के अनुसार लॅक्टीक आम्ल में परिवर्तन होता है इस तरह आम्ल की मात्रा बढनेके कारन सामू कम होनेमें मदद मिलती है। इसलिए जीवाणू जल्दी से सुप्तावस्था में जाते है और सुखे घटक, उपलब्ध उर्जा इनकी गुणात्मकता अच्छी तरह से कायम रखी जाती है। साथ ही प्रथिनों का विभाजन टल जाता है और प्रथिनों का दर्जा अच्छा रहता है।

२. छोटी कुट्टी से दुसरा महत्त्वपूर्ण लाभ मिलता है याने ऐसी छोटी कुट्टी अच्छी तरह से दब जाती है। उस में होने वाली अधिक से अधिक हवा बाहर निकलती है। इस तरह अधिक से अधिक ऑक्सिजन बाहर निकलने के बाद मुरघास की ऑक्सिडेशन की प्रक्रिया जल्दी से खत्म होती है इसलिए अन्नघटकों का नुकसान नहीं होता। जिस से काई होकर चारा खराब होने की मात्रा कम होती है।

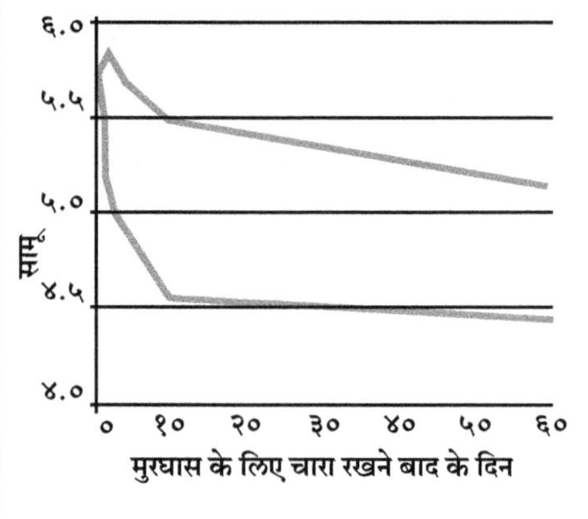

मुरघास प्रक्रिया में चारे की कुट्टी करते हुए उस की लंबाई और दर्जे पर (कम सामू अच्छा दर्जा) होने वाला परिणाम ।

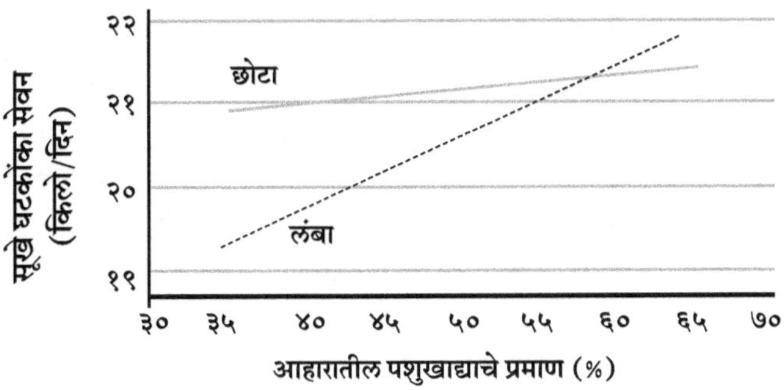

चारे की कुट्टी के आकार का, मुरघास का सेवन तथा दूध उत्पादन इसपर कम या अधिक पशुखाद्य देने से होनेवाला परिणाम इस आलेख में दर्शाया है।

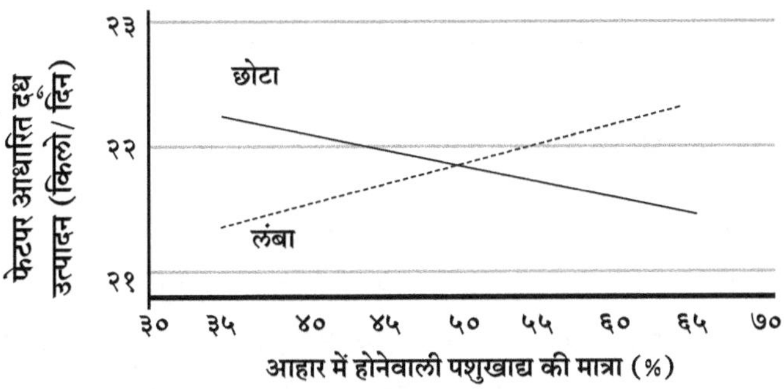

इसमें चारे की कुट्टी की लंबाई छोटी यानी ५ मिमी और लंबी याने १०० मिमी है।

मुरघास करते समय चारे की कुट्टी का सेवन का दूध उत्पादन के उपर होनेवाला परिणाम ।

३. जिस चारे में पानी में घुलने वाली शक्कर की मात्रा कम होती है उस वक्त खट्टा करने की प्रक्रिया अच्छी होती है।

४. यातायात करने के लिए कम से कम जगह में अधिक चारा आता है। साथ ही कम से कम जगह में भी अधिक मुरघास तैयार होता है याने जमा करने की अच्छी क्षमता तैयार होती है।

अ.नं.	ब्यौरा	चारे के कुट्टी की अपेक्षित लंबाई (मि.मी.)			
१.	प्रत्यक्ष में कुट्टी की लंबाई (मि.मी.)	१०.७	२१	३७.१	४६.८
२.	सुखे घटक सेवन (किलो/दिन)	१६.४	१६.३	१६.१	१६.२
३.	दूध उत्पादन (किलो/दिन)	२४.२	२३.७	२३.६	२३.८
४.	दूधमें होने वाली फॅट की मात्रा (%)	३.६९	३.७	३.८२	३.७९
५.	दूधमें होने वाले प्रथिनों की मात्रा (%)	३.०३	३.०६	३.०८	३.०४
६.	शरीर के वजन की वृध्दी (किलो/दिन)	०.२६	०.२१	०	०.३१

२७% सुखे घटक होनेवाले चारेका मुरघास करते हुए, उसके कुट्टी के लंबाई को दूध उत्पादन और आहार में होनेवाले सुखे घटकों के सेवनपर होनेवाला परिणाम इस सारिणीमें दिया हैं।

अ.नं.	ब्यौरा	प्रत्यक्ष में चारे के कुट्टी की लंबाई (मि.मी.)		
		कम लंबी (९.४ मि.मी.)	मध्यम (१७.०४)	लंबी (७२.० मि.मी.)
१.	प्रत्यक्ष में कुट्टी की लंबाई (मि.मी.)	१०.७	२१	३७.१०
२.	सुखे घटक सेवन (किलो/दिन)	१६.४०	१६.३०	१६.१०
३.	दूध उत्पादन (किलो/दिन)	२४.२०	२३.७	२३.६
४.	दूध में होने वाले फॅटकी मात्रा (%)	३.६९	३.७	३.८२
५.	दूधमें होने वाले प्रथिनोंकी मात्रा	३.०३	३.७०	३.८२
६.	शरीर के वजन में वृद्धी (किलो/दिन)	०.२६	०.२१	०.००

राय घास के कुट्टी की लंबाई और उस का परिणाम

५. कम लंबाई होने वाले कुट्टी का मुरघास जानवर बडी कुट्टी की अपेक्षा अधिक च्याव से खाते हैं इसलिए आहार में वृद्धी हो कर दूध उत्पादन बढता है।
६. अगर कुट्टी का आकार छोटा हो तो जानवर च्याव से और अधिक खाते हैं।

अन्नघटकों का नुकसान

मुरघास करते हुए या उसे जमा कर के रखते हुए, साथही जानवरों को खाने में देते हुए अन्नघटकों का नुकसान होता रहता है उस की तरफ हमें ध्यान देना जरुरी है। यह नुकसान अलग अलग चीजों के कारन होता है। उस में होने वाले महत्त्वपूर्ण मुद्दे याने चारे का प्रकार, और उस मे होने वाले अन्नघटक, हवा, मुरघास की पद्धति और मुरघासका नियोजन यह हैं।

■ ■ ■

कुट्टी ना करते हुए घास के सुखाने पद्धति के अनुसार सुखे घटकों पर होने वाला परिणाम

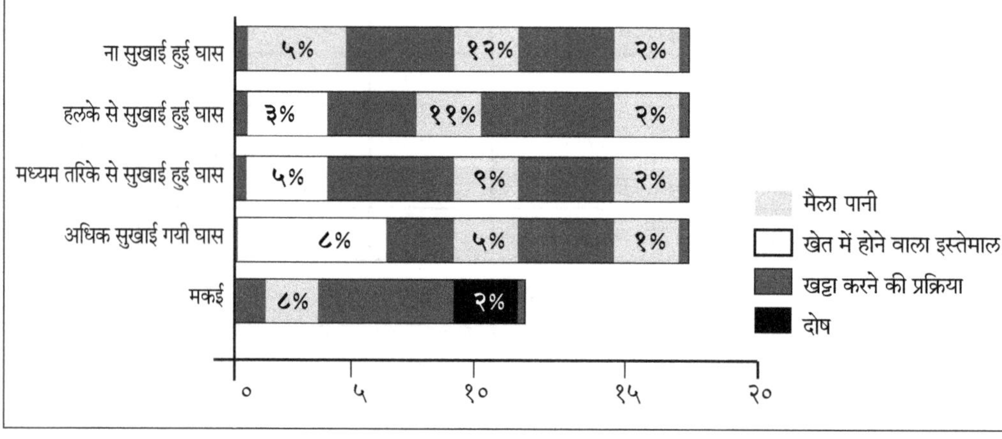

मुरघास की गुणवत्ता कैसे पहचानेंगे ?

पुरी तरहसे सावधानी बरती हो तो तीन हफ्तो में मुरघास की खट्टा करने की प्रक्रिया पुरी हो जाती है। यह प्रक्रिया कितनी अच्छी तरह से हुई है इस का मूल्यमापन करने के लिए हम सामू की जाँच कर सकते हैं। सामान्य रूप से मुरघास में होने वाला सामू ३.५ से ४.३ के बीच होता है। लॅक्टिक आम्ल की मात्रा ४.६% के बीच, अॅसेटिक आम्ल की मात्रा २%, प्रोपिओनिक आम्लकी मात्रा ०.१% और ब्युटेरिक आम्लकी मात्रा ०.१% ऐसी होती है। साथ ही अमोनिया नायट्रोजन की मात्रा ५% से कम हों। मुरघास का तापमान हवा के तापमान की तरह होता है। अगर तापमान अधिक हो तो उसमें ऑक्सिजन की मात्रा ज्यादा हों सकती है। मुरघास की गंध क्लोस्ट्रीडीयल मुरघास में जैसी आती है वैसी विकृत गंध (rancid) ना हों। जब व्हिनेगर की तरह गंध आता है तब मुरघास में अॅसेटिक आम्ल की मात्रा अधिक होती है। मुरघास को जब अल्कोहोल की तरह गंध आती है तब हम उसे जानवर को खाने को देते हैं। मुरघास में मोल्ड की मात्रा न हों अगर वैसा है तो मुरघास में सुखे पदार्थों की मात्रा अधिक है या मुरघास अच्छी तरह से बंद किया होगा।

मुरघास का मूल्यमापन कैसे करेंगे ?

पहला चरण – मुरघास का नमुना जमा करते वक्त यह नमुना प्रातिनिधीक स्वरूप का होना चाहिए।

दुसरा चरण – बाद में उस का प्रत्यक्ष दिखना और बनावट जाँचना

तिसरा चरण – रंग जाँचना

चौथा चरण – गंध जाँचना

गुणांकन के अनुसार मुरघास का श्रेणीकरण दिखाने वाली सारिणी

अ.क्र.	मुरघास का गुणांकन	मुरघास की गुणात्मकता
१.	७६ ते १००	अच्छा
२.	५१ ते ७५	संतोषजनक
३.	२६ ते ५०	ठीक
४.	० ते २५	खराब

प्रत्यक्ष जाँच

अ.क्र.	प्रत्यक्ष जाँच	मुरघास के गुणधर्म और उस के अर्थ
१.	अधिक पत्ते और नरम	ऐसे मुरघास में अधिक उर्जा होती है और प्रथिनों की मात्रा भी अधिक होती है।
२.	अधिक पत्ते लेकिन अधिक रेषेदार	ऐसे मुरघास में कम उर्जा और पचनक्षमता होती है।
३.	अधिक रेषेदार, कम पत्ते, अनाज की मात्रा	चारे को देर में काटा, इसलिए कम उर्जा और प्रथिन
४.	मुरघास में द्विदल चारा	मुरघास में होने वाले कच्चे प्रथिनों की मात्रा बढती है।
५.	मुरघास में काई	मुरघास में हवा गई होगी इस मे सुखे घटकों का नुकसान होता है साथ ही उर्जा कम होती है।
६.	मुरघास अधिक गीला और पानी बहने वाला	मुरघास दबाने से सहजता से पानी बाहर आता है, मुरघास करते हुए पानी की मात्रा अधिक, खट्टा करने की प्रक्रिया कम मात्रा में और अन्नघटक कम होते हैं।
७.	सुखा हुआ मुरघास	मुरघास करते हुए अधिक सुखे घटकों की मात्रा, कम दबाव, तापमान में वृध्दी, उर्जा और प्रथिनों का विघटन होता है।

रंग की जाँच

अ.नं.	मुरघास रंग	मुरघास के गुणधर्म और उस के अर्थ
१.	अधिक गहरा हरा रंग	पानी की मात्रा अधिक होने वाला, कम खटाई होने वाला मुरघास, खट्टी और सडी हुई गंध, अधिक द्विदल या अपरिपक्व चारा, अधिक नत्र खतों का उपयोग किया गया चारा।
२.	गहरा हरा या कत्थई	सुखे हुए द्विदल चारे का रंग हमेशा एक दल चारे की अपेक्षा गहरा होता है।
३.	हलके हरे से हरा/कत्थई	सामान्यरूप से घास का रंग, मकई या एकदल चारा
४.	हल्का हरा पिला	सुखे हुए चारे का मुरघास, अधिक सुखाया और सीमित खट्टा करने की प्रक्रिया, थोडा हरा होता है।
५.	हलका कत्थई	देर से काटा हुआ एकदल चारा, पानी की कम मात्रा, अधिक गिले मुरघास का तह ऐसा होता है।

६.	कत्थई	कुछ मात्रा में गरम, खाने में देते हुए अधिक समय तक खुला रहने से, कम पचनीयता और प्रथिन अधिक सुखा हुआ मुरघास
७.	गहरा कत्थई	बहुत गरम, सतह पर काले धब्बे, कम गुणात्मकता, कम हवाबंद क्षमता, अच्छी तरह से दबाया गया नहीं, अच्छी तरह से बंद नहीं किया गया।

गंध द्वारा जाँच

अ.नं.	गंध	मुरघासके गुणधर्म और उसके अर्थ
१.	सौम्य, आनंद प्रदान करने वाली, खट्टा	सामान्यतः लॅक्टिक आम्ल खट्टा करने की योग्य प्रक्रिया
२.	दूध या प्राकृतिक योगर्ट, कम गंध, हल्की मिठी खुशबू	अधिक सुखा हुआ चारा, सीमित खट्टा करने की प्रक्रिया, कम शक्कर का चारा, अच्छी खुशबु, सुखे घटक कम
३.	मीठा, अल्कोहोल खुशबु, खट्टा व्हिनेगर गंध	कम खट्टा करने की प्रक्रिया, अधिक लॅक्टिक आम्ल, जीवाणू, कम सुखे घटक और उर्जा
४.	सडा हुआ बटर, पुदीयुक्त खुशबु	क्लोस्ट्रीडीयल कम दर्जेका, खट्टा करने की प्रक्रिया अधिक ब्युटेरिक आम्ल, गीला और चिपचिपा मुरघास
५.	मजबूत तंबाखू या कारमेल का स्वाद, शक्कर ज्वलन की गंध	गहरा कत्थई रंग, अधिक गरम मुरघास, कम दर्जा
६.	काई की बू और कम आम्ल की गंध	कम दबाने के कारन या अच्छी तरह से बंद न करने के कारन काई युक्त मुरघास, गरम और सडी हुई गंध ।

ब्यौरा	सामू (२५)		पानी की मात्रा (२०)		गंध (२५)		रंग (२०)		पोत (१०)	
	प्रत्यक्ष	गुणांकन	प्रत्यक्ष	गुणांकन	प्रत्यक्ष	गुणांकन	प्रत्यक्ष	गुणांकन	प्रत्यक्ष	गुणांकन
अच्छा	४.० से ३.४	१४ से २५	७० से ७७ १	२ से २०	खुशनुमा मिठी और आम्लीय	१८ से २५	हल्का पिला	१४ से २०	चिपचिपा न होनेवाला ढिला और नरम	८ से १०
संतोषजनक	४.३ से ४.०	७ से १३	७८ से ८०	८ से ११	हल्का आम्लीय	९ से १७	कत्थई पिला	८ से १३	मध्यम ढीला और नरम	४ से ७
ठीक	४.७ से ४.४	१ से ६	८५ से ८१	१से ७	तीव्र अल्कोहोल तथा आम्लीय	१ से ८	हल्का पिला	१ से ७ थोडा	चिपचिपा	१ से ३
खराब	४.८ के उपर	०	८६ से अधिक	०	काई जैसा गंध	०	गहरा पिला	०	सडा हुआ	०

यशोगाथाएँ

पशुपालकों को अद्यतन तकनिक चाहिए लेकिन उन की अपनी पद्धति से। जो तकनिक हम उन्हे देते है उस का अवलंब करते हुए उन्हें कौन सी कठिनाइयों का सामना करना पडता है इस का विचार होना चाहिए। गोविंद डेअरी में मुक्त संचार गौशाला यह संकल्पना अच्छी तरह से जम गई उसी के साथ कमखर्च की हायड्रोपोनिक तकनिक, अझोला, मुरघास और अन्य बहुतसी आधुनिक तकनिक पुशपालकों तक सफलता से पहुँचायी गयी। पशुपालकों द्वारा किये गये कम खर्च के परिक्षण अन्य पशुपालकों को अच्छे लगते हैं, आसान लगते हैं, और अन्य पशुपालक उन का अनुकरण करते हैं। ऐसे सफल पशुपालकों की यशोगाथा आगे दी गयी है। इसमें उन्हे आयी हुई कठिनाइयाँ और उन पर उन्हों ने कैसे मात कर दी और आज वे मुरघास तकनिक सफलता से कैसे करते हैं? यह बातें आप को निश्चय ही प्रेरणादायी लगेंगी। इसी पद्धति से इस तकनिक का अवलंब कर के सिर्फ उपयोग पर अवलंबित न रह कर उस में अधिक संशोधन कर के अपने क्षेत्र के लिए, अपने पशुओं के लिए और अपने पद्धति से मुरघास कैसे बनाया जा सकता है, और अपनी खुद की अद्यतन तकनिक कैसे विकसित कर सकते है इन बातों की तरफ आज के पशुपालकों को ध्यान देने की जरुरत है।

सौ टन मुरघास निर्मिती क्षमता तैयार करने वाले सांघवी के मच्छिंद्र वाघ!

आजकल चारा बहुत ही महंगा हुआ है। इस समस्या को ध्यान में लेते हुए पुणे जिले के सांगवी स्थित मच्छिंद्र वाघ इस युवा किसानने अपनी गौशालामें कम खर्च में लगभग सौ टन मुरघास निर्मिती की क्षमता तैयार की है। साथ में मुक्तसंचार गौशाला को भी अपनाकर लगभग २५ गौओं का दुग्धव्यवसाय लाभदायक किया है।

जहाँपर सातारा जिले की हद शुरू हो जाती है, ऐसे सांघवी गाव में (ता. बारामती, जि.पुणे) दुग्ध व्यवसाय करने पर किसानों का जोर है। गाव के युवा किसान मच्छिंद्र दादासाहेब वाघ, पतसंस्था मे होने वाली नोकरी संभालकर खेती और दूग्धव्यवसाय कर रहे थे। घर की साडेतीन एकड जमीन, इस में ईख, मौसमी और चारा फसलें ले जाती थी। धीरे धीरे गौओं की संख्या बढती गयी। दो गौओं पर से २००७ में पाँच गौंए हो गयी। उन्हों ने सुगठित छोटी गौशाला बनायी। अनेकों बार अकाल की स्थिती आयी फिर भी गौओं का संगोपन कायम रखा। पतसंस्था द्वारा दुग्धोपदकों को कर्ज की रसद की जाती थी। इससे अनेको प्रयोगशील किसानों से पहचान होकर उनके व्यवस्थापन की महत्त्वपूर्ण बातों की जानकारी मिलती गई।

मुक्त संचार गौशाला

मच्छिंद्र, उनके पिता दादासाहेब और पत्नी स्वाती इन की मदद से गौशाला का व्यवस्थापन देखते हैं। पहले सुगठित गौशाला में मजदूरों की कमी, चारा, गौओं की बिमारी इन मुख्य समस्याओं के कारन दुग्धोत्पादन कम हो रहा था। इसलिए २०१४ में घर से कुछ दुरीपर बांबू तथा तार के सहारे से मुक्तसंचार गौशाला बनायी। इस में जब चाहे उस वक्त गौओंको पानी मिले इसलिए पाईप से पानी की सुविधा बनायी। चारा देने के लिए सिमेंट पाईप की चरनी खडी की। जानवरों को छाँव प्राप्त हो इसलिए मुक्तसंचार गौशाला में दो नारीयल के और अन्य पेड लगायें। आज मच्छिंद्र लगभग २५ बडे गौओं का नियोजन करते हैं। मुक्त संचार गौशाला की वजह से मजदूरों पर खर्चा कम होने लगा। घर के सभी सदस्यों की मददसे नियोजन आसान होने लगा।

चारे की समस्या

गौओं की संख्या बढने के कारन चारे की माँग और उस पर होने वाला खर्चा बढ रहा था। अकालग्रस्त क्षेत्र होने के कारन गर्मी में चारे का भाव ज्यादा होता है। इसलिए बचत कम होती थी। कडबी को छोड कर अन्य चारे को जमा कर के भी नहीं रख सकते थे। घर के खेती का चारा काफी नही हो रहा था। उसे बाहर से लाते हुए भाव तथा

यातायात का भी खर्चा बढ रहा था। कभी कभी कम दर्जे का चारा लेना पडता था। गौओं को पोषक चारा सालभर मिलें इस के लिए कुछ तो करना चाहिए ऐसा लगने लगा। इसीसे मुरघासका विकल्प आगे आया।

मुरघास चारे की निर्मिती

दिपावली के पर्वमें गोविंद डेअरी द्वारा पंजाब में प्रायोजित किए गए यात्रा में पाँच सौं से तीनहजार जानवरों की गौशालाएँ और हजार टन चारानिर्मिती युनिट्स देखने को मिली। उसी से मुरघास विस्तार की दिशा और आत्मविश्वास प्राप्त हुआ। उस क्षेत्र के कुछ किसान मुरघास बना रहे थे। उस को मच्छिंद्र ने बारिकीसे देखा। साथ ही फलटण स्थित गोविंद डेअरी के अधिकारीयों ने भी मार्गदर्शन किया। आसपास के किसानों द्वारा बनाया मुरघास उन्हों ने देखा। लेकिन इतना बडा मुरघास बनाने की हिम्मत नहीं हो रही थी। इतना किमती चारा जमिन में गाडकर रखना। वह अच्छा कैसे रहेंगा? यह आशंका परिवारवालों के मन में थी। इसलिए शुरू में छोटे स्वरूप में होने वाले ९५ x ९५ x १०० सें.मी. आकार के एचडीपीई थैली में मुरघास करने का सोचा। इन थैलीयों को अंदर से प्लास्टिक का पेपर होने के कारन हमें हवाबंद वातावरण बनाने को मदद मिलती है।

फुल की स्थिती में होने वाले मके को एक दिन पहले ही काटने के कारन उस की पानी की मात्रा अपने जरुरत के अनुसार कम हो गयी थी। जानवरों के गौशाला के नजदिक ऐसी थैली रख कर उस में चारे की कुट्टी भरना शुरू किया। इस तरह से एक से देढ फीट चारे का स्तर बनने के बाद चारा अच्छी तरह से दबाया जाता था। चारे को थैली में पैर से दबाने के लिए एक आदमी को रखा गया था। इस तरह से चारे के एक के उपर एक स्तर डाले जाते थे और उसे अच्छी तरह से दबाया भी जा रहा था। इस तरह के चारे में शुरू में कुछ भी डाला नहीं गया। चारा पुरी तरह से भरने के बाद फिर से अच्छी तरह से दबाया और अंदर का प्लास्टिक का कागज बांध कर थैली को हवाबंद किया गया, बाद में बाहर वाली थैली भी दबा कर बंद कर ली गयी। बाद में उस पर वजन रख कर हवा का दबाव तैयार किया

मुरघास को थैलीयों में भरने के लिए किया गया टोकरीयों का उपयोग।

गया। इस तरह से वाघ जी ने २०१५ में एक टन की पाँच थैलीयों में मुरघास तैयार किया। इसमें से चार थैलीयों का उपयोग ४५ दिनोंके बाद किया।

पहिली थैली जब खोली तब मन में आशंका थी, अपना मुरघास अच्छा होगा या नहीं ? बहुत बार हम ऐसे काम अपने परिवार के विरोध में जाकर करते हैं , उसवक्त वह सफल होगा या नहीं इस के प्रति हमें जरुर चिंता रहती है वैसा ही इसबार भी हुआ, लेकिन कियी गयी मेहनत और गोविंद के विस्तार अधिकारी श्री. चव्हाण साहेबजी इनके तंत्रशुध्द मार्गदर्शन की अच्छी पद्धति इस से अच्छे रंग का और कउठ के गंध का हलके पिले रंगका मुरघास बन गया।

जानवरों को यह मुरघास खाने में देने पर उन्हों ने इसे बडी च्याव से खाया और मन का बोझ हल्का हुआ। बाद में एक दो दिन के बाद ही मुरघास के लाभ दिखाई दिए। पहले तो जानवर च्याव से सभी चारा खाने लगे, इसलिए जानवरों के आहार की मात्रा बढ गयी साथ ही गोबर भी थोडा गाढा आने लगा। दूध के साथ साथ उसकी गुणात्मकता में भी वृध्दी हो गयी। हररोज बाहरसे कम चारा लेकर आना पडता था इसलिए तकलिफ कम हो गयी थी। कुल मिलाकर अच्छा परिणाम दिखायी देता था। इस तरह से चार थैलीयाँ उपयोगमें लायी गयी और एक बाकी रही थैली ६ महिनों के बाद उपयोग में लायी गयी।

गड्ढे मे मुरघास निर्मिती

थैलीके मुरघास के कारन अब मुरघास से होने वाले लाभ ध्यान में आए थे। और फिर से मुरघास करना था। लेकिन जानवरों की संख्या अधिक होने के कारन थैली में किया जाने वाला मुरघास करना अधिक खर्चेका और अधिक जगह लेने वाला था। साथही थैली वाले मुरघास के लिए मजदुरी का खर्चा भी अधिक लगता है। इसलिए अब की बार पिट में होने वाला मुरघास करना तय किया। लेकिन पिट के लिए अधिक पैसे लगने वाले थे और उस वक्त वह नहीं थे। लेकिन यह कठिनाई दूर करने के लिए जमिन में गड्ढा लेकर उसमें मुरघास करना तय किया। इसलिए क्रमशः १२ x ३५ x ३ फीट चौडाई, लंबाई और उंचाई वाला गड्ढा तैयार किया गया। गड्ढे मे होने वाली मिट्टी कठीन होने के कारन उस पर पत्तियाँ, घास डाली गयी और उस पर प्लास्टिकका कागज डाला जिस से चारा दबाते हुए कागज ना फटे। इस में चारा डालकर बाद में ट्रॅक्टर की सहायता से दबाया। गड्ढा पुरी तरह से भरने के बाद प्लास्टिक का कागज पुरी तरह से हवाबंद किया गया और उस पर मिट्टी का एक फीटका स्तर बनाया गया। लगभग ५० दिनों के बाद उस में होने वाला चारा देना शुरू किया। इन जानवरों को मुरघास से बहुत लाभ हो गया। मुक्त संचार गौशाला पद्धति के कारन काम कम हो गया था। बारिश के होते हुए भी खेतसे चारा लेकर आनेकी तकलिफ इस गड्ढे के मुरघास के कारन पुरी तरह से कम हो गयी थी। अब सिर्फ यहाँ से चारा उठाकर चरनी में डालना। इस मुरघास पद्धति से खर्च में कटौती होकर उत्पन्न बढ गया था इससे आर्थिक स्थिती भी अच्छी हो गयी थी। इस के अनुसार अब गड्ढे के मुरघास से बदल कर कायम होने वाला पिट बांधना तय किया। इस तरह से इस मुरघास का लाभ ध्यान में आने के कारन साल भर पुरा होगा ऐसे मुरघास का नियोजन करना शुरू किया।

मुरघास पिट पद्धति

गड्ढा मुरघास पद्धति के अनुसार गड्ढा और उस पर बिछाया गया कागज।

गड्ढे में कुट्टी गिरे ,इस पद्धति से लगाया गया यंत्र।

गड्ढे में होने वाली कुछ तकलिफों के कारन और आर्थिक स्थिती अच्छी होने के कारन जमिन पर पिट बांध कर मुरघास करना तय किया। इस में अभी दो पिट बांधे उस के लिए एक लाख पंदरह हजार का खर्चा आया। इस पिट का आकार चौडाई २५ x लंबाई ३५ और उंचाई ४ फीट ऐसा था। इस में तीनो बाजूओं से दिवार बांध कर और एक बाजू खाली रखी गयी है। इस में हर एक ३५ टन का ऐसे ७० टन क्षमता वाले युनिटको तैयार किया है। इस के अतिरिक्त गड्ढेका ३० टन क्षमता वाला युनिट तैयार किया है। इस तरह कुल मिला कर १०० टन चारा इस साल के बारीश के मौसम में उपलब्ध होगा, इस रिती से सौ टन चारा निर्मिती की क्षमता विकसित हो गयी है।

कितने समय तक चारा पूरा पडेगा ?

मच्छिंद्र कहते हैं, कि ३० गौओं को एक समय इस मात्रा में हररोज चारा देनेसे २५ टन चारा दो महिनों तक पूरा पडेगा। उन्हों ने गड्ढे की मुरघास निर्मिती कम खर्चमे की है। बांधे हुए युनिट को एक लाख १५ हजार का खर्चा आया है।

मुरघास नियोजन के लिए उपयुक्त सूचनाएँ

- गड्ढा करते हुए चढाई वाली जगह चुने, जिस से पानी नहीं जमा हो पाएगा। मकई के बुट्टे रस की अवस्था में होने के वक्त चारा काँटे।
- मकई की कटाई कर के एक दिन के वैसे ही खेत में रखकर दुसरे दिन कुट्टी करें।
- युनिट हवाबंद होने के लिए अधिक से दबाव डाले।
- गौओं को गरमी के मौसम में काफी मात्रा में और पोषक चारा मिलने के कारन दुग्धोत्पादन में बढौती हुई।
- चारे की किमत हर बारीश के मौसम में टन के लिए १५०० से १७०० थी, उसी समय उसे खरीद कर उस का मुरघास बनाया यहीं चारा गरमी के मौसम कम से कम २००० रुपयों में लेना पडता था। दूध व्यवसाय के खर्चे में लगभग ३५% बचत हो गयी।

उत्पादन मदद और मार्गदर्शन

- मच्छिंद्रजीने छः महिने पूर्व नोकरी छोड कर पुरे समय के लिए दूध व्यवसाय शुरु किया है।
- प्रतिदिन १६० से १७० लिटर दूध का उत्पादन।
- प्रति लिटर २८.५० रुपयो में दूध गोविंद डेअरी को दिया जाता है।
- महिने के लिए डेढ से पौने दो लाख रुपयों की लेनदेन हो गयी उन के मित्र दत्तात्रेय वाघ इनका भी मार्गदर्शन मिल गया।

जमिन पर संरचना कर के तैयार किया गया ३५ टनों का पिट

मुरघास तकनिक का प्रभावशाली रुप से उपयोग करने वाले निंबळक स्थित हिरालाल सस्ते!

निंबळक, फलटण यहाँ पर रहने वाले हिरालाल सस्ते जीने बारहवी कक्षा के बाद फार्मास्युटिकल कंपनी में दो वर्षो तक नोकरी की। नौकरी में उन का दिल नहीं लग रहा था इसलिए आगे नौकरी करने की अपेक्षा पिता को दूध व्यवसाय में मदद करना निश्चित किया। पिता परंपरागत खेती को एक पुरक व्यवसाय के रूप में दूध उत्पादन का व्यवसाय कर रहे थे। नियमित दूध व्यवसाय कठिनाइयों से भरा हुआ और उस से कुछ अधिक प्राप्ती भी न होने के कारन कुछ नया करने की ताक में वह थे। आगे गोविंद डेअरी के संपर्क में आने के कारन उन्होंने कम खर्च की आधुनिक तकनिक का अवलंब करना आरंभ किया। शुरू में उन्होंने मुक्त संचार गौशाला पद्धति का अवलंब किया इस में उन्हे बहोत सारे फायदे दिखायी दिए। इसमें से निर्माण होने वाली खाद से उन का खेती का उत्पादन बढ गया। उन का चौथे कटाई का ईख उत्पादन प्रति एकड ८९ टन ऐसा मिला जो पहले प्रति एकड ५०-६० टन मिलता था।

मुक्त संचार गौशाला के कारन उन के बहुत से काम कम हो गए। लेकिन सब से महत्त्वपूर्ण और अधिक तकलिफ देने वाला काम तो बाकी ही था, वह था हररोज खेत में जा कर चारा ला कर जानवरों को देना। गरमी के दिनों में पानी ना होने की वजह से खुद के खेत में चारा तैयार नहीं होता था। अधिक पैसे दे कर भी चारा नहीं मिलता था। अगर चारा मिल भी गया तो उस की गुणात्मकता भी सीमित इसलिए धंदे में कभी फायदा तो कभी नुकसान सहना पडता था। बाद में गोविंद डेअरी के संपर्कमें रहने से उन्हों ने अधिकारीयों के साथ चर्चा कर के उस पर कुछ उपाय ढुंढने के बारे में चर्चा की तो मुरघास तकनिक का अवलंब करने का विषय सामने आ गया। वैसे विषय तो आसान लग रहा था लेकिन उस में होने वाली तकनिक का उचित अनुभव ना होने के कारन, मुरघास के लिए जो हम चारा इस्तमाल कर रहे हैं वह अगर खराब हो गया तो अपना बहुत भारी नुकसान हो जाएगा यह बडा डर मन में घर कर के बैठा हुआ था। लेकिन डेअरी के विस्तार अधिकारीयों द्वारा दिये गये सहारेसे और दिखाये गए साहस से पहले गड्ढे का मुरघास करना तय किया। खेत में आधे एकड में अधिक वाला मका उपलब्ध था। यह चारा फुल की अवस्था में था। इसलिए मुरघास करना निश्चित होने पर दुसरे ही दिन सामान्यरूप से ५ टन चारे का मुरघास करने के लिए जमिन में गड्ढा करना निश्चित किया क्योंकि जमिन पर दिवारे बांध कर मुरघास करने के लिए उचित मात्रा में पैसा उपलब्ध नहीं था इसलिए, कम खर्च का गड्ढे का मुरघास करना निश्चित किया। उस के अनुसार जमिन में ३ फीट गहरा, ६ फीट चौडा और १८ फीट लंबाई वाला गड्ढा लिया गया। गड्ढे में मिट्टी तो मुलायम थी लेकिन कुछ जगहों पर सख्त जमीन भी थी , इसलिए हवाबंद करने के लिए हम जो कागज उपयोग में लाने वाले हैं वह टूट न जाए इसलिए ऐसी सब जगहों पर पत्तियाँ और पुराने बारदानों का उपयोग किया गया। बादमें चारे को काटकर रखा ।

मुरघास गड्ढा करते समय यंत्र को चलाने के लिए एक तरफ की गयी ढलान!

चारे में सामान्यतः ८० प्रतिशत पानी होने के कारन चारे को काटकर खेत में ही अच्छी तरह से कतार में एक दिन सुखने के लिए रखा। धूप अधिक होने के कारन दुसरे दिन सुबह ही चारे को ट्रॉली की सहायता से खेत से लाया गया और उस की कुट्टी बनानी शुरू की। बाद में प्लास्टिक के कागज को गड्ढे में डालकर उस पर चारा डाला और उसे पैरों से ही दबाना शुरू किया। आसपास के किसानों को यह नयी बात लगने के कारन इस मुरघास को देखने किसान मित्र आए हुए थे। चारा दबाने में उनकी अच्छी सहायता मिली।

अंतमें प्लास्टिक के कागज से बंद करके उसपर आधा फीट आसपास की मिट्टी डाली। इस तरह मुरघास का पहला गड्ढे का परिक्षण पुरा कर दिया गया। सब से अधिक उत्सुकता थी की ४५ दिनों के बाद मुरघास कैसा बनता है इसकी। लेकिन डेढ महिने के बाद जब एक बाजू से मुरघास को खोला गया तब कियी हुई मेहनत काम आ गयी और अच्छी गुणवत्ताका मुरघास तैयार हो गया।

जब जानवरों को मुरघास खाने में दिया तब जानवरोंने बडे ही च्यावसे खाया। उस के बाद एक दो दिनोंमें ही दूध और दूध का दर्जा भी सुधर गया साथ ही हररोज बाहर से चारा लाने का काम भी कम हो गया यह सब से बडी खुशी की बात थी। पहले मुरघास में अच्छा मुनाफा दिखने के कारन बाद में बहुत बार गड्ढे का मुरघास बनाया और आने वाली रुकावटों पर उन्होंने अच्छी तरह से मार्ग ढूँढा। इस के बाद उन के द्वारा की गयी कम खर्च वाले और अधिक मुनाफा देने वाले बहुत से काम किसान के हित के होने के कारन उन के काम को बहुत से समाचार पत्रों और टिव्ही चॅनलों द्वारा सराहा गया। काम को देखने के लिए बहुत से किसान महाराष्ट्र से और महाराष्ट्र के बाहर से भी आ रहे थे, इसलिए गोविंद डेअरी के मार्गदर्शन के नीचे उन्हों ने किसान प्रशिक्षण केंद्र की स्थापना की। इन प्रशिक्षण केंद्रो में आजतक हजारो किसानों ने प्रशिक्षण लिया है। साथ ही बहुत से किसान उन्हे मुरघास प्रशिक्षण देने के लिए सलाहगार की रूप में बुलाते थे, इसलिए उन का

किसानों को मुरघास का प्रशिक्षण देते हुए हिरालाल सस्ते।

मुरघास का अनुभव बहुत ज्यादा बढता गया। इस अनुभव के जोर पर और गोविंद डेअरी अधिकारीयों के मार्गदर्शन के अंदर उन्हों ने मुरघास में अनेक नये परिक्षण किए। बाद में मुरघास करने के लिए जब वह जाते थे, उस वक्त उन्हे प्रशिक्षित कर्मचारीयों की कमी महसूस होती थी, इसलिए गावके युवा किसानों को साथ लेकर उन्हों ने मुरघास तैयार करके देने वाला एक गुट तैयार किया। बाद में उन्हों ने मुरघास करने का ठेका लेना शुरू किया। थैली वाला, जमिन के उपर होने वाला, गड्ढे वाला, साथ ही गड्ढे वाला, साथ ही जमिन पर बांधे हुए पिट में छोटे तथा बडे आकार के मुरघास उन्हों ने बनाए। बाद में मुरघास तैयार करने के लिए जंबो कुट्टी यंत्र, जो घंटे में १० से १५ टन चारे की कुट्टी कर सकेगा, उसे खरीद लिया। साथ ही थैली में होने वाला मुरघास तैयार करने के लिए एक छोटा कम खर्च वाला यंत्र भी उन्होंने डेअरी की सहायता से तैयार किया।

आजकल वे बहुत सी जगहों पर अलग अलग तरह का मुरघास बनाने की सलाह देना, मुरघास करने का ठेका लेना, साथ ही चुनिंदा गौशालाओ के लिए हरे चारे की रसद करना ऐसे काम बडे आनंद के साथ करते है, उन्हों ने गाँव के बहुत से युवाकों को इस माध्यम से रोजगार उपलब्ध करा दिया है। साथ ही गाँव के ऐसे क्षेत्रो में जहाँ पर ऐसी तकनिक मिलना बहुत ही मुश्कील है ऐसे जरुरतमंद किसानों को उन्हों ने यह उपलब्ध करा दी है यह भी बहुत ही महत्वपूर्ण बात है। ■ ■ ■

थैली मुरघास में निर्मिती में कुशल दूधेभावी स्थित शीलाबाई जी चांगण !

अपने व्यवसायमें व्यावसायिकता लाने के लिए जरुरी नहीं की अपना व्यवसाय बडा ही हों, यह बात हम इस यशोगाथा द्वारा सीखने वाले हैं। फलटण से दहिवाडी रस्ते पर दूधेभावी नामका एक गाँव है, जहाँ पर बचत गुट का काम अच्छी तरह से चालू है। इस गाँव में बचत गुट के द्वारा दूध व्यवसाय करने के लिए गौअे लेनेके लिए मदद की गयी थी। इस में उन की खुद की कुछ बचत और महिला और बाल कल्याण विकास विभाग द्वारा उन्हे कुछ मदद की गयी थी। दूधेभावी गाँव में खेती के लिए साल भर पानी का नियोजन नहीं है इसलिए बारीश के पानी पर जितना चारा मिलता है, उसी पर उनका ऐसा व्यवसाय चलता है। उन्हों ने चारे की समस्या को दूर करने के लिए कम खर्चे का हायड्रोपोनिक चारा निर्मिती युनिट भी तैयार किया था। हररोज २० किलो चारा इस सामान्य युनिट में वह तैयार कर रही थी। लेकीन उन के पास चार महिनों तक ही चारा उपलब्ध होता था, बाकी के ८ महिनों तक नहीं इसलिए उन्हें मुरघास करना था।

दूधेभावी गाव में मुरघास के बारे में प्रशिक्षण आयोजित किया गया था, इस में उन्हें कम खर्चमें मुरघास कैसे बनाना इस का प्रशिक्षण मिल गया। उस का महत्त्व और कम खर्च की तकनिक उनके ध्यान में आने के कारन उन्हों ने नजदिकी विभाग में कुछ पशुपालकों द्वारा किया गया मुरघास देखा और बाद में खुद ही मुरघास करना निश्चित किया। उनके पास खुद की खेती न होने के कारन उन्हें खुद के खेत से चारा नहीं मिलता था, दुसरों के खेतों मे मजदूरी करते हुए उन्हें कभी कभी चारा मिलता था। हररोज माथे पर रखकर कुछ ना कुछ चारा लाना और अपने जानवरों को देना। एक दिन उन्हे ईख की बहुतसी

थैली में चारा भर कर तैयार किया गया मुरघास।

पत्तियाँ मिल गयी और उन्हों ने उस का मुरघास बनाने का सोच उन्हों ने ८०० किलो की मुरघास क्षमता होने वाली एक थैली २५० रु. में डेअरी में से खरीद ली। उन के पास कुट्टी बनाने के लिए कुट्टी यंत्र भी नही था यह भी एक कठिनाई थी ही। इसलिए उन्हों ने हाथ से कुट्टी करना तय किया लेकिन उन के बाजू वाले पशुपालक के पास कुट्टी यंत्र था, उस में कुट्टी करना निश्चित किया। इस के बाद ईख की पत्तियों की कुट्टी कर के थैलीमें चारा भरना शुरू किया। एक स्तर डाला उसे ठीक से दबाने के बाद दुसरा स्तर ऐसा नियोजन किया।

मुरघास बनाना गाँव के लिए एक नया विषय होने के कारन आसपास के पशुपालकों ने मुरघास कैसे बनाते हैं यह देखने के लिए भीड की थी।

उन्हें इस बारे में प्रात्यक्षिक के साथ ही प्रशिक्षण मिल रहा था। इस तरह मुरघास की एक थैली अच्छी तरह से भर ली गयी और बाद में हवाबंद कर के उसपर वजन रख दिया गया। दो महिनों के बाद इस थैली को खोला गया। सिर्फ ईख की पत्तियों को लेकर मुरघास अच्छा बनता है क्या? इस को लेकर

थैली में चारा भर कर तैयार किया गया मुरघास

छोटी थैली में तैयार हुआ मुरघास

मन में थोडी आशंका थी। लेकिन जब थैली खोली गयी तो यह आशंका दूर हो गयी। ईख के पत्तियों का मुरघास एकदम से अच्छा बन गया था। जानवरों को भी इस से बहुत अच्छा लाभ हुआ। सिर्फ ईख की पत्तियाँ जैसी है वैसी खाने में देने की अपेक्षा उस का मुरघास बनाकर खाने में देने के कारन जानवरों ने च्यावसे खाया, दूध भी अधिक मिला। ईख की पत्तियाँ अगर एकदम से लायी होती तो ३-४ दिनों मे सुख गयी होती ऐसा सुखा हुआ चारा जानवरों ने च्यावसे नहीं खाया होता तो उसका इतना लाभ भी ना हुआ होता। बाद में उस गाँव में बचतगट की बहुत सी महिलाओंने मुरघास किया।

उससे उन्हें अच्छा लाभ हुआ बाद में खाद की या पशुखाद्य की खाली थैलीयों मे प्लास्टिक का लायनर डालकर ३० से ३५ किलो का मुरघास वे बनाने लगी।

१ या २ गौअें होने के कारन उन्हें इस कम क्षमता होने वाले थैलीयों के मुरघास से लाभ हुआ। इस बचतगट की कुछ महिलाओं ने अधिक मात्रा में मुरघास की थैलीयाँ तैयार की और आसपास की बडे पशुपालकों को यह चारा बेच कर अपना अच्छा लाभ बना लिया। गाव में चारा बेच कर हमें उस वक्त अधिक दर मिलेगा इस बारे मे बहुत से पशुपालकोंने तसल्ली कर ली है।

■ ■ ■

लेखक परिचय

डा. शांताराम पांडुरंग गायकवाड
बी.व्ही.एस.सी. ॲन्ड ए.एच.

- १९९४ में क्रांतिसिंह नाना पाटील पशुवैद्यकीय महाविद्यालय, शिरवळ से पशुवैद्यकीय पदवी
- मयूर सहकारी दूध संघ कोल्हापूर, इस कोल्हापूर तथा बेलगाव कार्यक्षेत्र होनेवाले दूध संघ से अनेक काम की शुरुआत, मुफ्त पशुवैद्यकीय सेवा, कम खर्चे के कार्यक्रम, रेतन योजना, पशु खाद्य उत्पादन और दूध संकलन इस क्षेत्र में प्रभावी कार्य।
- पुणे जिला दूध संघ में दो बरसों तक विस्तार सेवा का कामकाज, साफ दूध उत्पादन प्रकल्प तैयार कर उसे अंमल में लाने में महत्त्वपूर्ण योगदान।
- पीछले आठ सालोंसे गोविंद मिल्क ॲण्ड मिल्क प्रॉडक्ट इस डेअरी में कार्यरत।
- कम खर्चे की मुक्त संचार गौशाला इस संकल्पना का प्रभावशाली उपयोग। इस कामकाज की दखलअंदाजा लेकर वसंतराव नाईक कृषी और संशोधन फाउंडेशन, मुंबई इस संस्था की ओर से गोविंद दूध डेअरी को वसंतराव नाईक पशुसंवर्धन और दुग्धव्यवसाय विकास २०१० पुरस्कार।
- कम खर्चे में किफायती मुरघास, आहार संतुलन, अझोला उत्पादन, मिनरल मिक्सर निर्मिती, बायपास फेट निर्मिती, बछडों के संगोपन के लिए मिल्क रिप्लेसर और काल्फ स्टार्टर, अंकुरित अनाज का आहार में प्रभावी रूप से उपयोग, कम खर्चे का हायड्रोपोनिक चारा उत्पादन, सफल दूध उत्पादक संचलित प्रशिक्षण और संशोधन केंद्र आदी प्रभावी प्रकल्प।
- क्रांतिसिंह नाना पाटील पशुवैद्यकीय ॲल्युमिनाय संघटना से २०१३ में सर्वोत्कृष्ट विस्तार विषयक कामकाज के लिए दिया जानेवाला बेस्ट एक्सटेंशन व्हेटेनरीयन २०१३ पुरस्कार प्राप्त।
- कम खर्चे में किए जानेवाले परिक्षणों के प्रसार के लिए महाराष्ट्र तथा महाराष्ट्र के बाहर भी दूध उत्पादको के लिए व्याख्यान।
- कम खर्चे की चारा उत्पादन तकनिक : हायड्रोपोनिक और कम खर्च और अधिक लाभदायक मुक्त संचार गौशाला : एक अभिनव प्रयोग यह किताबें सकाळ प्रकाशन द्वारा प्रकाशित।

www.ingramcontent.com/pod-product-compliance
Lightning Source LLC
LaVergne TN
LVHW082042051026
849532LV00011B/3448